JN155132

萬葉語文研究

第12集

萬葉語学文学研究会編

和泉書院

題字　井手　至博士

目次

萬葉集の字余り

――短歌第二・四句等の「五音節目の第二母音」以下のあり方を巡って――

毛利正守

はじめに

萬葉集の和歌の句中に母音音節「ア・イ・ウ・エ・オ」が含まれると字余りを生じる。(1) しかしすべてが字余りになるわけではなく、非字余りも少なからず存在する。母音音節を含んで、いったい如何なる場合に字余りを生じ、如何なる場合に生じないのか。そのことを考えるにあたって、両者間の在りようの違いに、顕著な分布差が認められるので、まずはその点をみておくことにする。

A群―短歌第一・三・五句、長歌五音句と結句、旋頭歌第一・三・四・六句。及び短歌第二・四句と長歌七音句と旋頭歌第二・五句の「五音節目の第二母音」以下の箇所

B群―短歌第二・四句と長歌七音句と旋頭歌第二・五句の「五音節目の第二母音」より前の箇所

A群は、母音音節を含むと字余りになる率が九〇％以上にのぼり、B群は、約二〇％弱に留まっている。A群のうち、短歌第一・三・五句等の場合は、母音音節が何文字目に位置してもほとんどが字余りを生じ、同じくA群の短歌第二・四句等の「五音節目の第二母音」以下というのは、母音音節がその句の文字数から言って六文字目か七文字目に位置するものであり、その場合もほとんどが字余りを生じている（その意味するところは後述）。そ

れに対して、B群とは、短歌第二・四句等の「五音節目の第二母音」より前に母音音節が位置するものをいうのであり、それは句中の五文字目以前に母音音節が来ているものであって、その場合は字余りを生じるのが甚だ限定されているということである（これも用例を挙げて説明する）。即ちA群とB群の両者間で字余りになるものと非字余りになるものとの差は大きく、また、後述するように、そこにはそのようになるそれなりの法則性が見出せると言ってよい。今回は、以前にあまり詳しく論じることをしていない、A群における短歌第二・四句等の「五音節目の第二母音」以下に母音音節が位置する場合を中心に、それより前の位置（B群のそれ）と比較しながら字余りの在りよう及びその意味するところについて検討を加えていくことにする。

一

A群における短歌第二・四句等の「五音節目の第二母音」以下に母音音節が位置して、その句が字余りを生じるか否かを眺めるにあたり、まずB群の「五音節目の第二母音」より前に母音音節が位置するものをとり挙げ、その上で、「五音節目の第二母音」以下の字余りの実態を浮き彫りにしていくことにする。

B群の短歌第二・四句等の「五音節目の第二母音」より前に母音音節が位置して字余りを生じる割合は、右にも触れるように低いけれども、アリ（有）・イフ（言）・ウヘ（上）・オト（音）及びオモフ[2]などの語の場合は、字余りを生じないものも存する[3]ものの、[二]として後述する語に較べて多くが字余りを生じている、という事実が指摘できる（これらの語がこの位置で字余りを生じる理由については後述）。

[一] 短歌第二・四句等の「五音節目の第二母音」より前の母音音節

○字余り

アリ　(1)許《こ》々《こ》呂《ろ》波《ハ》阿《ア》良《ラ》麻《マ》志《シ》（巻五・八八九④）、(2)奈《ナ》尓《ニ》許《こ》曽《そ》安《ア》里《リ》家《ケ》礼《レ》（巻十五・三七一八②）、(3)登《と》里《リ》尓《ニ》曽《そ》安《ア》利《リ》家流《ケル》（巻十五・三七八四②）、(4)比奈尓安流和礼乎《ヒナニアルワレヲ》（巻十七・三九四九②）、(5)古非都々安良受波《コひツツアラズハ》（巻二十・四三四七②）、(6)安布許等安里也等《アフことアリヤと》（巻十七・四〇一一、長七）、(7)多之気久安良牟登《タシけクアラムと》（巻十八・四〇九四、長七）、(8)可久之母安良米也《カクシモアラめヤ》（巻十八・四一〇六、長七）、(9)夜須久之安良祢婆《ヤスクシアラネバ》（巻十八・四一一六、長七）、(10)安吉尓之安良祢波《アキニシアラネバ》（巻十八・四一二五、長七）、(11)時尓波不レ有跡《とキニハアラネど》（巻三・四四一④）、(12)人尓有莫国《ひとニアラナクニ》（巻四・六八二②）、(13)嶋毛不レ在尓《シマモアラナクニ》（巻七・一〇八九②）、(14)妹山在 云《イモヤマアリとイヘ》（巻七・一〇九八②。イも字余り）、(15)常尓師不レ有者《ツネニシアラネバ》（巻八・一四五九②）、(16)移 尓有家里《ウツシニアリケリ》（巻八・一五四三②）、(17)幾日毛不レ有者《イクカモアラネバ》（巻八・一五五五②）、(18)志賀在恋尓毛《シカアルコひニモ》（巻十二・三一四〇②）、(19)生有者将レ在乎《イケラバアラムヲ》（巻十六・三八五四②）、(20)然之毛将レ有登《シカシモアラムと》（巻二・一九九、長七）、(21)情 毛有八等《こころモアリヤと》（巻二・二〇七、長七）、(22)黙然得不レ在者《モダモエアラネバ》（巻四・五四三、長七）、(23)喪無母阿良牟遠《モナクもアラムヲ》（巻五・八九七、長七）、(24)負而者不レ有跡《マけテハアラジと》（巻九・一八〇九、長七）、(25)時之波安良牟乎《とキシハアラムヲ》（巻十七・三九五七、長七）など

イフ　(1)故布等伊敷欲利波《コフとイフヨリハ》（巻十八・四〇八〇②）、(2)毛乃伊波受伎尓弖《モのイハズキニテ》（巻十四・三四八一④）、(3)毛乃伊波受伎尓弖《モのイハズキニテ》（巻十四・三五二八④）、(4)不レ見跡云物乎《ミジとイフモのヲ》（巻三・三〇五②）、(5)宝 跡言十方《タカラとイフとモ》（巻三・三四五②）、(6)恋 云事波《コフとイフことハ》（巻四・六五六④）、(7)守 云山尓《モルとイフヤマニ》（巻六・九五〇④）、(8)去跡云道曽《ユクとイフミチそ》（巻六・九七四②）、(9)来 云似有《ことイフニニタリ》（巻六・一〇一一④）、(10)変若云水曽《ヲツとイフミヅそ》（巻六・一〇三四④）、(11)往 云道尓《ユクとイフミチニ》（巻七・一一四九②）、(12)住 云山之《スムとイフヤマの》（巻十一・二六九六②）、(13)恋 云事《コひとイフことハ》（巻十一・二三八六④）、(14)不レ云言此跡《イハズテイヒシと》（巻十一・二五七三④）、(15)恋 云物者《コひとイフモのハ》（巻十一・二六二三④）、(16)孰 云人毛《タレとイフひとモ》（巻十一・二六二八④）、(17)恋 云物乎《コひとイフモのヲ》（巻十一・二六三五④）、(18)絶跡云事乎《タユとイフことヲ》（巻十一・二七一二④）、(19)吉跡云物曽《よシとイフモのそ》（巻十六・三八五三④）、(20)都麻等不レ言登可聞《ツマとイハジとカモ》（巻十三・三三〇一、長七）など

ウヘ　(1)努乃宇倍能美也波《ノのウヘのミヤハ》（巻二十・四五〇六②）、(2)乎能宇倍乃美也波《ヲのウヘのミヤハ》（巻二十・四五〇七②）、(3)草 上白久《クサのウヘシロク》

（巻四・七八五②）、(4)野上乃方尓《ノのウヘのカタニ》（巻八・一四四三②）、(5)野上乃草曽《ノのウヘのクサそ》（巻十・二二九一④）、(6)草上白《クサのウヘシロク》（巻十二・三〇四一②）など

オト (1)可治乃於等須流波《カヂのおとスルハ》（巻十五・三六四一④）、(2)加遅能於等多可之《カヂのおとタカシ》（巻十七・四〇〇六、長七）、(3)鞆乃《とモの》音為奈利《おとスナリ》（巻一・七六②）、(4)河音清之《カハのおとキヨシ》（巻四・五七一②）、(5)梶音所ㇾ聞《カヂのおとキこユ》（巻六・九三四②）、(6)梶音聞《カヂのおとキこユ》（巻十・二〇二九②）、(7)梶之声為乍《カヂのおとシツツ》（巻四・五〇九、長七）、(8)浪之声蹝《ナミのおとサワキ》（巻六・一〇六二、長七）、(9)櫂合之声《カヂのおと》所ㇾ聆《キこユ》（巻六・一〇六二、長七）など

オモフ (1)安賀於毛布伎美乎《アガオモフキミヲ》（巻十七・四〇〇九④）、(2)由可牟等於毛倍騰《ユカムとオモヘど》（巻十八・四一三一④）、(3)於保尓《オホニ》奈於毛比曽《ナオモヒそ》（巻十四・三五三五②）、(4)何乎可将ㇾ念《ナニヲカオモハム》（巻四・五〇五②）、(5)君乎之念者《キミヲシオモヘバ》（巻四・六〇七④）、(6)将ㇾ巻跡念牟《マカムとオモハム》（巻四・六二七②）、(7)懃念而《ネモころオモヒテ》（巻七・一三二四②）、(8)君之所ㇾ思而《キミガオモホえテ》（巻七・一四〇五④）、(9)鬱之思者《オホニシオモハバ》（巻十・一八一三④）、(10)行者不ㇾ念《こころハオモハジ》（巻十一・二五三五②）、(11)情之念者《こころシオモヘバ》（巻十二・二九〇二④）、(12)旅登之思者《タビとシオモヘバ》（巻十二・三一三四④）、(13)深目手思騰《フカめテオモヘど》（巻二・一三五、長七）、(14)事曽所ㇾ念《ことそオモホユル》（巻九・一七四〇、長七）など

母音音節を語頭にもつアリ・イフ・ウヘ・オト、及びオモフなどが、短歌第二・四句等の「五音節目の第二母音」より前に位置すると、このように多くが字余りを生じている。それに対して同じ位置でありながら、語頭に母音音節をもつアフ（相）・オク（置）・オフ（生）・ウカブ〈ウク〉（浮）・ウウ（植）・オホシ（多）・イノチ（命）などは次節の[二]のごとく字余りを生じていない。[4] 即ち非字余りである。同じ位置にあって、なぜ[一]（アリ・イフなど）は字余りを多く生じ、次節にみる[二]（アフ・オクなど）は字余りを生じないのであろうか。そのことを考えるためにも字余りを生じない[二]を見ていくことにする。

二

［二］短歌第二・四句等の「五音節目の第二母音」より前の母音音節

○非字余り

アフ　(1)伎美尓安波受弖《キミニアハズテ》（巻十五・三七七七②）、(2)由利毛安波牟等《ユリモアハムと》（巻十八・四〇八七④）、(3)由里毛安波牟《ユリモアハム》等《と》（巻十四・三四一三④）、(4)児良波安波奈毛《コラハアハナモ》（巻十四・三四〇五④）、(5)奈美尓安布能須《ナミニアフのス》（巻十四・三四一三④）、(6)移都我利安比弖《イツガリアヒテ》（巻十八・四一〇六、長七）、(7)由利母安波无等《ユリモアハムと》（巻十八・四一一三、長七）、(8)今者《イマハ》不レ相跡《アハジと》（巻四・五四二④）、(9)妹尓不レ相而《イモニアハズテ》（巻四・七三三④）、(10)後毛相 跡《のチモアハムと》（巻四・七四〇②）、(11)君尓《キミニ》将レ相登《アハムと》（巻七・一二五六④）、(12)鍾礼尓相有《シグレニアヘル》（巻八・一五九〇②）、(13)於レ鴈不レ相常《カリニアハジと》（巻十・二一二六②）、(14)宮道尓相之《ミヤヂニアヒシ》（巻十一・二三六五②）、(15)妹 相《イモニアハムと》（巻十一・二四三三④）、(16)又毛相 等《マタモアハムと》（巻十一・二六六二②）、(17)妹尓不レ相《イモニアハザル》（巻十二・二九二〇④）、(18)君者会奴《キミニハアヒヌ》（巻十二・二九八八④）、(19)直 不レ相而《タダニアハズテ》（巻十二・三一〇五②）、(20)後者相牟《のチニハアハム》（巻十九・四二七九②）、(21)風尓不レ令レ遇《カゼニアハセズ》（巻六・一〇二一、長七）、(22)両遍不レ遭《フタタビアハヌ》（巻十・二〇八九、長七）、(23)君丹不レ会者《キミニアハズハ》（巻十三・三二五〇、長七）、(24)妻者会 登《ツマハアヒキと》（巻十三・三三〇三、長七）など

オク　(1)与世伎弖於家礼《よセキテオケレ》（巻十五・三六二九④）、(2)伊之奈弥於可婆《イシナミオカバ》（巻二十・四三一〇④）、(3)多久波比於伎《タクハヒオキ》氏《テ》（巻十九・四二二〇、長七）、(4)不レ令レ消将レ置《けタズテオカム》（巻八・一六五四④）、(5)隔 而置之《ヘダテテオキシ》（巻十・二〇〇七④）、(6)霜者置良之《シモハオクラシ》（巻十・二二〇三②）、(7)白露置而《シラツユオキテ》（巻十・二二〇六④）、(8)上尓置有《ウヘニオキタル》（巻十・二二五四②）、(9)公叫置 者《キミヲオキテハ》（巻十一・二六七一④）、(10)霜置 来《シモオキニケリ》（巻十一・二六九二②）、(11)間 文置《アヒダモオキテ》（巻十一・二七二七④）、(12)間 毛不レ置《アヒダモオカズ》（巻十一・二七九三②）、(13)君乎置 者《キミヲオキテハ》（巻十二・三〇二七④）、(14)間 文置而《アヒダモオキテ》（巻十二・三〇四六④）、(15)雨間毛不レ置《アママモオカズ》（巻十二・三二一四②）、(16)王都乎置而《ミヤコヲオキテ》（巻十三・三二五二②）、(17)倭 乎置而《ヤマとヲオキテ》（巻一・二

九、長七）、⒅京《ミヤコ》乎《ヲ》置而《オキテ》（巻一・四五、長七）、⒆形見《カタミ》尓《ニ》置有《オケル》（巻二・二一三、長七）、⒇朝《アシタ》尓《ニ》置而《オキテ》（巻二・二一七、長七）、㉑哭《ナク》乎《ヲ》毛《モ》置而《オキテ》（巻三・四八一、長七）、㉒跡見《とみ》居置而《スヱオキテ》（巻六・九二六、長七）、㉓下延《シタハヘ》置而《オキテ》（巻九・一八〇九、長七）、㉔部立《ヘダテ》丹《ニ》置而《オキテ》（巻十三・三三三九、長七）など

オフ　⑴伊波保《イハホ》尓《ニ》於布流《オフル》（巻二十・四四五四②）、⑵於思《オシ》敝《ヘ》尓《ニ》於布流《オフル》（巻十四・三三五九②）、⑶乎呂田《ヲろタ》尓《ニ》於波流《オハル》（巻十四・三五〇一②）、⑷石転《イソみ》尓《ニ》生《オフル》（巻三・三六二②）、⑸荒礒《アリソ》尓《ニ》生《オフル》（巻三・三六三②）、⑹山《ヤマ》尓《ニ》生有《オひタル》（巻四・五八〇②）、⑺咲野《サキノ》尓《ニ》生《オフル》（巻十・一九〇五②）、⑻間〻《ママ》尓《ニ》生有《オひタル》（巻十・二二八八②）、⑼巌《イハホ》尓《ニ》生《オフル》（巻十二・三〇四七②）、⑽荒礒《アリソ》尓《ニ》生流《オフル》（巻十二・三〇七七②）、⑾奥《オキ》尓《ニ》生有《オヒタル》（巻十二・三〇八〇②）、⑿子等《コラ》丹《ニ》生名者《オひナバ》（巻十六・三七九三②）、⒀額《ヒタヒ》尓《ニ》生流《オフル》（巻十六・三八三八②）、⒁茂《シげク》生有《オひタル》（巻一・二九、長七）、⒂深海松《フカミル》生流《オフル》（巻二・一三五、長七）、⒃絶《タユレバ》者生流《オフル》（巻二・一九六、長七）、⒄繁《シジニ》生有《オひタル》（巻三・三二四、長七）、⒅四時《シジ》二《ニ》生有《オひタル》（巻四・五〇九、長七）、⒆四時《シジ》尓《ニ》生有《オひタル》（巻六・九〇七、長七）など

ウカブ・ウク　⑴多礼可《タレカ》有可倍志《ウカべシ》（巻五・八四〇④）、⑵波良〻《ハララ》尓《ニ》宇伎弖《ウキテ》（巻二十・四三六〇、長七）、⑶海二《ウミニ》浮居而《ウキヰテ》（巻七・一一八四②）、⑷筏《イカダ》浮而《ウカべテ》（巻十九・四一五三②）、⑸水《ミヅ》尓《ニ》浮居而《ウキヰテ》（巻一・五〇、長七）、⑹磐《イハ》船《フネ》浮《ウカべ》（巻十九・四二五四、長七）など

ウウ　⑴田者宇恵麻佐受《タハウヱマサズ》（巻十五・三七四六②）、⑵奈泥之故宇恵之《ナデシコウヱシ》（巻十八・四〇七〇②）、⑶久佐奇乎宇恵弖《クサきヲウヱテ》（巻二十・四三一四②）、⑷市之殖木乃《イチのウヱきの》（巻三・三一〇②）、⑸伊許自而殖之《イこジテウヱシ》（巻八・一四二三②）、⑹人之《ひとの》殖兼《ウヱケム》（巻十・一八一四②）、⑺何如《ナニカ》殖兼《ウヱケム》（巻十・一九〇七②）、⑻曽木不レ殖《カツてきウヱジ》（巻十・一九四六②）、⑼林乎《ハヤシヲ》殖《ウヱム》（巻十・一九五八②）など

オホシ　⑴阿良久毛於保久《アラクモオホク》（巻五・八〇九②）、⑵和多流瀬於保美《ワタルセオホミ》（巻十七・四〇二二②）、⑶比等目乎於保美《ひとめヲオホミ》（巻十四・三四九〇④）、⑷佐波尓於保美等《サハニオホミと》（巻十八・四〇八九、長七）、⑸許能暮多《このクレオホミ》（巻十・一八七五②）、⑹

人目《ヒとめ》乎《ヲ》多見《オホミ》（巻十二・二九一〇④）、(7)人眼《ヒとめ》乎《ヲ》多《オホミ》（巻十二・三一〇四④）、(8)人目《ヒとめ》乎《ヲ》多見《オホミ》（巻二・二〇七、長七）、(9)嶋者《シマハ》雖レ多《オホケど》（巻二・二二〇、長七）など

イノチ　(1)都由能伊乃知母《ツユのイのチモ》（巻十七・三九三三④）、(2)安賀布伊能知毛《アカフイのチモ》（巻十七・四〇三一④）、(3)伊波布伊能知波《イハフイのチハ》（巻二十・四四〇二④）、(4)永命乎《ナガキイのチヲ》（巻四・七〇四②）、(5)微命母《モろキイのチも》（巻五・九〇二②）、(6)消安命《けヤスキイのチ》（巻七・一三七五②）、(7)斎命《イハフイのチハ》（巻十一・二四〇三④）、(8)不レ知有命《シラザルイのチ》（巻十一・二四〇六④）、(9)妹命《イモガイのチヲ》（巻十一・二四六七④）、(10)四恵也寿之《シヱヤイのチの》（巻十一・二六六一④）、(11)借有命《カレルイのチニ》（巻十一・二七五六②）、(12)己命乎《オのガイのチヲ》（巻十二・二八六八④）、(13)将レ生命曽《イカムイのチそ》（巻十二・二九一三②）、(14)長命之《ナガキイのチの》（巻十二・三〇八二④）、(15)贖命者《アカフイのチハ》（巻十二・三二〇一④）、(16)多由多敷命《タユタフイのチ》（巻十七・三八九六②）、(17)銷易杵寿《けヤスキイのチ》（巻九・一八〇四、長七）、(18)惜《ヲシキ》命乎《イのチヲ》（巻十九・四二一一、長七）など

B群における短歌第二・四句等の「五音節目の第二母音」より前に母音音節が位置して、[一]のアリ・イフ・ウヘ・オト、及びオモフ等は多くが字余りとなり、アフ・オク・オフ・ウカブ・イノチ等はこの[二]にみるように字余りを生じていない。ただし、アフ・オク・イノチなどであっても「布里於家流由伎乎《フリオケルユキヲ》」（巻十七・四〇〇一②）、「依逢未通女者《よりアフヲとメハ》」（巻十一・二三五一、旋頭歌⑤）、「御寿者長久《ミイのチハナガク》」（巻二・一四七④）、「和例乎美於久流等《ワレヲミオクルと》」（巻二十・四三七五④）等のごとくフリオケル・よりアフ・ミイのチといった複合語（接頭語も含めて）のとき、また「美自可伎伊能知毛《ミジカキイのチモ》」（巻十五・三七四四④）等と「(-i)（キ）―(i)（イ）」のごときは、前稿で論じたように、前項と後項が結合度を高めることで、字余りをみる[5]。それにしても、基本的に、同じ「五音節目の第二母音」より前に母音音節が来て、字余りになる[一]と字余りにならない[二]とに分かれるのはなぜなのか、またそのように分かれる理由を見届けることができるのかどうか。その場合、歌の唱詠のことに関わって、当時（奈良時代）の、及びもう少し時代を広げて平安時代までの一般に行われる音韻現象、とりわけ縮約・脱落現象（以下、縮約現象と称

する）の在りようが、この問題を考える上で一つの大きなカギになっているであろうと考えられるので、そのことを次に眺めることにする。

三

縮約現象は和歌にも認められるが、和歌には唱詠の問題が関わっているとみられるので、ひとまず和歌を離れて散文における縮約現象の在りようをみておくことにする。

○散文における縮約現象

アリ

(1)ニアリ＞ナリ　諾、此云二宇毎那利一（日本書紀、巻三、神武即位前紀）、頑奈留奴心乎波（宣命、第十六詔、天平宝字元年）、吾近姪奈利（同、第十七詔、同）

(2)テアリ＞タリ　燕《つばくらめ》の巣《す》くひたらば、告《つ》げよ（竹取物語、武藤本）、狩衣《かりぎぬ》をなむ著《き》たりける（伊勢物語、一段、武田本）

(3)ズアリ＞ザリ　この京は人の家まださだまらざりける時に（伊勢物語、二段、同上）、このむとてあるにもあらざるべし（土佐日記、青谿書屋本）

(4)クアリ＞アリ　あやしからむ女だに、いみじう聞《き》くめるものを（枕草子、三一段、三巻本）、いとをしかりし、事《こと》のさわぎにも（源氏物語、常夏、大島本）

イフ

(1)トイフ＞テフ　かぐや姫てふ大盗人《おほぬす》の奴《やつ》が（竹取物語、同上）

ウヘ

(1)ウヘ∨ヘ　天上《アメノヘ》之霊奇（醍醐寺本遊仙窟）〈天上《アメノウヘ》の縮約〉、蘇敬本草注云屋遊夜乃倍乃古計屋瓦上青苔衣（十巻本和名類聚抄、十、苔類）〈屋《ヤ》の上《ウヘ》の縮約〉

オト

(1)オト∨ト（音）　奴那登母々由良邇《ヌナトモモユラニ》（古事記、上巻）〈ヌ（玉）＋ナ（の）＋ト（音《オト》の縮約）〉、瑲瑲乎、此云二奴儺等母母由羅爾《ヌナトモモユラニ》（日本書紀、巻一、神代上）〉

[一]の字余りを生じるアリ・イフ・ウヘ・オトは右のごとく、散文において縮約現象が認められる。それに対して[二]の字余りを生じないアフ・オク・イノチ・ウウ等は、散文において縮約のかたちはなくその現象は一般に認め難い。[一]の字余りを生じるものと[二]の字余りを生じないものとの違いが、こうした一般の縮約現象のあり方とどのような関係にあり、これら全体の在りようはいったい何を意味しているか、といったことなどが問題となる。

そもそも萬葉集の和歌は、短歌において音節として五・七・五・七・七という定型を有しているのであり、(6)たとえば句中に母音音節を含まない「紀利多知和多流《きリタチワタル》」（巻五・七九九②）で説明すれば、この句は短歌第二句であって七音句であり、文字が七文字で、唱詠においても七音節であって音律の乱れはないということになる。それに対して字余り句はどのように考えたらよいか。まず、散文で縮約現象が認められるアリ・イフ・ウヘ等の短歌第二・四句等の「五音節目の第二母音」より前で字余りを生じている[一]の例で考えてみたい。[一]の「比奈尓安《ヒナニア》流和礼乎《ルワレヲ》」（巻十七・三九四九②）を例にとって言えば、この句は、文字は八文字であるけれども、ニアの二文字は音節としてはその単位が一つ（一音節）であるということが考えられる。それは、散文の「宇毎那利」（日本書紀）の「那利」はニアリのニアが縮約してナ（那）と一単位（一音節）をかたち作っており、同じく「頑奈留」（宣命）の「奈留」もニアルのニアがナ（奈）となって一単位（一音節）を形成しているのであり、しかもこれらは散文における一般の音韻現象として存在するものである。萬葉集のヒナニアルの、文字では余っているニアも散文での一般の音韻現象として存するニア∨ナのナと同等の値（一単位）になっているゆえに字余りであっても音声上、乱れてはいなくて定型で詠まれたと考えられるのである。

[二]の短歌第二・四句等の「五音節目の第二母音」より前で非字余りである例、即ち散文の音韻現象で縮約を起こさないものの語例は多く、右（[二]）に挙げたものはそれらのうち、ピックアップしたものであるが、いま、[二]の非字余りであるアフの「伎美尓安波受弖《キミニアハズテ》」（巻十五・三七七七②）を例にとって言えば、どのようなことが考えられようか。集中には、キミニアハズテのように「〜ズテ」があると共に、同じような語構成で「吉美伊麻佐受《キミイマサズ》斯弖《シテ》」（巻五・八七八⑤）〈この例は、字余りであるが結句であって、B群ではない〉、「思良受志弖《シラズシテ》」（巻十五・三五九四③）、「安倍受之弖《アヘズシテ》」（巻十五・三六九九③）、「登吉佐気受之氐《トキサケズシテ》」（巻十七・三九三八⑤）のごとく「〜ズシテ」も存在する。その場合、短歌第二・四句等の「五音節目の第二母音」より前に母音音節をもつ右の「キミニアハズテ」が「キミニアハズシテ」のごとく字余りになるということもあるいは考えられようかと思われるが、その可能性は低いと言ってよい。それは、短歌第二・四句などの「五音節目の第二母音」より前で語頭に母音音節をもつ[二]のこのアフをはじめとして、オクやオフ・ウカブ・ウウ・イノチなどは右に見る通りいずれも字余りを生じてはいない。この位置で字余りの方がよいということであれば、これら多くのものも字余りになってもよいことになる。が、そうはなっていない。先の[一]のアリやイフなどは散文でニアリ∨ナリ、トイフ∨テフ等といった縮約が存していたのに対して、[二]のアフやオクなどは、散文でニアフ∨ナフ、テオク∨トクといったごとき縮約は全然行われていない。「五音節目の第二母音」より前の位置で、「キミニアハズテ」のように非字余りであるのは、そのニアフのニアは二文字であると同時に二音節であって字余りにならないかたちでもって音声上、定型と

して詠まれたことを意味している、と考えられる。結局のところ非字余りである七文字がそのまま七音節であってそのかたちで定型をなしている、ということである。且つ、散文でニアフのニアがナや、テオクのテオがトといったように縮約になっていないのに対して、先のニアリ・トイフなどがこの位置で字余りでありしかも散文で実際に縮約を起していることなどを併せ考えるならば、即ちこれらを総合して考えるならば、B群の短歌第二・四句、長歌七音句等の「五音節目の第二母音」より前での、右にみる[一]の字余り（アリ・イフなど）と[二]の非字余り（アフ・オクなど）は、その唱詠のし方が一般の音韻現象に則りつつ行なわれていたことを示しているとみてよいであろう。

そのことに関わって言えば、句中に母音音節を含むと、ほとんどすべてが字余りとなるA群の短歌第一・三・五句（結句）、長歌の結句等、及び短歌第二・四句、長歌七音句等の「五音節目の第二母音」以下における唱詠のし方は、一般の音韻現象に則った唱詠なのか、といった問題にも繋がっていくことになろう。

四

前節の終わりのところで述べたことに関して言えば、A群の短歌第一・三・五句（結句）、長歌の五音句・結句等は、語頭に母音音節をもつ語が句中に存するとき、その母音音節が句頭以外、どこに位置していてもほとんどすべてが字余りを生じており、これらが一般の音韻現象に則っての字余りであるとは言い難いことについては、既にいくつかの拙論で述べた[7]ので、本稿では省略にしたがうことにするが、同じA群でも短歌第二・四句と長歌七音句等の「五音節目の第二母音」以下に母音音節が位置するものについては今まで詳しく論じてはいないので、はじめの方で触れたように、そのことに関して本稿ではとり挙げることにする。つまり、短歌第二・四句等の「五音節目の第二母音」以下の在りようについて見ていくことになるが、「五音節目の第二母音」より前の位置でのあり方は前述のごとく一般の音韻現象に則るかたちで唱詠が行われていたと言える。が、同じ句、即ち短歌第二・四句等にあって「五音節目の第二母音」以下では、一般の音韻現象に則ってはいない唱詠がなされたのではないか、ということを考えている。が、そのように捉えようとするとき、同じ句でありながら位置の違いによってそうしたことが本当に言えるのかどうかを追究していかなければならず、またそのことが言えたとして、それはいったい如何なることを意味しているのか、についても論究していかねばなるまい（以下、短歌第二・四句、長歌七音句（結句以外）等の「五音節目の第二母音」より前とそれ以下について、単に「五音節目の第二母音」より前、それ以下と称することもある）。

まずは、「五音節目の第二母音」以下におけるアリ・イフ・ウヘ・オト、及びオモフなどのあり方をみていくことにする。これらの語の場合は「五音節目の第二母音」より前と同様、次のごとく字余りであることが知られる。

［三］短歌第二・四句等の「五音節目の第二母音」以下の母音音節

○字余り

アリ　(1)気《け》奈《ナ》我《ガ》久《ク》之《シ》安《ア》礼《レ》婆《バ》（巻十五・三六六八④）、(2)奈《ナ》我《ガ》美《ミ》尓《ニ》可《カ》安《ア》良《ラ》武《ム》（巻十五・三六八四②）、(3)古《コ》非《ひ》都《ツ》追《ツ》母《モ》安《ア》良《ラ》牟《ム》（巻十五・三七二六②）、(4)安《ア》布《フ》許《こ》登《と》母《モ》安《ア》良《ラ》牟《ム》（巻十五・三七四五②）、(5)古《コ》非《ひ》之《シ》久《ク》志《シ》安《ア》良《ラ》婆《バ》（巻十九・四二二一②）、(6)伊《イ》波《ハ》倍《へ》尓《ニ》可《カ》安《ア》良《ラ》牟《ム》（巻二十・四四〇九②）、(7)刀《ト》其《ご》己《こ》呂《ろ》毛《モ》安《ア》礼《レ》波《ハ》（巻二十・四四七九④）、(8)宇《ウ》都《ツ》呂《ろ》布《フ》等《と》伎《キ》安《ア》里《リ》（巻二十・四四八四②）、(9)安《ア》良《ラ》波《ハ》之《シ》弖《テ》安《ア》礼《レ》婆《バ》（巻十八・四〇九四、長七）、(10)安《ア》我《ガ》故《コ》尓《ニ》波《ハ》安《ア》礼《レ》騰《ど》（巻十九・四二二〇、長七）、(11)可《カ》奈《ナ》之《シ》久《ク》波《ハ》安《ア》礼《レ》特《ど》（巻二十・四三九八、長七）、(12)人《ひと》尓《ニ》和《ワ》礼《レ》有《アレ》哉《ヤ》（巻一・三二②）など

イフ　(1)伎《キ》美《ミ》我《ガ》久《ク》伊《イ》弖《テ》伊《イ》布《フ》（巻十八・四〇五七②）、(2)可《カ》都《ヅ》伎《キ》等《と》流《ル》登《と》伊《イ》布《フ》（巻十八・四一〇一、長七）、(3)麻《マ》都《ツ》

等奈我伊波婆《とナガイハバ》（巻十四・三四三三④）、(4)安是可曽乎伊波牟《アぜカそヲイハム》（巻十四・三四七二②）、(5)更《サラニ》毛《モ》不㆓得言㆒《エイハジ》（巻四・七八四②）、(6)績麻《ウミヲ》繋 云《カクとイフ》（巻六・一〇五六②）、(7)妻所 云《ツマガリとイハバ》（巻十一・二三六一、旋頭歌⑤）、(8)吾 欲 云《ワレヲホシとイフ》（巻十一・二三六二、旋頭歌⑤）など

ウへ　(1)宇奈波良乃宇倍尓《ウナハラのウへニ》（巻二十・四三三五④）、(2)夜敝乎流我宇倍尓《ヤヘヲルガウへニ》（巻二十・四三六〇、長七）、(3)之良比気乃宇倍由《シラヒげのウへユ》（巻二十・四四〇八、長七）、(4)夜蘇之麻能宇倍由《ヤソシマのウへユ》（巻十五・三六五一、旋頭歌⑤）、(5)八重折之《ヤへヲルガ》於丹《ウへニ》（巻七・一一六八④）、(6)吾山之於尓《ワガヤマのウへニ》（巻十・一九一二②）、(7)手枕 之上尓《タマクラのウへニ》（巻十一・二六三一④）、(8)住《スム》沢 上尓《サハのウへニ》（巻十一・二六八〇②）、(9)大橋之上従《オホハシのウへユ》（巻九・一七四二、長七）など

オト　(1)爪引夜音之《マツビクヨオとの》（巻四・五三一②）、(2)浮津之浪音《ウキツのナミオと》（巻八・一五二九②）、(3)清 瀬音乎《キヨキセのオとヲ》（巻十・二二二二④）、(4)海部之檝 音《アマのカヂのオと》（巻十二・三一七四②）、(5)馬 足音《ウマのアのオとそ》（巻十一・二六五四④）、(6)爪引夜音之《マツビクヨオとの》（巻十九・四二一四、長七）など

オモフ　(1)奥槨常念 者《オクツきとオモへバ》（巻三・四七四④）、(2)己我跡曽念《オのガとそオモフ》（巻七・一三四八④）、(3)吾者家思《アレハイへオモフ》（巻九・一六九〇④）、(4)心 相念《こころアヒオモフ》（巻十・二〇九四②）、(5)及レ失念《ウスルマデオモフ》（巻十一・二四〇〇④）、(6)通 念《とホシテそオモフ》（巻十一・二四四三④）、(7)達 而念《とホリテそオモフ》（巻十一・二七九四④）、(8)汝者如何念也《ナハイカニオモフ》（巻十三・三三〇九、長七）、(9)見之賀登念《ミテシカとオモフ》（巻十一・二三六六、旋頭歌②）など

散文において、ニアリ＞ナリ、トイフ＞テフ等というように縮約の現象をもつ、アリ・イフ・ウへ・オト（及びオモフ）などが「五音節目の第二母音」より前に位置するときは、一般の音韻現象に見合うかたちで字余りを生じていた。それと同じく右に見るごとく「五音節目の第二母音」以下でもこれらの語は字余りを生じていることになる。散文で縮約現象を伴う語（アリ・イフ・ウへなど）は、結局、短歌第二・四句、長歌七音句の句中のどの位置（「五音節目の第二母音」より前、及び以下）にあっても字余りを生じているということである。

短歌第二・四句等の「五音節目の第二母音」以下に位置する、たとえば「オモフ」を例にとってみるとき、「己《オ》我《のガ》跡《と》曽《そ》念《オモフ》」（巻七・一三四八④）のように、五文字（「オのガとそ」）のあと、即ち六文字目に「オモフ」の「オ」が位置する例が計八例みられる。それにしても六文字目に「オモフ」の「オ」が位置すれば、「オモフ」は三文字なのでそのオが位置するのは六文字目だけであって、字余りにしかなりようがないのだから、オモフの例がこの位置でいずれもが字余りになる、と強調してみても意味などないのではないかと主張する見方もあろうか。が、そうした論を展開すること自体、そもそも問題が存するであろうと考えられる。

句中に母音音節を含むとき、字余りとしてあるものは、文字は余っていても、一般にその句の唱詠（音声）にあっては定型を破るような乱れはなかったと見ることができる。しかし、「五音節目の第二母音」以下においてもしも右の「オのガとそオモフ」の字余りが唱詠上乱れているということであれば、実はオモフは、このように「～とそ」からも続くが「そ」のない「と」からも「見之《ミテシ》賀《カ》登《と》念《オモフ》」（巻十一・二三六六②）、「忘《ワスル》跡《と》念《オモフ》勿《ナ》」（巻一・八〇⑤）、「愛《ウツクシ》等《と》念《オモフ》吾《ワ》妹《ギモ》乎《ヲ》」（巻十二・二九一四①・②）などと詠まれていることからして、「己《オ》我《のガ》跡《と》念《オモフ》」と「そ」をもたない非字余りで詠むこともできるはずである。よってこの歌の作者が作歌するその段階で、「オのガとそオモフ」といった字余り句が破調・破格であると考えるのであれば、字余りにはせず七文字（非字余り）の句として作ったはずである。が、そうはしていない。こうしたことを考慮するならば、オモフが「五音節目の第二母音」以下では字余りにしかなりようがないなどといったごとき論をたてるのはいかがか。当を得たものとは言い難いであろう。またアリ・イフ・イヅなどの場合も、たとえば「安《ア》布《フ》許《こ》登《と》母《モ》安《ア》良《ラ》牟《ム》」（巻十五・三七四五②）、「夜昼登《ヨルヒルと》不レ云《イハズ》」（巻二・一九三②）、「伊《イ》知《チ》之《シ》路《ロ》久《ク》伊《イ》泥《デ》奴《ヌ》」（巻十七・三九三五④）のごとく、「アラム・イハズ・イデヌ」等といった三文字になることが少なくなく、これらもオモフと同じ三文字のかたちをとっているので、やはり「五文字＋三文字（アラムなど）」であって字余りにしかなりようがない、字余りにならざるを得ない、などといったごとき見方・捉え方があるかも知れない。がしかし「宇都呂布等伎安里《ウツロフとキアリ》」（巻二十・四四八四②）、「神曽《かみそ》著常《ツクと》云《イフ》」（巻二・一〇一④）、「共《とモニ》 滷尓《カタニ》出《イデ》」（巻七・一一六四②）等といった、三文字ではなくて二文字（アリ・イフ・イデなど）もあり、その二文字でもって字余りをきたしている、といったことも同時に見据えておかねばなるまい。いったい、「五音節目の第二母音」以下の字余りについて、字余りにしかなりようがないなどといった論を展開すること自体が問題であるということである。

五

右のことにも増して注目されるのは、散文においてニアフ＞ナフ、テオク＞トクなどといった縮約の現象を持たないアフ・オク・オフ・ウカブ・ウウ・イノチなどが「五音節目の第二母音」より前に位置するときには、おしなべて字余りを生じていなかった、非字余りというかたちで存在していた。これらの語がアリ・イフなどと違って非字余りであるというのは、この位置（「五音節目の第二母音」より前）では一般の音韻現象に則りつつ唱詠がなされたということであり、そのことについては先に説明した。簡単にまとめて言えば、散文で縮約をみないこれらの語が「五音節目の第二母音」より前で、たとえば、仮にアフが「キミニアハズシテ」のように字余りになっているとすれば、この句は八文字であると同時に、音声上も音節として八音節であることになってしまい、七音句としての句が乱れたかたちで唱詠されたことを意味することになるということである。[二]の例の「伎美尓《キミニ》安波受弖《アハズテ》」（巻十五・三七七七②）で示したように、縮約現象をみないアフは、ニアハズのニとアとは二文字であると同時に二音節であるので、これらの句は七文字がそのまま七音節の句であるということになって、唱詠に乱れはないということになるのである（オク・オフ・イノチ等も同じ）。

それではこれらの語（アフ・オクなど）が短歌第二・四句等の「五音節目の第二母音」以下に位置するときには、

どうなっているのか。この位置にあっては、実は次の[四]にみるように、一例を除いていずれも字余りを生じている(8)のである。

[四] 短歌第二・四句等の「五音節目の第二母音」以下の母音音節

○字余り

アフ (1)比等欲伊母尓安布《ヒとヨイモニアフ》（巻十五・三六五七②）、(2)沫雪ニ《アワユキニ》相而《アヒテ》（巻八・一四三六④）、(3)君尓《キミニ》於レ是《ここ》相《ニアヒ》（巻十九・四二五三④）、(4)道尓《ミチニ》往相而《ユキアヒテ》（巻十二・二九四六②）

オク (1)安比太之麻思於家《アヒダシマシオケ》（巻十五・三七八五②）、(2)遊吉波布里於吉弖《ユキハフリオキテ》（巻十七・四〇〇三、長七）、(3)等利《とリ》安宜麻敝尓於吉《アげマヘニオキ》（巻十八・四一二九②。アとオで九文字）、(4)以波比弊等於枳弖《イハヒへとオキテ》（巻二十・四三九三④）、(5)比《ヒ》登乃左刀尓於吉《とのサトニオキ》（巻十四・三五七一②）、(6)馬 桉置而《ウマニクラオキテ》（巻十・二二〇一②）、(7)穂 上置《ホのウヘニオケル》（巻十・二二四六②）、(8)山越 置代《ヤマゴシニオキテ》（巻十一・二六九八④）、(9)継而《ツギテ》霜哉《シモヤ》置《オク》（巻十九・四二六八②）、(10)中尓《ナカニ》立置而《タテオキテ》（巻三・三八八、長七）、(11)前 坐置而《マヘニスヱオキテ》（巻三・四四三、長七）、(12)芽ニ《ハぎニ》貫置有《ヌキオケル》（巻八・一五四七②）

オフ (1)咲沢ニ《サキサハニ》生流《オフル》（巻四・六七五②）、(2)磐影尓《イハカげニ》生流《オフル》（巻四・七九一②）、(3)水陰 生《ミツカげニオフル》（巻十二・二八六二②）、(4)開沢 生《サキサハニオフル》（巻十二・三〇五二②）

ウカブ (1)梅 花浮《ウめのハナウカで》（巻八・一六五六②）

ウウ (1)佐由利比伎宇恵天《サユリヒキウヱテ》（巻十八・四一一三、長七）、(2)屋戸尓《ヤドニ》引植而《ヒキウヱテ》（巻十九・四一八五、長七）

オホシ (1)不レ寝夜叙多《イネヌヨぞオホキ》（巻二・一五六④）

イノチ (1)信 吾命《まことワガイのチ》（巻十・一九八五④）、(2)信 吾命《まことワガイのチ》（巻十二・二八九一④）

「沫雪ニ《アワユキニ》相而《アヒテ》」（巻八・一四三六④）を例にとって言えば、散文で縮約をみないアフは先の[二]でみたように字余りを生じない、ということが一般の音韻現象に見合っていると考えられるとき、「五音節目の第二母音」以下でも、「アワユキニアヒテ」のように「アヒテ」と三文字にするのではなくて、実際「テ」のない「君尓《キミニ》於レ是《ここ》相《ニアヒ》」（巻十九・四二五三④）〈これも字余りであることに意味がある〉とアヒも存在するのであるから「アワユキニアヒ」（かかる表現でも、この歌の前後の語句との間に不都合はない）のごとく非字余りにすることもできようが、それをしていない。いったいアフやオク・オフ等の語が「五音節目の第二母音」以下で、字余りになっているのがわずか一・二例に留まっているのであれば、それはあるいは例外的にそうなっているとみてよいかも知れないが、実際は右にみる通り多くの例（二十六例）がいずれも字余りを生じているのである。「五音節目の第二母音」以下が、それより前と同じ唱詠がなされていたとすれば―更に散文の縮約の現象のことも考慮すれば―、これらの語はそれ以下でも同じように字余りは起こらず非字余りであってよいはずであるが、しかも「五音節目の第二母音」より前と以下とで非字余りなら非字余りという同じかたちで統一されているならば、位置の違いで何か異なりが存しているなどと考えなくてもよい。が、まさにこの位置の違いによって大きく二つ（非字余りと字余り）に分かれているのであり、そのことは、短歌第二・四句等においては、この位置の前後で唱詠のし方・あり方が異なっていることを示唆している、と受け止めてよいということになろう。それにしても、「五音節目の第二母音」以下に母音音節が位置して字余りである場合、それが文字だけでなくて音声上でも余りということであれば、それは唱詠上の乱れ、音律の乱れであるということになってしまう。が、この位置でこれほどまでに唱詠上の乱れがあるなどということは考え難いことであり、とすれば、つまり唱詠の乱れでないとすれば、それではこのあり方をどのように把握し意味づけたらよいかということになるのである。

六

そもそも唱詠上、乱れているということであれば、和歌を作る作者が、その和歌を作る最初の段階、構想を練る最初の時点でそれを避け、歌わんとする内容を変えないで、音律が乱れない、それを防ぐ表現をしたであろうということが考えられる（先に少し触れた）。歌を作るときの推敲の過程などはよくは分からないが、萬葉集の歌の本文に対して、「或云・一云」などと記されたものがあり、そこに存する歌詞などはそうしたことを考える上で、参考になろうかと思われる。

(1)日知《ヒジリ》之《の》御世《ミよ》従《ユ》〈或云、自レ宮《ミヤユ》〉……所レ知食之乎《シラシメシシヲ》〈或云、食来《メシケル》〉……御念食可《オモホシメセカ》〈或云、所レ念計米可《オモホシケめカ》〉（巻一・二九）

(2)如此許《カクバカリ》　恋尓将レ沈《コひニシヅマム》　如二手童児一《タワラハのごと》〈一云、恋乎大尓《コひヲダニ》　忍金手武《シのびカネテム》　多和良波乃如《タワラハのごと》〉（巻二・一二九）

(3)天照《アマテラス》　日女之命《ヒルメのみこと》〈一云、指上《サシアガル》　日女之命《ヒルメのみこと》〉……天雲之《アマクモの》　八重掻別而《ヤへカキワけテ》〈一云、天雲之《アマクモの》　八重雲別而《ヤへクモワけテ》〉……神《カム》
上《アガリ》ゝ座奴《アガリイマシヌ》〈一云、神登《カムのボリ》　座《イマシ》　尓之可婆《ニシカバ》〉……其故《そこユヱニ》　皇子之宮人《ミコのミヤヒと》　行方不レ知毛《ユクへシラズモ》〈一云、刺竹之《サスダけの》　皇子　宮《ミコのミヤ》
人《ヒと》　帰辺不レ知尓為《ユクへシラニス》〉（巻二・一六七）

(4)見十方不怜《ミレどモサブシ》　無人念者《ナキヒとオモヘバ》〈或云、見者悲霜《ミレバカナシモ》　無人思丹《ナキヒとオモフニ》〉（巻三・四三四）

本文に対して、こうした「或云、一云」の歌詞が「伝承過程において生じた訛伝か、作者本人の別案か、しばしば判定困難」（新編日本古典文学全集『萬葉集①』）ということもある。次は、長歌七音句のところで、本文のほうに母音音節オを含み、一云のほうも母音音節アを含んでいて、双方とも母音音節（オ・ア）は「五音節目の第二母音」より前に位置している例である。

相屋常念而《アワヤとオモヒテ》〈一云、公毛相哉登《キミモアワヤと》〉（巻二・一九四、長七）

本文が字余りとなっており、一云は非字余りである。この例は本文の字余りも、一云の非字余りも唱詠上、道理に適ったあり方であると言ってよい。それは、本文も一云も「五音節目の第二母音」より前に位置していて、前述のように、縮約形を一方にもつオモフの場合は、音声上「とオモフ」の「とオ」が一つの単位（一音節）に

なっており(それゆえの字余り)、一方、縮約形を持たない一云のほうのアフの場合は音声上「モアフ」の「モア」はモとアがそれぞれ一単位(一音節)であって(それゆえの非字余り)、この場合は両者とも唱詠上に乱れはない、と言える。

九月《ナガツきの》　四《シ》具《グ》礼《レ》乃《の》雨之《アめの》……〈一云、十月《カムナヅき》　四《シ》具《グ》礼《レ》乃《の》雨降《アめフリ》〉(巻十・二二六三)

右の本文の第一・二句の「九月《ナガツキの》　四《シ》具《グ》礼《レ》乃《の》雨之《アめの》」に対して一云として「十月《カムナヅき》　四《シ》具《グ》礼《レ》乃《の》雨降《アめフリ》」がある。第二句目はどちら(本文・一云)も「五音節目の第二母音」より前に母音音節ア(アめのア)を含んで、本文のほうが非字余りであり一云のほうは字余りとなっている。雨《アめ》の場合、複合語としての「ナガアめ」は「ナガめ」となる可能性があり、「令《チ》レ落《ラ》長雨《スナガめ》之《の》」(巻十・二二六二②)、「霖《ナガめ》　禁《サ》経《へ》」(巻十六・三七九一、長五)、「令《ク》レ腐《タ》霖雨《スナガめ》之《の》」(巻十九・四二一七②)は古写本以来、一般にナガメと訓まれている。ただ、上代にナガメの仮名書き例は見出し難く、また古辞書で『和名類聚抄』に「霖、三日以上雨也　音林和名奈加阿女」のごとくナガアメと記されている。が、『類聚名義抄』では「霖　ナカメ」とナガメもある。複合語については前に触れたが、音声上、一単位となりやすい。とりわけ「ナガアめ」の「ガア」は「(-a)-(a)」と同じ母音(a)が続いており脱落形「ナガめ」が生まれる可能性が高い、と言ってよい[9]。しかし、複合語としてではない「雨《アめ》」の場合、「五音節目の第二母音」より前にあっては「助詞「の」+アめ」の「奈《ナ》久《ク》欲《ヨ》乃《の》雨尓《アめニ》」(巻十七・三九一六④)をはじめとして「零来雨可《フリクルアめカ》」(巻三・二六五②)、「今日《ケフ》零雨尓《フルアめニ》」(巻八・一五五七④)、「不《フ》レ零《ラ》雨故《ヌアめユヱ》」(巻十一・二八四〇②)等といずれも非字余りである。非字余りであるということは、「ナクヨのアめニ」の「の」と「ア」、「フリクルアめカ」の「ル」と「ア」等は音声上それぞれが一単位(一音節)であって、それゆえに、これらは句中に母音音節を含まない句と同じことになり、文字の余らない非字余りということになるのである。

右の一云と共に挙げた二二六三番の二句目の本文「シグレのアめの」という非字余りも「のアめ」の「の」と

「ア」は音声上それぞれが一単位（二文字がそのまま二音節）であって唱詠上の乱れはないと言える。が、一方の一云のほうの「シグレのアめフリ」（「アめ」のアは「五音節目の第二母音」より前）という字余りは、この位置では一般にあり得ない「のアめ」の二文字としての「のア」が一単位（一音節）となってしまうという唱詠上の乱れを生じるかたちをとってしまうことになる。あるいは、二文字の「のア」を音声上二単位（二音節）で詠むとしても、この句は文字も八文字、音声上でも八音節となってしまい、やはり乱れた詠みということになる。この和歌の作者は、唱詠上に乱れのある「シグレのアめフリ」（一云の字余り）は避けて、音声上、道理に適った唱詠上に乱れのない「シグレのアめの」（非字余り）を最終的に本文のほうに据えたということが考えられてよいであろう。

七

……天尓満《ソラニミツ》　倭乎《ヤマとヲ》置而《オキテ》　青丹吉《アヲニヨシ》　平山乎超《ナラヤマヲコえ》〈或云、虚見《ソラミツ》　倭乎《ヤマとヲ》置《オキ》　青丹吉《アヲニヨシ》　平山越而《ナラヤマコえテ》〉……（巻一・二九）

この二九番の人麻呂作の本文と或云との関係において、或云のほうが「虚見《ソラミツ》」であり本文のほうが「天尓満《ソラニミツ》」であるが、これについて「天にみつ―大和の枕詞。既出ソラミツ（一）に人麻呂なりの解釈を加え五音に整えた」（同『萬葉集①』）という注釈があることも注意されてよかろう。「そらみつ」は古事記歌謡にも「蘇良美都《ソラミツ》　倭《やまと》の国に　雁卵《かりこ》生《む》むと聞くや」（仁徳天皇条）、「斯《か》くの如《ごと》　名に負はむと　蘇良美都《ソラミツ》　倭の国を　蜻蛉島《あきづしま》とふ」（雄略天皇条）等とあり、集中でも「虚見津《ソラミツ》　倭《やまと》の国は　おしなべて　我《われ》こそ居《を》れ」（巻一・一）とあり後の巻にも「神代《かむよ》より　言ひ伝《つ》て来《く》らく　虚見通《ソラミツ》　倭の国は　皇神《すめかみ》の厳《いか》しき国」（巻五・八九四）、「虚見都《ソラミツ》　倭の国は　水の上は　地《つち》行くごとく」（巻十九・四二六四）等とある中で、人麻呂本人はそうした一般に行われている「そらみつ」に対して、推敲のうえ最終的に本文としては「天《そら》に＋みつ」という解釈のもとに、定型の五音に整えたとみることができようか。またこの人麻呂作で注意されるのは、或云の「倭乎《ヤマとヲ》置《オキ》」と本文の「倭乎《ヤマとヲ》置而《オキテ》」である。この二九番は、本文において「畝火《ウネび》之《の》山乃《ヤマの》」、「阿礼《アレ》座師《マシシ》」、「弥継嗣尓《イヤツギツギニ》」、「此間等《ここと》雖レ聞《キけども》」、「見者《ミレバ》悲毛《カナシモ》」等の如く付属語（助詞・助動詞）が記されており、とくに或云では「自レ宮《ミヤユ》」、「食来《メシケル》」、「倭乎《ヤマとヲ》置《オキ》」、「所レ念計米司《オモホシケめカ》」、「春日《ハルヒ》香霧流《カキレル》」、「夏草香《ナツクサカ》」、「繁成奴留《シげクナリヌル》」、「見者《ミレバ》左夫思母《サブシモ》」等といずれも付属語を記しているので、或云の「倭乎置」は「倭乎置《オキテ》」と「テ」を訓み添えないほうがよいであろう。対して本文は「倭乎《ヤマとヲ》置而《オキテ》」である。或云の「ソラミツ」を本文で「ソラニミツ」と五音の定型にしていることと共に、或云の「ヤマとヲオキ」を本文で「ヤマとヲオキテ」と、やはり七音節の定型としており、しかもオクは「五音節目の第二母音」より前なので字余りにはなっていないことも看過できないことである。このように、本文と「或云・一云」とを眺めるとき、唱詠上、乱れが生じてしまうとなれば、作者自身それを防ぐ表現をとったであろうことが、こうしたところからも垣間見ることができると言ってよかろう。

議論の対象を、散文で縮約現象を起こさない、前節でみるアフ・オク・オフなどが短歌第二・四句等の「五音節目の第二母音」以下では字余りを生じているということに合わせて言うならば、この位置でこれらの語が字余りであっては唱詠上乱れるということであれば、作者はそれを避けたであろうということである。しかしながら、「五音節目の第二母音」より前ではこれらの語が非字余り〔二〕であったのに対して、この位置ではとり挙げたいずれもの例が字余りをきたしているのであり、このことはこの位置では字余りであっても、音声上、乱れたかたちでは唱詠されなかった、破調・破格ではなかったことを示していると言ってよいであろう(10)。

文字言語としての散文の中にニアリ＞ナリ、トイフ＞テフ等といった縮約現象が認められるものは、音声言語においてニアリ・トイフのニア・トイ等の発音が一般に結合度を高めることによって、ニア（リ）・トイ（フ）等に融合・脱落が生じてナ（リ）・テ（フ）といった一単位（一音節）に縮約され、それが散文などの文字言語に表れていると言える。萬葉集でニアリ・トイフ等が字余りとして表れるのは、その句が詠まれる場合に、字余りのニア（リ）・トイ（フ）と、縮約したナ（リ）・テ（フ）との音の長さが同じであったかどうかという問題はあろうが、字余りのニア（リ）・トイ（フ）はナ（リ）・テ（フ）と同じく一単位（一音節）で詠まれるのであり、それが文字言語にあっては二文字で表れていて――よって、一句の文字数は余るが――リズムは乱れていないと捉えることができるのである。一方、散文で縮約現象をみないアフ・オク・オフなどは、音声言語にあってニアフ・ニオクのニア・ニオ等の発音は一般に結合度は低く、融合・脱落は起こらず、萬葉集の短歌第二・四句等の「五音節目の第二母音」より前で、「キミニアハズテ」、「ウヘニオキタル」のごとく非字余りであるのは、ニとア、ニとオは結合度が低く、ニア・ニオの二文字は詠まれる場合も二単位（二音節）であってリズムの乱れはなかったと言える。とくに縮約現象をみないアフやオクなどが短歌第二・四句等の「五音節目の第二母音」より前において非字余りであるというのは、一般の音韻現象に基づきながらの唱詠がなされたことを意味すると捉えてよいであろう。それに対して散文などで縮約を見ないこうしたアフ・オクなどが「五音節目の第二母音」以下では[四]のごとくいずれも字余りになっていた。が、それではこれらは音声上、リズムが乱れ、破調・破格であったかと言えばそうではない。いま、「馬桜置而《ウマニクラオキテ》」（巻十・二二〇一②）を例に挙げて言うならば、クラとオキテとが仮に結合度の低い状態で詠まれたとするならば、「ウマニクラオキテ」のラとオとは二文字であると共に、二音節ということになり、唱詠において音節が八単位となって定型を破った乱れた状態で詠まれたことになってしまう。が、そういう詠まれ方ではなかったであろう。そういう詠まれ方ではなかったゆえに、「五音節目の第二母音」以下では、散文で縮約現象をもたないアフをはじめ、オク・オフなど[四]でとり挙げたものがいずれも字余りになっているのである。即ち、破調・破格であればこれほど多くのものを作者は字余りのままにすることはなくその位置よりも前と同じく非字余りにした（前述）と考えられる。一般の音韻現象に基づくというよりも、縮約には結びつかないニア（フ）・ニオ（ク）などのニア・ニオも「五音節目の第二母音」以下の位置ではニアリ・トイフ等と同じように結合度を高めるかたちで詠まれたということを意味していると捉えることができる。「ウマニクラオキテ」のほか、「ウめのハナウカで」、（四の例）のようにとくに結合度の高くない体言（クラ・ハナ）に動詞（オク・ウカブ）が来るもの（勿論、これらに縮約はない）までが字余りを生じているのはそのためである。

おわりに

萬葉集の五七調の和歌において、一句が「子音音素＋母音音素（カ・サ・タ…など）」ばかりの句は五文字・七文字であって単位もそのまま五単位（五音節）・七単位（七音節）であり、字余りを生じることはなく文字数と単位（音節）数とは一致している。それに対して、句中に母音音節「ア・イ・ウ・エ・オ」を含む場合は字余りを生じる。が、すべてが字余りを生じるわけではなく、字余りになるものとならないものとに二分される。考証を行なった上でのことであるが、字余りとしてあるものは、文字は余っていても、一般的にその句の唱詠（音声）にあっては定型を破るような乱れはないと言ってよく、同じく母音音節を含んだ非字余りにあってもその句の唱詠に乱れはなかったと見做すことができる。仮に字余りが単位をオーバーして乱れた唱詠がなされたなどということであれば、その乱れは、ほとんどすべてが句の中に母音音節を含むものばかりということになり、それはあまりにも不自然なことと言わねばならず、母音音節を含んで文字はオーバーしていても単位（音節）としては破調・破格ではなかったとみてよい。本稿では、短歌第二・四句、長歌七音句（結句以外）、旋頭歌第二・五句において、一つの句でありながら、一句の中での母音音節の位置によって字余り如何に変化があることを探り、「五音節目の第二母音」に焦点を当てて、それより前と以下とで字余りになるものとならないものとを追究し、その意味するところを論述した。

散文で縮約現象をみるニアリ＞ナリ、トイフ＞テフなどは、～ニとア、～トとイが結合度を高めることによって起こるものであり、和歌においての字余りである～ニアリや～トイフなども結合度が高いことによって起こるものであって縮約と同じ方向をむいている現象であると言える。一方、散文で縮約現象をみない～ニアフ、～テオクなどは「五音節目の第二母音」より前では字余りを生じず非字余りとして存在する。字余りを生じないというのは、～ニアフのニとア、～テオクのテとオとは結合度が低い状態にあることを意味しており、従って、「五音節目の第二母音」より前での非字余りも縮約を起こさない一般の音韻現象と同じ方向を向いた唱詠のし方がなされていたことを表していると言える。それに対して、「五音節目の第二母音」以下では、縮約をみないこれらの～ニアフ、～テオクなどはその位置より前とは違っていずれも字余りを生じていた。この位置での字余りは、縮約現象をみない～ニアフ、～ニオクなどが字余りになって結合度を高めているのであり、かかるかたちでもって唱詠上、リズムの乱れがない詠まれ方がなされていた、と言える。即ち、「五音節目の第二母音」以下では、結局のところ母音音節を含む語はいずれも字余りを生じているのであり一般の音韻現象に則るかたちではない在りようであったと言え、しかもそうした在りようで唱詠上、破調・破格ではない詠まれ方がなされていたのだと把握できる。

本稿では、とくに一句の中でありながら短歌第二・四句等の「五音節目の第二母音」より前とそれ以下とで字余り如何に相違があり、その両者間の唱詠のあり方に違いが認められること等について縮約現象をも視野に入れつつ論じてきた。

注

（1）　基本的に句の初めの母音音節は字余りにならない。本稿での萬葉集の用例は、井手至・毛利正守『新校注　萬葉集』（和泉書院、平20）による。

（2）次の[一]の字余りは、散文で縮約現象を生じる語を挙げている。ただし、オモフは散文で見出し難いが、和歌では「阿波武等母比之《アハムとモヒシ》」（巻五・八三五②）、「奈美迩之母波婆《ナミニシモハバ》」（巻五・八五八④）、「安我毛布許己呂《アガモフこころ》」（巻十五・三七八五④）、「毛能毛布等《モのモフと》」（巻十五・三七〇八①）のごとく縮約をみる。後でオモフを関わらせて述べるので、一応この[一]でもとり挙げておく。

（3）「自立語＋付属語」（「我＋は」、「我＋に」など）という一つの文節にあっては、結合度が高い「安定的単語結合体」と捉えることができるのに対して、「自立語＋付属語＋自立語」（「人に＋与える」など）といった連文節においては、「安定的単語結合体」に較べて結合体をなす度合いは高くなく、そのときに結合体をなすものは、「臨時的結合体」と捉えられる。後者の場合、結合は臨時的であるので非字余りも生じることになる。結合体に関しては服部四郎『言語学の方法』（岩波書店、昭35）、また、それに則っての字余り・非字余りについては、拙論「萬葉集に於ける単語連続と単語結合体」（『萬葉』100号、昭54・4）等を参照願いたい。

（4）注（3）の拙論、同「萬葉集の「（音韻的）音節」と唱詠のあり方をめぐって」（『国語学』174集、平5・9）、同「古代日本語の音節構造の把握に向けて」（佐藤武義編『萬葉集の世界とその展開』白帝社、平10・4）等、及び同「萬葉集に於ける単語連続と単語結合体（資料篇1）」（『山手国文論攷』1号、昭53・3）等を参照願いたい。

（5）拙論「萬葉集の字余り―音韻現象と唱詠法による現象との間―」（『日本語の研究』7の1、平23・11）や注（4）の「資料篇」等を参照。

（6）萬葉集（とくに長歌）における字足らずについて、大島信生「万葉集長歌の字足らず」（『皇學館論叢』16の3、昭58・6）、垣見修司「長歌の字足らず句―記紀歌謡から万葉へ―」（坂本教授退休記念号『叙説』37号、平22・3）等に注目される詳論がある。

（7）注（4）（5）の拙論のほか、同「古代の音韻現象―字余りと母音脱落を中心に―」（『日本語史研究の課題』武蔵野書院、平13・10）、同「萬葉集字余りの在りよう―A群・B群の把握に向けて―」（『国語と国文学』89の4、平24・4）等を参照。

（8）一例「可未尓奴佐於伎《カみニヌサオキ》」（巻二十・四四二六②）のみ例外的に非字余りになっている。この歌は、昔年の防人歌である。

（9）（4）の二つ目の拙論、四つ目の「資料篇」等を参照のこと。

（10）なお、一句に母音音節を含む句の唱詠と共に、このことと関わらせて母音音節を含まない「子音音素＋母音音素」ばかりの句の唱詠のし方についても注（4）の「萬葉集の「（音韻的）音節」と唱詠のあり方をめぐって」（『国語学』174集、平5・9）等でとり挙げているので参照願いたい。

『肥前国風土記』佐嘉郡郡名起源説話の特質
――異伝記載の意図を考える――

谷口雅博

はじめに

「風土記」の地名起源説話の中には、一つの地名に対して複数の由来を載せている場合がある。これまで『播磨国風土記』と『常陸国風土記』に見られる地名起源異説並記の記事について検討してきたが、それぞれの「風土記」、若しくはそれぞれの記事において、複数の起源を記載する意図があったのではないかということを論じてきた。(1) 本稿では、『肥前国風土記』に見られる異説並記の記事を検討し、その記載意図について考えたい。『肥前国風土記』において異説を並記するのは、佐嘉郡郡名記事のみである。「一云」という書式自体は、後述するようにもう一例あるのだが、それは異説並記の内容とは異なるものである。

また、これまで、何度か風土記の記事配列ということについて考えてきた。例えば『常陸国風土記』の場合、倭武天皇の記事を並べてみると、常陸国における巡行説話としてある程度の物語的配列意識が看取された。また『播磨国風土記』の天日槍命と葦原志許男命との国占め争いを繋げて行くと、天日槍命の播磨国上陸から但馬国定着までの流れがあることが把握出来た。(2) 風土記の各々の地名起源説話は、それぞれに独立した記事であり、断片的な記述の集合となっているわけだが、それぞれの記事は、ゆるやかに関係を持ちながら意図的に配列されているのではないか。そこには、編者の意図や工夫が見られるのではないかと思われるのである。そうした点も含めて考えて行きたい。

一、『肥前国風土記』の「一云」

検討対象となる佐嘉郡の記事を挙げる前に、先述のもう一つの「一云」について触れておきたい。(3)

杵嶋郡　郷は肆所。里は一十三。駅は壱所なり。
昔者、纏向日代宮に御宇しめしし天皇、巡り幸しし時、御船、此の郡の盤田杵の村に泊てたまひき。時に、船の牂戨の穴より冷き水、自ら出でき。一いは云はく【一云】、船泊てし家、自ら一つの嶋と成りき。天皇、御覧して、群臣等に詔して曰はく、「此の郡は、牂戨嶋の郡と謂ふべし」とのりたまひき。今、杵嶋郡と謂ふは、訛れるなり。郡の西に、湯泉出づるところ有り。巌の岸峻極々しくて、人跡罕に及る。（杵嶋郡）

右の話、地名の由来自体は後半部の景行天皇の詔に拠っており、前半部には由来に直結する記述はない。前半部は地名「牂戨嶋（カシシマ）」の「牂戨（カシ）」の由来に関わり、後半部は「嶋」の由来に関わるというように、景行天皇に纏わる出来事を前後半に分けて、併せて「カシシマ」の由来となるという形となっている。通常「一云」は異伝を記す際に使われるものではあるが、この例は異伝と言えるものにはなっていない。従って、佐嘉郡の記事は―現存する本文においてはという限定付きではあるが―『肥前国風土記』で唯一異伝を記しているということになる。ただ、杵嶋郡のような例があるということは、「一云」が単純に異説を並記するものではないことを示しているとも思われ、佐嘉郡郡名記事についても慎重に検討する必要があろう。

では、次に検討対象となる『肥前国風土記』佐嘉郡の記事を掲げる。

佐嘉郡　郷は陸所。里は一十九。駅は壱所、寺は壱所なり。

〔A〕昔者、樟樹一株、此の村に生ひたりき。幹枝秀高く、茎繁茂れり。朝日の影は、杵嶋郡の蒲川山を蔽ひ、暮日の影は、養父郡の草横山を蔽へり。日本武尊、巡り幸しし時、樟の茂り栄えたるを御覧して、勅したまひしく、「此の国は栄の国と謂ふべし」とのりたまひき。因りて栄の郡と曰ひき。後に改めて佐嘉郡と号く。

〔B〕一ひと云へらく【一云】、郡の西に川有り。名を佐嘉川と曰ふ。年魚あり。其の源は郡の北の山より出で、南に流れて海に入る。此の川上に荒ぶる神有りて、往来の人、半を生かし、半を殺しき。茲に、県主等の祖大荒田、占問ひき。時に、土蜘蛛、大山田女・狭山田女有り。二の女子の云ひしく、「下田の村の土を取りて、人形・馬形を作りて、此の神を祭祀らば、必ず応和ぎなむ」といひき。大荒田、其の辞の随に、此の神を祭るに、神、此の祭を歆けて、遂に応和ぎき。茲に、大荒田云ひしく「此の婦は、如是、実に賢女なり。故、賢女を以ちて、国の名と為むと欲ふ」といひき。因りて賢女の郡と曰ひき。今、佐嘉郡と謂ふは、訛れるなり。

〔C〕又、此の川上に石神あり。名を世田姫といふ。海の神 鰐魚を謂ふ 年常に、流れに逆ひて潜り上り、此の神の所に到る。海の底の小魚多に相従ふ。或いは、人其の魚を畏めば殃なく、或いは、人捕り食へば死ぬること有り。凡て、此の魚等、二三日住まり、還りて海に入る。

佐嘉郡の記事は、右に挙げたように〔A〕〔B〕〔C〕の三段に分けることが出来る。〔A〕は佐嘉郡の郡名由来前半部、〔B〕は佐嘉郡の郡名由来後半部、〔C〕は土地神に纏わる伝説・言い伝えとなっている。ところで、佐嘉郡は肥前国の国府があった郡である。[4] 風土記の地名由来譚を確認すると、国名由来譚には特殊な意識が働いていたことが窺えるのだが、実は国府のある郡の郡名由来にも、特殊な意識が込められているのではないかと思われる節がある。例えば『常陸国風土記』国名の場合は「或曰」として異説を並記するのに加えて「風俗諺」として「筑波岳に黒雲挂り、衣手漬の国というは是なり」という枕詞的詞章を伴う言い回しを記す。『出雲国風土記』の国名記事は短いが、こちらも「八雲立つ出雲」という、枕詞＋地名の型を示す点で常陸国の場合と共通する。また、『常陸国風土記』の場合、茨城郡郡名由来記事にも異伝があるが、茨城郡は国府のある郡である。(5)『出雲国風土記』では、国庁所在地である意宇郡は、この風土記の中で最も長大な国引き神話をその由来として記す。『肥前国風土記』の場合、国名由来には異伝はないが、由来譚となっている怪火伝承は崇神天皇の御世と景行天皇の御世との二代に亙る話となっていて、記事自体二重構成となっている点に特徴がある。他にこのような例は見えない。そして国府のある佐嘉郡郡名のみが由来の異説並記をしているのである。各国風土記の編述方針はそれぞれに異なるものの、やはり国名由来と国府所在郡の郡名由来には、特異な意識が働いているのは間違いないのではなかろうか。(6)

二、佐嘉郡郡名起源後半部の考察

佐嘉郡郡名記事の検討に入りたい。記載順からすれば逆となるが、まずは郡名由来の後半部である〔B〕の方から検討して行きたい。本来サカの地名由来として存在していたのはこの〔B〕の方の話であったのではないかと思われるからである。後半部は所謂交通妨害説話である。既に良く知られているように、この型の話は『肥前国風土記』の中に他にも二例見られ、また他の風土記にも幾つか類例が見られるものである。それぞれに地名起源記事となっている。以下に各記事の場所・神の名称・交通妨害の描写・祭祀などの幾つかの要素を挙げておくこととする。

1、『肥前国風土記』基肄郡姫社郷

山道川の西／荒ぶる神／「半は凌ぎ半は殺ぬ」／神意＝祭祀者の指定（筑前国宗像郡の人珂是古）／山道川の

辺の田村に社を立てて祭る／以来殺害されず

2、『肥前国風土記』神埼郡総記

此の郡／荒ぶる神／「多に殺害されき」／景行天皇巡狩／神和平／以来殃なし

3、『播磨国風土記』賀古郡鴨波里舟引原

神前の村／「舟を半ば留めたまひき」／通行人迂回する

4、『播磨国風土記』揖保郡広山里意比川

枚方里神尾山／出雲の御蔭大神／「半ば死に半ば生く」／朝廷に申す／額田部連久等々を派遣・祭祀

5、『播磨国風土記』揖保郡枚方里佐比岡

神尾山／出雲の大神／「（出雲の国人）十人の中五人を留め、五人の中三人を留めたまひき」／河内国茨田郡枚方里の漢人　祭祀／和鎮

6、『播磨国風土記』神前郡堲岡里生野

此処／荒ぶる神／「往来の人を半ば殺しき」／応神天皇による地名改名（死野→生野）

7、「筑後国風土記逸文」国号（『釈日本紀』巻五）

筑後国と筑前国との境の上／麁猛神／「半は生き半は死にき」／筑紫君等が祖甕依姫　祭祀／以降神に害されず

8、「摂津国風土記逸文」下樋山（『本朝神社考』六）

此の山／天津鰐（鷲に化身）／「十人往く者五人は去き五人は留む」／久波乎という者　祭祀

9、「伊勢国風土記逸文」安佐賀社（『大神宮儀式解』二）

安佐賀山／荒ぶる神／「百の往人は五十人亡し、四十の往人は卅人亡す」／天皇に奏上／詔／天日別命の子

これらの説話に共通するのは、道を通るもののおおよそ半数が殺され、半数が通過できるという型であり、その原因が「神」によるという点である。4・5の出雲の神を原因とするもの以外は、「荒ぶる神（麁猛神）」と表現する。3～6は『播磨国風土記』なので、この型の話には『肥前国風土記』三例、『播磨国風土記』四例というように偏りが見られる。他は逸文で、筑後・摂津・伊勢とばらつきがある。8・9は古風土記として認定し得るか否か、問題のあるものなので、あまり参考とはならないかも知れない。7は、筑紫の国名由来を何通りか挙げて説明する中の一つとしてこの型が記されているものである。筑前と筑後の国堺の、峠の麁猛神による交通妨害を、筑紫君らの祖甕依姫に祭らせたところ、神が鎮まったとされる。金井清一は、この話の場所が『肥前国風土記』の1と近接地であるとして、同一説話の別地における伝承といい得るとしている。(7) 堺の山が基山（現佐賀県三養基郡基山町・福岡県と隣接する地）であるとすると、確かに1と場所的には近いが、それよりも、筑前筑後の国堺には筑後川があり、1の舞台となる山道川（現在の山下川）が筑後川の支流であることが、類似した神話が両地に関わる要因となっているのかも知れない。後述するが、『肥前国風土記』の交通妨害説話は、川との関わりが深いのである。次に、『播磨国風土記』を確認する。3は海岸の原における航路妨害の神。迂回をすることで解決を図っているが、祭祀を行うなどの記述はない。4は山の神で、出雲御蔭大神による妨害。額田部連の祭祀が行われるが、結果は明記されていない。5も同じ神の話のようであるが、これによると4・5で祟りをなすのは女神であるということになる。男神を追いかけて来たが取り残され、怒った女神が祟りをなしたとする。河内国茨田郡枚方里の漢人によって祭られ、祟りが鎮まったという。6は地名改名に纏わる話になるが、天皇が地名の改名の勅を発する以外、特に展開はない。場所も野となっている。播磨は畿内と山陰、西海道をつなぐ交通の要衝である点で、交通に関する神話・説話が多いのだと思われる。

次に『肥前国風土記』の二例の検討を行う。

1、『肥前国風土記』基肄郡姫社郷

姫社郷　此の郷の中に川あり、名を山道川と曰ふ。其の源は郡の北の山より出で、南に流れて御井の大川に会ふ。昔者、此の川の西に荒ぶる神ありて、路行く人、多に殺害され、半は凌ぎ半は殺ぬ。時に、祟る由を卜へ求ぐに、兆に云はく、「筑前国宗像郡の人、珂是古をして、吾が社を祭らしめよ。若し願に合はば、荒き心を起さじ」と云ひき。珂是古を覓ぎて、神の社を祭らしむ。珂是古、幡を捧げて祈禱みて云はく、「誠に吾が祀を欲りするにあらば、此の幡風の順に飛び往きて、吾を願ふる神の辺に墮ちよ」といひ、幡を挙げて、風の順に放ち遣る。時に、其の幡、飛び往きて、御原の郡の姫社の社に墮ち、更還り飛び来て、此の山道川の辺の田村に落ちぬ。珂是古、自ら神の在す処を知りぬ。其の夜の夢に見ぬ。臥機 久都毘枳と謂ふ と絡垜 多々利と謂ふ と、儛ひ遊び出で来て、珂是古を圧し驚かすと。是に、亦、女神と識りぬ。社を立てて祭る。尓より已来、路行く人、殺害されず。因りて姫社と曰ふ。今以て郷の名とす。

1の用例は佐嘉郡の〔B〕と良く似た展開となっている。まず、書き出しの書式が〔B〕の場合とほぼ同一である。「此の郷の中に川あり、名を山道川と曰ふ」とあるのに対して〔B〕の場合も、「郡の西に川有り。名を佐嘉川と曰ふ」とある。姫社郷の標目地名を受ける形で「この郷に」とあるのに対し、〔B〕の場合も、佐嘉郡の由来として「郡の西に」と記す。ところが〔A〕の場合は、「昔者、樟樹一株、此の村に生ひたりき」という形で、郡名由来を説くのに「此の村」で受けている。国郡名の由来を記す説話の中に「村」が記載されるのは決して珍しくはないが、標目地名を受ける個所では、郡の場合は「此の郡」、郷の場合は「此の郷」で受けるのが通例である故、異質である。[8] 後述するように、「此の村」の記述は、佐嘉郡の記事の直後に載る小城郡郡名由来記事と関連するようである。ともあれ、本来は佐嘉郡の標目に続いて〔B〕の記事が記載されていた可能性を残す書式である点を確認した次第である。なお、〔B〕も1も、『肥前国風土記』の他の川の記述と同じ書式で記されている。

10三根の郷　郡の西に在り。この郷に川有り。其の源は郡の北の山より出で、南に流れて海に入る。年魚あり。同じき天皇、行幸しし時、御船、其の川の湖より来て、此の村に御宿りましき。天皇、勅して曰はく、「夜裏は御寐甚安穏かりき。此の村は天皇の御寐安の村と謂ふべし」とのりたまひき。因りて御寐と名づく。今寐の字を改めて根とす。（神埼郡三根郷）

11塩田川　郡の北に在り。此の川の源は、郡の西南のかた託羅峯より出で、東に流れて海に入る。潮の満つ時、流れに逆ひて泝洄る。流るる勢太だ高し。因りて潮高満川と曰ひき。今は訛りて塩田川と謂ふ。川の源に淵有り。深さ二丈ばかりなり。石壁は嶮峻しく、周匝は垣の如し。年魚多に在り。東の辺に湯の泉有りて、能く人の病を癒す。（藤津郡塩田川）

〔B〕・1・10・11ともに「源は…より出で、…に流れて…に入る（会ふ）」という同一の書式に従っており、川の説明記事として共通しているのである。そのうち〔B〕と1とは交通妨害説話によってその川に纏わる説明、及び地名の由来が記されているということになる。さて、1の話では占いによって神意が示され、祭祀者として珂是古が指名される。珂是古は幡を飛ばすことで神の居るところを突き止める。それによって、この神はもと筑後国御原郡の姫社社に祭られていた神であり、それがいま山道川の辺に来て祟りをなしていたことが分かる。その1の荒ぶる神は「姫社」の神であったが、この神は「韓国から渡来した織姫神」とされる。[9]『古事記』『日本書紀』に見えるヒメコソ神も、やはり朝鮮半島から渡って来た神として位置付けられている。交通妨害神は、先の4・5などがそうであるように、外来の神の場合が見受けられる。例えば5の例で見れば、枚方里佐比岡の神を祭るのが河内国茨田郡枚方里の漢人となっているが、播磨の枚方里は、河内の枚方里から移住して来た人々が住んでいるので枚方里と名付けたとされる。通行人には行えない祭祀を、新たに移り住んできた人々が行ったということであろうが、漢人であるところから、最新の祭祀技術を担う者達であったろうと言われる[10]。

次に2の話を検討したい。

2、『肥前国風土記』神埼郡総記

神埼の郡　郷は玖所。里は廿六。駅は壱所、烽は壱所、寺は壱所。僧の寺なり。

昔者、此の郡に荒ぶる神有りて、往来の人多に殺害されき。纏向日代宮に御宇しめしし天皇、巡狩しし時、此の神和平ぎき。尓より以来、更、殃あることなし。因りて神埼の郡と曰ふ。

2の話は川が関わらないが、この説話と関係付けられる社の櫛田宮（佐賀県神埼市神埼町神埼）は、先述の10の川（現在の城原川）のすぐ近くであり、風土記の記事も2→10と並んで記されているもの故に、関連説話である可能性がある。10の内容の、「御寐甚安穏」というのも、2において荒ぶる神を和らげたことによると見るのは深読みに過ぎようか。さて、〔B〕と1・2と見た場合、2のみ、景行天皇が荒ぶる神を和したという内容となっている。当風土記は多くが景行天皇の巡幸説話となっているので、荒ぶる神の話にも天皇が関わるのは不自然ではない。しかし、天皇による荒ぶる神の鎮圧は、他の風土記の交通妨害説話には見られず異例と言える。但し、例えば『古事記』を参考とするならば、荒ぶる神を言向和平するのは、天皇家側の存在、特に、倭建命である。つまり、『古事記』的には景行朝は荒ぶる神を言向和平する時代として設定されていることになる。『古事記』においては荒ぶる神は、説明記事の中にしか見えず、説話的内容を記していないが、説話的に記すとするならば、2のような記事になるのではないか。

ところで、標目地名としてのものではないが、『肥前国風土記』の川の記事には次のようなものも見られる。

12曰理郷　郡の南に在り。昔者、筑後国の御井川の渡瀬、甚広く、人も畜も渡り難し。茲に、纏向日代宮に御宇しめしし天皇、巡狩しし時、生葉山に就きて船山と為し、高羅山に就きて梶山と為して、船を造り備へて、人物を漕ぎ渡しき。因りて曰理郷と曰ふ。（養父郡曰理郷）

景行天皇巡狩の時、御井川（現筑後川）を渡ることに難渋していた人と畜を、船を造って渡したという記事である。御井川は、肥前国と筑後国との国境を流れている。この記事のように渡り難い川を神話化した場合に、荒ぶる神による交通妨害の話となる可能性があるのではないか。実際、先の7の例は、場所的にかなり近い関係にある。12の場合は現実的な話、2は荒ぶる神和平による解決の話として伝わり、〔B〕と1とは土地の側による荒ぶる神祭祀の話として伝えられてきた。川と荒ぶる神との関係は、他の風土記の場合、不明瞭であるが、当国風土記に関しては、川を越えることに特別な意識を感じていたのかも知れない[11]。

祟り神を祭るには、その神の正体を知り、祭るべき場を特定しなければならないというのは、『古事記』『日本書紀』崇神天皇条の大物主神祭祀や、『古事記』垂仁天皇条の出雲大神祭祀等を参照すれば明らかである。1の場合は山道川の辺の田村という地が特定され、そこに社を立てて祭ることで交路妨害は止むこととなる。ところが〔B〕では肝腎の神の正体の特定もなされず、祭祀の場所も明記されてはいない。この違いは、〔B〕はあくまでも「賢女」からの地名由来が主眼であり、荒ぶる神祭祀の方に中心が置かれていないということを示していようか。命名の描写も、「賢女を以ちて国の名と為むと欲ふ」という積極的な命名に対し、1の場合は「因りて姫社と曰ふ。今以て郷の名とす」という形で、郷名となったのは後次的な事柄として説明されている。〔B〕の場合、荒ぶる神祭祀の情報が不足しているために、その後に〔C〕を加えることで荒ぶる神と世田姫とを関連付けることで荒ぶる神の正体と鎮座地を保証しようとしたものと思われる。つまり、〔B〕＋〔C〕によって一つの纏まりとなっていると思われるのである[12]。荒ぶる神が女神として認識された可能性は、姫社郷の記事や『播磨国風土記』の記事から見れば充分にある。年常に海の神（鰐魚）が訪れる際に従う小魚を畏むものは禍がなく、食べたものは死ぬという記述は荒ぶる神の祟りの記述に対応している。祭祀によって和らげられた神は、なお威力のある女神として、土地において存在感を示しているような内容である。こうした神を和らげるきっかけを与えたのが土蜘蛛であると語る。「土蜘蛛とは宗教性を帯びた地方の首長を指す言葉であった」という指摘[13]に従うならば、本来その土地においては蔑まれ嫌われる存在ではなく、この地を治める首長であったと見られる。土地の祭祀を知る土蜘蛛がその祭祀方法を教え、実際にそれを行うのが県主の祖であるということは、土地神の祭祀権が移行したということを語るのではなかろうか。在地の支配者が土蜘蛛から大荒田に移り、土地神の祭祀が行われなくなった後に、荒ぶる神と化し、そこで本来の祭祀者であった土蜘蛛が祭祀方法を教えたという過程が想定し得る。

土蜘蛛は、記紀風土記に散見されるが、特に『肥前国風土記』『豊後国風土記』に用例が多い。今、『肥前国風土記』に限ってみれば、次の十一例が挙げられる。

①『肥前国風土記』	総記	討伐される	[崇神天皇世]
②『肥前国風土記』	佐嘉郡	祭祀方法を知る	不　明
③『肥前国風土記』	小城郡	誅殺される	[日本武尊]
④『肥前国風土記』	松浦郡賀周里	誅殺される	[景行天皇]
⑤『肥前国風土記』	松浦郡大家嶋	誅殺される	[景行天皇]
⑥『肥前国風土記』	松浦郡値嘉郷	誅殺（命乞する）	[景行天皇]
⑦『肥前国風土記』	杵嶋郡嬢子山	誅殺される	[景行天皇]
⑧『肥前国風土記』	藤津郡能美郷	誅殺（命乞する）	[景行天皇]
⑨『肥前国風土記』	彼杵郡速来村	捕獲される	[景行天皇]

⑩『肥前国風土記』彼杵郡浮穴郷　　誅殺される　　〔景行天皇〕
⑪『肥前国風土記』彼杵郡周賀郷　　一行を救済する　　〔神功皇后〕

右の①〜⑪のうち、当該例以外はすべて巡行説話の中に登場し、⑪以外はすべて討伐の対象となっている。崇神天皇の御世の出来事、景行・日本武尊の巡行に纏わる話では土蜘蛛は征討の対象なのである。⑪のみが天皇一行を助ける話となっているのは、これが神功皇后の話となっていること、及び当国風土記の土蜘蛛関連最後の記事として位置付けられていることと関わるかも知れない。国名由来の①を別とすると、はじめに登場する②においては称揚されているのも、土蜘蛛を反朝廷的な蛮族としてのみは捉えないという態度の表明であろうか。

荒ぶる神祭祀の主体は県主等の祖大荒田であった。この人物については不明であるが、「県主の祖」とされる点からすれば、在地の支配者層として捉えられよう。祭祀の主体は、あくまでも大荒田なので、その意味では大荒田の功績を称える記事でもある。

以上〔B〕の話は、土地神の威力、祭祀方法を知るものの賢さ、祭祀を実行したものの力を示すものであり、また〔C〕の内容は、祭祀が行われてもなお威力のある神であることを表しているものとみられ、これらは土地に根ざす者の論理によって成り立つ話であると思われる。だが、国府所在地のある佐嘉郡の郡名由来譚は、やはり天皇側の巡行説話で説こうという意識が働いて〔A〕の由来譚が求められたのではないか。肥国がいつ頃肥前と肥後に分かれ、肥前国府がいつ頃定められたのか、その時期とも関わる問題であるが、『肥前国風土記』編纂からそう遡らない時期にこの佐嘉郡郡名由来説話の〔A〕〔B〕〔C〕は纏められたのではなかろうか。

三、佐嘉郡郡名起源前半部の考察

そこで次に、佐嘉郡郡名起源前半部の〔A〕を検討して行きたい。〔A〕の内容は、所謂「大樹説話（巨木説話)」となっている。この型の特徴を把握するために、他の大樹説話について確認しておきたい。まず、風土記のなかには、大樹が地名由来となっているものが見られる。

D昔者、此の村に洪きなる樟樹有り。因りて球珠郡と曰ふ。
(『豊後国風土記』球珠郡)

E昔者、郡の東にある垂氷の村に、桑有りて生ふ。其の高さ極めて陵く、枝も幹も直く美し。俗、直桑の村と曰ふ。後の人、改めて直入郡と曰ふは、是なり。
(『豊後国風土記』直入郡)

大きな木によって名付けられたとする由来譚としては、Dは最も素朴な形で、Eはそこに大きさ・美しさの説明も加わるという展開が見られる。但し、地名の由来として見た場合、改められた地名には肝腎の「桑」が欠けてしまっており、大樹による命名の意義が失われてしまっている。なお、D・Eは所謂大樹説話には含まれない。大樹説話は、次の話のような類型的な描写があるものを指すとされている(14)。

F公望の私記に曰はく、案ずるに、筑後国の風土記に云ふ。三毛郡。云々。昔者、楝木一株、郡家の南に生ひき。其の高さは九百七十丈なり。朝日の影は肥前国藤津郡の多良の峯を蔽ひ、暮日の影は肥後国山鹿郡の荒爪の山を蔽ひき。云々。因りて御木の国と曰ひき。後の人、訛りて三毛と曰ひて、今は郡の名と為す。
(『釈日本紀』巻十・筑後国風土記逸文)

右の筑後国風土記逸文記事では、巨木讃美の形容として、「朝日の影は肥前国藤津郡の多良の峯を蔽ひ、暮日の影は肥後国山鹿郡の荒爪の山を蔽ひき」と表現される。このように樹木の影が「朝日は~、暮日(夕日)は~」という類型的な表現が文献や地域を越えて散見される故に、この表現を伴う説話が大樹説話(巨木説話)とされる。Eのような話に更に讃美表現が加わった形となっている。D・Eは、土地の樹木による命名ということで、素朴な土地の地名由来譚として見ることが出来る。Fの場合、途中に「云々」による省略があるため、地名を名付ける過程、名付けた人物等が特定出来ないものの、現在伝わる内容からすれば、その土地の大樹が讃美され、それが地名の由来となるという点で、在地の伝承としての要素しか見られない。巨木は本来在地のシンボルとしての意味合いを持っていたと見られる。Fの記述等を参考としつつ、青木周平は以下のように説く[15]。

それらの樹は、地方に根づいた、その土地の占有権のシンボルとしての神聖な樹である。地名と結び付き、独立した伝承として存在する理由も、その点に認め得るのである。しかし、こうした話が次のような天皇巡幸説話の中に組み込まれると、中央側の説話として機能するようになる。

G秋七月の辛卯の朔にして甲午に、筑紫後国の御木に到り、高田行宮に居します。時に僵れたる樹有り。長さ九百七十丈なり。百寮、其の樹を踏みて往来ふ。時人、歌して曰く、

朝霜の　御木のさ小橋　群臣　い渡らすも　御木のさ小橋

といふ。爰に、天皇問ひて曰はく、「是、何の樹ぞ」とのたまふ。一老夫有りて曰さく、「是の樹は歴木なり。嘗未だ僵れざる先に、朝日の暉に当りては、則ち杵島山を隠し、夕日の暉に当りては、亦阿蘇山を覆ひき」とまをす。天皇の曰はく、「是の樹は神木なり。故、是の国を御木国と号くべし」とのたまふ。

（『日本書紀』景行天皇十八年）

右の『日本書紀』の話は、Fの記事と同じく御木国の地名由来に関わる話であるが、景行天皇の巡幸説話の中に位置付けられている。そして歌を伴い、倒れた後の巨木は群臣が行宮に行き通う際に踏み渡るものとして、言うなれば天皇に奉仕するものの一部として機能するということが描かれていることになる。このように、中央の歴史叙述に取り込まれることで、中央化されることになるとして、青木周平は以下のように説いている[16]。

在地性の強い巨木伝承が貴人の「巡狩」伝承に取り込まれ、それにさらに歌謡が含まれることによって宮廷

伝承として定着するという、伝承の発展経路が考えられる。

その他、大樹説話には、大樹から船を造る話が見られる。

H此の御世に、菟寸河の西に、一つの高き樹有り。其の樹の影、旦日に当れば、淡道島に逮り、夕日に当れば、高安山を越えき。故、是の樹を切りて作れる船は、甚捷く行く船ぞ。時に、其の船を号けて枯野と謂ふ。故、是の船を以て、旦夕に淡道島の寒泉を酌みて、大御水を献りき。茲の船、破れ壊れて、塩を焼き、其の焼け遺れる木を取りて、琴を作るに、其の音、七里に響きき。爾くして、歌ひて曰はく、

枯野を　塩に焼き　其が余り　琴に作り　掻き弾くや　由良の門の　門中の海石に　振れ立つ　なづの木の　さやさや

此は、志都歌の歌返ぞ。　（『古事記』下巻・仁徳天皇）
I播磨の国の風土記に曰ふ。明石の駅家。駒手の御井は、難波高津宮の天皇の御世、楠、井の上に生ひたりき。朝日には淡路嶋を蔭し、夕日には大倭嶋根を蔭しき。仍ち、其の楠を伐りて舟に造るに、其の迅きこと飛ぶが如く、一檝に七浪を去き越えき。仍りて速鳥と号く。ここに、朝夕に此の舟に乗りて、御食に供へむとして、此の井の水を汲みき。一旦、御食の時に堪へざりき。故、歌作みて止めき。唱に曰はく、

住吉の　大倉向きて　飛ばばこそ　速鳥と云はめ　何か速鳥

といふ。　（『釈日本紀』巻八・播磨国風土記逸文）
H・Iはともに大樹から船を造る話である。Hは船による天皇の大御水の運搬という奉仕を語り、船が壊れて後も琴となり、その琴の音の響きが天皇の統治領域の広がりを示すというように、どこまでも仁徳天皇の威徳と絡む形で記された話となっている。Iの話も基本は変わらないが、こちらは駒手の御井を主とする話となっている関係からか、役に立たなくなった速鳥（船）を非難する歌の記述で終わっており、大樹そのものを讃美するよ

うな話とはなっていない。やはりここにも中央説話と風土記説話との視点の異なりが多少は見て取ることが出来る。

さて、〔A〕の話であるが、単純に巨木を讃美し、それが地名の由来となっているという点においては、Fに近いものであると言えよう。その意味では風土記的な、在地的な説話ということも出来る。しかし、Fでは省略があって曖昧な形となっていたが、〔A〕の場合は明確に日本武尊の巡行説話として位置付けられている点において、中央的な視点を持っていると言える。しかし、巨木自体の天皇家への奉仕を語らない点においては、G程に中央的ということは言えない。そこは風土記の説話である所以であろう。ただ、本来はサカ郡の由来として〔B〕の説話があったところに、〔A〕の話を重ねて来たとするのであれば、国府のある郡名の由来として、天皇巡幸説話の枠内において説明をしようとする意図が強くあったことは想像される。では何故、景行天皇ではなく、日本武尊であったのか。ここで、佐嘉郡郡名記事の前後の記事を確認したい。

（1）琴木岡　高さは二丈、周り五十丈なり。郡の南に在り。此の地は平原にして、元来岡なかりき。大足彦天皇、勅して曰はく、「此地の形は、必ず岡あるべし」とのりたまひて、群下に令せて、此の岡を起し造らしめたまひき。造り畢へし時、岡に登りて、宴賞したまふ。興、闌ぎたる後、其の御琴を竪てたまひしに、琴、樟と化為りき。高さは五丈、周りは三丈なり。因りて琴木岡と曰ふ。（神埼郡）

（2）宮処郷　郡の西南に在り。同じき天皇、行幸しし時、此の村に行宮を造り奉りき。因りて宮処郷と曰ふ。（神埼郡）

（3）―　佐嘉郡　―〔A〕〔B〕〔C〕

（4）小城郡　郷は漆所。里は廿。駅は壱所、烽は壱所なり。

昔者、此の村に土蜘蛛有り。堡を造りて隠り、皇命に従はざりき。日本武尊、巡り幸しし日、皆悉に誅ひた

まひき。因りて小城郡と号く。（小城郡）

（1）～（4）と並べて見た時に、日本武尊が〔A〕（4）と連続して登場していることがわかる。[17]〔A〕（4）の記事を見ると、書き出しに共通性が見られることがわかる。〔A〕の記事は、「昔者、樟樹一株、此の村に生ひたりき。」で始まる。一方（4）の方は「昔者、此の村に土蜘蛛有り。」で始まっている。『肥前国風土記』の他の記載形式からすれば、ここの「村」の個所は、「この郡に」「この郷に」となるべきところであるが、この二つの話に限って「村」で記されているところから、この二つの記事には関連性が窺える。[18]〔A〕の記事が後から加えられたものであるとするならば、（4）の記述スタイルに合わせ、なおかつ登場する人物もそれに合わせて選択された可能性が考えられる。だが、それのみではなく、前の記事からの関連も考え得る。（1）の記述に注意したい。（1）は琴木岡の命名由来譚だが、既に指摘がある通り、この記事にはいくつかの特徴が見受けられる。ひとつには、『肥前国風土記』の中で唯一、人工的に自然を作り出したという記事である点、また天皇の名が、他が「纏向日代宮御宇天皇」、若しくは「纏向日代宮御宇大足彦天皇」であるのに対し、ここだけが単に「大足彦天皇」となっている点、この話が、天皇の起てた琴が樟に変わるという不可思議な力を説いている点である。それゆえ、この話は、他の巡行説話とは異質であり、前後の記事の間に挿入されたものであると説く見方があるが、その妥当性は高いと思われる。[19]そして、琴の変じた木が「樟」であるという点に注意したい。佐嘉郡郡名由来譚とは勿論場所自体が異なる故に、この樟と、日本武尊が讃美した樟とは別物と見ざるを得ないが、記事編纂のレベルにおいて、この両者の樟を重ね合わせるということを意識していたのではなかろうか。琴の変じた樟は、「高さは五丈、周りは三丈なり」というようにその太さ・長さが記されるが、これも、後の巨木讃美に繋げるための前提として記した物であるとするならば、その成長を印象付ける役割を果たすものと思われるのである。大足彦天皇が起てた琴から変じた樟が、後に日本武尊が巡行に訪れた際に巨木に成長している、そのようにイメージさせることで、本来的には在地のシンボルである筈の巨木の存在が、中央側の説話として機能しうるのであろう。琴木岡は具体的な場所が特定されていない。〔A〕の場合も、先述の通り「此の村」とあるのみで、具体的な土地を明記しない。巨木の影の広がりの様を見ても、「栄国」という讃美表現を見ても、これが佐嘉郡のみに関わる話とは考えづらいのではないか。そもそも大樹による命名ならば、D・Eのように木の名（種類）によって名付けられるか、F・Gのように樹木の存在そのものが名とされるのに対し、〔A〕の場合は、名付け方の質が異なっている。「栄国」は「豊国」と同次元の、一国を示すような讃美表現であろう。それゆえに、この巨木の存在した場所は特定化されることなく、広い範囲に関わるシンボル足り得る大樹であったのではなかろうか。景行天皇が立てた琴が樟に変じ、後に日本武尊がそれを讃美するという流れがあり、かつその間に行宮造営の記事（2）があるというのも、偶然とは思われない。御木国の巨木伝承においても、行宮への奉仕が記されていたこととも重なる要素である。行宮は各所に設置されていたであろうが、その行宮の存在がそのまま地名となるという記事は、『豊後国風土記』の直入郡宮処野と、この（2）の宮処郷のみなのである。このように、前後の記事とも関わりながら、この巨木伝承は単なる土地讃めではなく、王権讃美の伝承として形成され、位置づけられたものと思われる。

四、地名由来の重層性

これまで、佐嘉郡郡名起源の〔A〕〔B〕それぞれの説話の特質について考察してきた。ここで、両説話を並記する意味について、検討したい。地名起源の異説並記について、分かりやすく考えるならば、古い在地の伝承が、新しい中央側の伝承に取って代わられていくという考え方となるだろう。[20] 当該の場合も、より在地の視点で描かれた〔B〕が異伝の方に位置付けられ、中央側の視点による、日本武尊の巡狩説話として記される〔A〕の方を本伝として記しているという捉え方をするならば、旧から新へという展開を考えることは可能であろう。しかし、それならば、この場合は旧伝説を削除せずに掲載したまま残したということになるが、当国風土記において他に一切そうした記載がないところから考えた場合、そう単純な問題ではないように思われるのである。意図的にこの両説が並記されていると考えるべきなのではなかろうか。

すでに述べた通り、本来は〔B〕の話がサカの地名由来として伝えられていた可能性がある。土着の土蜘蛛とその奉祭神、新たなる支配者層からの祭祀の依頼といった土地の歴史がそこには（事実かどうかはともかく土地の語りとして）込められているものと思われる。しかし多くを景行天皇の巡幸説話の中に位置付けていく当国風土記の編述方針に照らし合わせれば、佐嘉郡の郡名由来もその枠組みの中で起源を説こうとするのは当然ではある。ここに、地名に対する土地側の認識と、中央側の土地掌握の意識とが混在することになろう。しかしそれは新旧の起源の対立ということではなく、二つ並べることでより深く、重層的に地名の歴史を説こうとする意識が働いているということではなかろうか。〔A〕はその大樹の陰の及ぶ範囲の広がりということを考えてみても、肥前国全体を称揚する「栄」による地名命名が記される。これは『豊後国風土記』において国名が「豊」の国と称揚されることと対応するような命名となっている。しかしそれが「佐嘉」と「改」められることで、一つの郡名として定位される。同時に、「佐嘉」という文字表記の由来を説明することになるが、「サカ」の意味内容についてはこの文字使いによって一端無化されることとなる。〔B〕の話は、肥前国全体に亙るような広がりは持たない。その由来が「賢女」であって、「訛」で「佐嘉」になったと語ることで、「佐嘉」の背後に「賢女」の意味を付与する役割を持つことになる。

ここで注意しなければならないのは、起源説明において名付けられた地名と、風土記現在の地名とのすり合わせが、〔A〕の場合は「改」によって、〔B〕の場合は「訛」によってなされているという点である。[21]「改」と

「訛」との相違については、必ずしも明らかではない。[22] 例えば小林信子は、『豊後』『肥前』両風土記の「訛」「改」形式の違いについて、「訛」形式は地名の権威付けを目的として意図的に解釈された合理的な記事として位置付け、「改」形式の方については、音韻変化に見られる特徴や、地域的な偏りなどを指摘した上で、行政区画に伴う強制的な変更を意味すると推察する。[23] また、大野まゆみは、「訛」「改」使用の意識の相違について論じている。[24] それによると、「訛」は伝承を根拠とした伝承地名を正当なものとする意識があり、「改」には伝承内容とは関わらず、伝承地名の表記をより良いものに改める好字意識が認められるとする。それぞれに首肯される見解であるとは思われるが、ではそれを組み合わせた佐嘉郡の記事はどう考えるべきか。

「訛」は『篆隷万象名義』に「譌字動覺」（「譌」については「五戈反化偽動覺」とあり）、『新撰字鏡』（天治本）の「訛譌」に「二字同又吪字同五和反平／別也動也覚也偽也謂詐偽也言也化也」とあり、偽りの意味を持つ。[25] 良く知られているように、『日本書紀』神武天皇即位前紀には、

方に難波の碕に到るときに、奔潮有りて太だ急きに会ふ。因りて名けて浪速国と為ふ。亦浪花と曰ふ。今し難波と謂へるは訛れるなり。〔訛、此には与許奈磨盧と云ふ。〕

とあるのによって、「訛」は「ヨコナマリ」と訓まれる。新編日本古典文学全集の頭注には「言語・音声の雅正（誤りのないこと）に対してヨコ（横）にナマル（鈍）意。」と説く。[26] 「訛」の文字、「ヨコナマル」の語、ともに正しくないものを示すことになる。「改」は意図的に地名表記の変更がなされたということであり、それこそ行政区画上の必要によって記される表記ということになる。「訛」は、「ヨコナマリ」であることからすれば、正当性は元の名の方にあるということになる。だがその発音自体は土地人の発音によって、長い間に変化し、土地の言葉として定着したということを説いていると言えるのではないか。一回的、意図的な「改」とはその点で大きく異なるものと思われる。〔A〕では「栄」→「佐嘉」という文字上の整備が行われ、〔B〕では更に「サカ」とい

う音の背後に「賢女」という意味を負わせることで、より重層的にこの名の由来を説いたということではなかろうか。(27)

〔A〕〔B〕〔C〕の組み合わせを改めて確認すれば、〔A〕は王権を讃美、〔B〕は土地の支配者層と土着首長とを讃美し、〔C〕は土地神の威力を示すという内容となり、話の次元が〔A〕→〔B〕→〔C〕という順で絞り込まれているように思われる。逆にたどれば、〔C〕土地神→〔B〕土着勢力→〔A〕天皇家というように、讃美の対象を広げているという効果を示しているようにも思われるのである。

おわりに

上代文献において異伝は様々な形で記される。『日本書紀』一書、『万葉集』或本歌などを含めて考えれば、非常に重要な問題を孕んでいる。しかし、風土記の異伝記載については、あまり話題にされることがない。それだけ扱いにくい問題であるとも言える。

今回は、これまで他の風土記でも扱ってきた風土記地名起源の異伝記載について、『肥前国風土記』佐嘉郡郡名由来記事を対象として検討してみた。在地の視点による記事と、中央側の視点による記事との並記という見方をすれば、特に真新しい読み方でもない。しかし、並記することにどのような意図があったのか、またはどのような効果が期待されていたのかを問うことは、風土記の作品研究として―それが成り立ち得るのかどうかの問題を孕みつつではあるが―必要な考察であるように思われるのである。佐嘉郡郡名由来記事について言えば、在地の視点と中央の視点との対立ということではなく、その両者を記すことで、「佐嘉」という音と表記の背後に含まれた意義を重層的に示そうとする意図によるものであったと結論づけるものである。

注

（1）「『播磨国風土記』「一云」「一家云」の用法」『古代文学』44、二〇〇五年三月。「『常陸国風土記』国名起源説話考」『國學院雜誌』111―7、二〇一〇年七月。

（2）「『常陸国風土記』多珂郡「サチ争い説話の意義」『菅野雅雄先生喜寿記念　記紀・風土記論究』（おうふう、二〇〇九年三月）。「『播磨国風土記』の天日槍命と葦原志許乎命」『大美和』一一〇号、二〇〇六年一月。

（3）「風土記」訓読文の引用は角川ソフィア文庫『風土記』（上）（下）（角川書店、二〇一五年六月）による。

（4）『和名類聚抄』元和三年古活字本巻五「肥前國」の項には、「小城［乎岐國府］」とあるが、小城郡域に国庁跡らしきものは見られず、発掘調査の結果、佐賀郡佐賀市大和町の地が現在国庁跡とされている。高瀬哲郎「肥前国府」（小田富士雄編『風土記の考古学5肥前国風土記の巻』同成社、一九九五年十月）参照。

（5）もう一例、香島郡角折浜の記事も異説を並記するが、この例では、「謂角折濱」という標目地名提示の後が、写本（菅政友本・武田本・松下本）では小書双書の形で「謂（いへらくは）」「或曰（あるいはいはく）」という他に見えない形となっており、単純に他の異説並記と同じようには扱えない例となっている。

（6）『播磨国風土記』の場合は巻頭記事を欠いているので、国名由来がどういうものであったのか、不明である。国庁所在地については、『和名類聚抄』に「在飾磨郡」とあり（元和三年古活字本巻五）、これを現在の姫路市中心部と考えるならば、『播磨国風土記』飾磨郡十四丘説話の最後に記される丘が「日女道丘」である点、関連性があるのかも知れない。『豊後国風土記』の場合、国名起源や国庁所在の郡（大分郡）の地名由来譚に、特別な意識のようなものは、明確には窺えない。但し、国名由来譚は降臨した白鳥の餅・芋への変化と、土地の豊饒とを描く点において非常に讃美意識が強いし、後述するように、「豊」という讃美は、『肥前国風土記』佐嘉郡の「栄」という讃美と性質として通うものがあるように思われる。

（7）金井清一「風土記の交通妨害説話について」『日本文学』（東京女子大学）31、一九六八年十月。

（8）『肥前』『豊後』両風土記の「村」の記述については、荻原千鶴に論がある。それによると、「村」は行政区画単位の「郡」や「郷」とは無関係に、標目当該の地域を漠然と指すもので、きわめて曖昧な語であるとする。制度としての地名意識とは異なる、話題となる舞台の地域をさす語であるという。「豊後・肥前国風土記の地名叙述」『國語と國文學』81―11、二〇〇四年十一月。

（9）小学館新編日本古典文学全集『風土記』（植垣節也校注・訳、一九九七年十月）316頁頭注。

(10) 注(7)前掲金井論文。
(11) 松下正和は、『播磨国風土記』の例も含めて、交通妨害神を川の女神として捉えている。「荒ぶる女神伝承成立の背景について」(武田佐知子編『交錯する知―衣装・信仰・女性―』思文閣出版、二〇一四年三月)。
(12) 注(11)前掲松下論文。
(13) 山﨑かおり「上代の土蜘蛛―その宗教性を中心に―」『古代文学』55号、二〇一六年三月。
(14) 倉野憲司『古事記の新研究』至文堂、一九二七年三月参照。倉野は大樹の影が朝日夕日に……に及ぶという記述を大樹説話の第一要素とした。
(15) 青木周平「巨木伝承の展開と定着」『青木周平著作集中巻　古代の歌と散文の研究』(おうふう、二〇一五年十一月、初出は一九七八年十一月)所収。
(16) 注(15)青木論文。
(17) それ以外に日本武尊が登場するのは、以下の藤津郡の郡名由来譚のみである。
昔者、日本武尊、行幸しし時、此の津に到りますに、日、西の山に没りて、御船泊てたまふ。明くる旦、遊覧すに、船の覧を大き藤に繋ぎたまひき。因りて藤津郡と曰ふ。
(18) 小学館新編日本古典文学全集『風土記』(植垣節也校注・訳、一九九七年十月)325頁頭注に、「次の小城郡とともに「此郡」の誤写か。あるいは原資料に村の記事があったのか。」と記す。注(8)荻原論文の指摘するように、制度としての地名意識とは異なる、当該地域を指す語として「村」は他にも数例見られる。だが、標目地名に続いて説話内容に入る際に「此の村」で続けるのは、当風土記ではこの二例であるところからすれば、この二つの記事がここに組み込まれた際に生じた共通性として見ることも出来るのではなかろうか。
(19) 大鋸聡幸「「大足彦天皇」の姿―『肥前国風土記』神埼郡琴木岡条の記事から―」『風土記の表現　記録から文学へ』(笠間書院、二〇〇九年七月)。
(20) この点については、以下の論に説かれている。吉野裕・益田勝実「風土記の世界―郷土的連関性から―」『岩波講座日本文学史』第三巻、一九五九年六月。秋本吉徳「地名説話の新古―『風土記』の特質の理解のために―」『國語と國文學』56―11、一九七九年十一月。山田直巳「地名起源譚の行方―神話の終焉と歴史時間の成立―」『古代文学の主題と構想』おうふう、二〇〇〇年十一月(初出は一九八四年三月)。
(21) 『肥前国風土記』内の「改」は以下の通り。霧之国→基肄国(基肄郡)、永世社→長岡社(基肄郡)、酒井泉→酒殿泉（基肄郡）、鳥屋郷→鳥樔郷（養父郡）、以上は「後人改」とあるもので、他に、御寐→御根（神埼郡）で「今字改」とするものが一例見られる。従って佐嘉郡の「後改」という形は他にはないということになる。また、基肄郡・養父郡・神埼郡というように、使用する郡に偏りが見られるのも気になるところである。次に「訛」の例は以下の通り。犬声止国→養父郡（養父郡）、分明村→狭山郷（養父郡）、海藻生井→米多井（三根郡）、蔔郷→蒲田郷（神埼郡）、希見国→松浦郡（松浦郡）、霞里→賀周里（松浦郡）、牂戨嶋→杵島（杵島郡）、豊足村→託羅郷（藤津郡）、潮高満川→塩田川（藤津郡）、具足玉国→彼杵郡（彼杵郡）、救郷→周賀郷（彼杵郡）。

(22)「訛」などによる地名改名形式の記事の持つ意味合いや特質について論じたものには以下の論がある。永山勇「風土記における地名説話の種別と展開」『國語と國文學』39―2、一九六二年二月。秋本吉徳「風土記研究の地平―文学的研究の視点から―」『日本文学』30―10、一九八一年十月。近藤信義「地名起源譚と〈音〉―「訛」「誤」「改」をめぐって―」『枕詞論―古層と伝承―』（おうふう、一九九〇年十月）。

(23) 小林信子「九州風土記における地名起源説話の一考察―「訛」形式の記事と「改名」形式の記事の違いについて―」『皇學館論叢』16―1、一九八三年二月。

(24) 大野まゆみ「『肥前国風土記』地名改名記事―「訛」と「改」との差異―」『埼玉大学國語教育論叢』10、二〇〇七年三月。

(25)『篆隷万象名義』は高山寺古辞書資料第一（高山寺資料叢書第六冊、東京大学出版会、一九七七年三月）、『新撰字鏡』は京都大学文学部国語国文学研究室編（臨川書店、一九六七年十二月）による。

(26) 小学館新編日本古典文学全集『日本書紀』①（一九九四年四月）198頁頭注。なお、神武即位前紀の訓読文の引用も同書による。

(27) 重層的に地名由来を説くという意味においては、『播磨国風土記』の「一云」の用法とも通底する。が、より共通性がありそうなのは『常陸国風土記』の国名起源譚である。はじめに中央側との地理的関係によって「近通」→「常陸」の由来が説かれ、後に倭武天皇の巡行記事によって「袖を漬す義」によって国の名としたと記す。そして「風俗諺」として「筑波岳に黒雲挂り、衣袖漬の国というは是なり」とする。伝承上の国名は「衣袖漬国」であり、これが諺として土地に定着をしたと記す。行政上の整備された国名である「常陸国」の背後に、倭武天皇の説話を担った「漬国」という名が負わされ、かつ諺として土地に根付いていることを示そうとするという構成は、佐嘉郡郡名の場合に近いように思われるのである。注（1）参照。

高浜の「嘯」

衛藤恵理香

はじめに

『常陸国風土記』茨城郡高浜条は浜の景観と歌謡とを次のように記している。

夫此地者、芳菲嘉辰、揺落凉候、命レ駕而向、乗レ舟以游。春則浦花千彩、秋是岸葉百色。聞二歌鶯於野頭一、覧二儛鶴於渚干一。社郎漁嬢、逐二浜洲一以輻湊、商竪農夫、棹二艀艖一而往来。況乎、三夏熱潮、九陽蒸夕、嘯友率レ僕、並二坐浜曲一、騁二望海中一。濤気稍扇、避レ暑者、袪二鬱陶之煩一、岡陰徐傾、追レ凉者、軫二歓然之意一。

詠歌云、

多賀波麻尓　支与須留奈弥乃　意支都奈弥　与須止毛与良志　古良尓志与良波

又云、

多賀波麻乃　志多賀是佐夜久　伊毛乎（古）比　川麻止伊波波夜　（志）古止売志川（毛）(1)

本条はいわゆる「遊楽記事」(2)として総括される。しかし、右の高浜の描写を通して想定される素材のあり方と、そこにうかがわれる述作の意図とがどのように結びつくのか、なお考察の余地が残されている。たとえば、本条について土橋寛氏は次のように指摘する。

四六駢儷風の美文調で、京都の貴族の遊楽を思わせるような文章であるが、実体は村人たちの浜遊びにすぎまい。それも個人単位のものでなく、集団的なものであったろうことは、民謡が歌われたということから推測できると思う。このような村人の歓会は、常陸風土記の中だけでも、久慈郡小田《ママ》の里[3]、同郡高市などにもあって、ほぼ似たような行事であったらしい。すでにみたように歌垣の歌は、その起源が宗教的なものであろうとも、それとは無関係であること。後世の盆踊の歌が、盆踊の起源に無関係であるのと同様である。われわれが歌垣の歌で知りえたことは、ひとびとは自己（個性）を忘れて、歌垣の場の興奮的な集団感情の中に没入しているということであるが、高浜の浜遊びの歌もまた、その点で何ら異なるものではない[4]。

実体として土地の者たちの「浜遊び」を想定し、述作において著しく潤色が施されたと解釈する。確かに文飾は見えるが、しかし、その解釈は結果的に一つの齟齬を生む。たとえば、「嘯友率レ僕、並二坐浜曲一」の主体を土地の者と考えたとき、それは後述するように「嘯」の字義からして問題がある。「嘯」の主体、ひいては本条の主体はどういう者か、そこに述作者の視点がどのように反映しているのか検討を加える。

一　潮と夕

「嘯」についての検討に入る前に、それに関わって本文に問題のある箇所をとりあげる。菅正友本に[5]「三夏熱潮」とある。この「潮」は武田本・松下本共に異同はないが、中山本傍書、狩谷本頭書、小宮山本傍書、板本（西野宣明校本）に「朝」とある。現行テキストでも「朝」を採用する。古写本がいずれも「潮」であるにも拘らず「朝」と校訂されるのは、下句「夕」と対応させた結果であろう。菅正友本は「九陽⿱艹丞夕」と見て、「蒸」の省文「⿱艹丞」と解すことができる。「夕」には諸本で異同が見られず、「夕」から「朝」の対比を捉えることは可能である。しかしながら、祖本には「潮」とあった可能性が極めて高い[6]。「朝」への校訂が妥当かどうか検討する。

「朝夕」は朝と夕方の意として対句的に用いられる例は枚挙にいとまがない。しかし、郭景純〈璞〉「江賦」（『文選』巻十二）での「朝夕」は本条を考える上で注意されてよい。作者の郭璞は『爾雅』と『山海経』の注が特に名高く、「江賦」は長江を賦したものとしては最も古い。作者の博学多識から様々に典拠をもつ字句表現によって長江が讃美される。長江の流れからはじまり、流域の魚類や鳥類などの動植物、鉱物といった産物や人々の生活を挙げる。また水の不思議な力や伝説なども記され、それらの叙述は地誌たる風土記の参考になる賦であることは確かである。長江全体の流れについて、

爾乃域レ之以二盤巖一、豁レ之以二洞壑一。疏レ之以二沲汜一、鼓レ之以二朝夕一。川流之所二帰湊一、雲霧之所二蒸液一。

のように見える。李善注に「漢書枚乗上書曰、游二曲台一、臨二上路一、不レ如二朝夕之池一」とあり、『漢書』巻五十一枚乗伝の一節を引く。顔師古注に「蘇林曰、呉以二海水朝夕一為レ池也」とあり、ここでの「朝夕」は「潮汐」の意である。漢が呉には遠く及ばないという呉王への枚乗による上書の一節。長安の未央宮の内にある曲台に遊び、苑路に臨んでも、朝潮・夕潮を池とする呉の海には及ばないことを言う。「江賦」の「朝夕」は「潮汐」の意で、長江に朝潮・夕潮の満ち引きがあることを言う。左太沖〈思〉「呉都賦」（『文選』巻五）にも同様の意で「朝夕」が次のように見える。

造二姑蘇之高台一、臨二四遠一而特建。帯二朝夕之濬池一、佩二長州之茂苑一。

高台を造営し、四方の彼方まで見おろす。潮汐のある深い池をめぐらして高台の帯とする。「朝夕」を「潮汐」の意として用いるのは特殊な用法ではない。[7] また「江賦」には他にも、

呼二吸萬里一、吐二納霊潮一。自然往復、或夕或朝。

とあり、李善注に「抱朴子曰、糜氏云レ朝者、拠レ朝来也、言レ夕者、拠レ夕至也。」とある。海の満ち引きが朝に夕に繰り返される潮汐を言う。

同様に本条「三夏熱潮、九陽蒸夕、嘯友率㆑僕、並㆓坐浜曲㆒、騁㆓望海中㆒。」は海浜の場面であり、「潮」と「夕」との対比は「潮汐」の意に解すことが可能ではないか。ただし、「汐」は『文選』には見えない語であり、漢籍において一般的とは言えない。表記としては「夕」が正しい。漢籍に倣うならば本来「朝夕」でよい。しかし、上句で「潮」と記したのはそれが時間表現と混同されることを避けるために選択された表記であっただろう。あえて「潮」と記されたことで、下句の「夕」は「汐」を意味することが看取される。

「三夏」は橋本雅之氏が指摘するように『文選』および初唐詩に見えず、橋本氏は楽府詩集から二例を挙げる。(8)また瀬間正之氏は、晋の李顒「炎光燦㆓南溟㆒、溽暑融㆓三夏㆒」（『藝文類聚』夏）を挙げる。(9)「三夏」は季節を表す。そのうえで『初学記』「春」事対の「九陽　三節」は注意すべきである。事対は事柄として対になるものを載せ、「九陽」と「三節」とが対句として見える。「傅玄陽春賦、生気方盛、九陽奮発。又楽府詩曰、穆穆三春節、天気暖且和。」とあり、「九陽」と「三節」は、そのどちらも春という季節の形容で、数対になっている。これによって本条「三夏」と「九陽」は対句として理解される。『初学記』の「九陽」と「三春節」の事対に倣ったのであろう。本条「三夏熱潮」は夏の間ずっと潮が熱せられる、と解すことができる。海水の熱さの表現は晋の傅咸「感涼賦」（『藝文類聚』巻五・熱）の「赫融融以弥熾、乃沸㆑海而焦㆑陵。」や魏の陳王曹植「大暑賦」（『藝文類聚』巻五・熱）に「遂乃温風赫戯、草木垂㆑幹、山坼海沸、沙融礫爛。」と見える。海辺の暑さの表現として、海水を煮えたぎらせることが記される。ただし、漢籍において潮が熱くなるとの表現は一般的でない。潮については「江水逆流、海水上㆑潮。」（枚叔〈乗〉「七発八首」『文選』巻三十四）のように潮が満ちることや、「張㆑組眺㆓倒景㆒、列㆑筵属㆓帰潮㆒」（謝霊運「従游京口北固応詔」『文選』巻二十二遊覧）と潮が引く、のように潮の干満を記す。水が熱くなることは張平子〈衡〉「思玄賦」（『文選』巻十五）に次のように見える。

躋㆓日中于昆吾㆒兮、憩㆓炎火之所㆑陶、揚㆓芒熛㆒而絳㆑天兮、水泫沄而涌㆑濤。温風翕其増㆑熱兮、惄鬱悒其難レ聊。

李善注に「泫泫如レ湯」とあり、炎が焼き付けるように燃え上がって天を赤く染め、水は煮えたぎって波が立つ。熱風が吹き憂いを晴らすことができないと述べる。「昆吾」は『淮南子』天文に湯（暘）谷から出た太陽が正午に至る場所。これにかかわって「九陽」について検討を加える。

本条「九陽」に対して井上辰雄氏は「ここでいう九陽は、わたくしに、中国の伝説に伝えられる、弓の名人、羿が、九つの太陽を射落として、ひとびとに暑さの害を救った話を想い出させるのであるが、つまり九陽は羿が射落とした九つの太陽で、耐え難き暑さを象徴するのではないだろうか。(10)」と指摘する。「九陽」は『山海経』巻九の海外東経に次のように見える。

下有二湯谷一。湯谷上有二扶桑一、十日所レ浴。在二黒歯北一。居二水中一、有二大木一。九日居二下枝一、一日居二上枝一。

ここでの「湯谷」は郭璞注に(11)「谷中水熱也」とある。湯谷には九つの太陽があり、谷の水は熱いとされる。『後漢書』巻二十九仲長統伝に「沆瀣当レ餐、九陽代レ燭(12)」と見える。権力への迎合を潔しとしない仲長統が超然の志を表した詩の一節。俗世間から抜け出すさまが「夜半の気を食事とし、太陽を灯に代える」との詩に象徴されている。李賢注に「九陽謂レ日也。山海経曰、陽（湯）谷上有二扶木一。九日居二下枝一、一日居二上枝一也。」とある。「九陽」は超然たる塵外の地を象徴することが推測される。それは『楚辞』「遠遊」の次の例から裏付けられる。

仍二羽人於丹丘一兮　留二不死之旧郷一　朝濯二髪於湯谷一兮　夕晞二余身兮九陽一　吸二飛泉之微液一兮　懐二琬琰之華英一

仙術を得て、仙境に留まることが記される。「九陽」は「湯谷における九つの太陽」を指し、塵外の地を象徴する。

「蒸」については、『説文』巻一下に「苤、蒸或省レ火」と載り、レンガが省略された字形においても「苤」と

「蒸」は通用する。「夕」も「汐」の通用である。つまり上句の「三夏熱潮」によって下句「九陽蒸夕」は、「九陽蒸汐」を意味することが理解されたと考える。魏の王仲宣〈粲〉「公燕詩」（『文選』巻二十）には「涼風徹二蒸暑一、清雲却二炎暉一。」と見える。李善注に「蒸、熱気也」とあり、「蒸」は熱い空気の意を表す名詞として見える。熱い空気による暑苦しさを涼しい風が取り去るとする。魏の繁欽「暑賦」（『藝文類聚』巻五・熱）に「大火飄レ光、炎気酷烈。翕翕盛熱、蒸二我層軒一。温風淟涊、動静増レ煩。」とある。『説文』巻十上には「烝、火气上行也」と載る。「暑賦」の「蒸」は、温かい空気が立ちのぼって熱する意の動詞として見える。夏の暑さで広間が熱せられるさまを言う。『日本書紀』敏達天皇条元年五月の「辰爾乃蒸二羽於飯気一」の「蒸」はこの意である。本条「九陽蒸夕」は暑い空気が汐を熱すと解すことができる。「三夏熱潮、九陽蒸夕」は潮汐が熱せられる暑い海浜を描写したものである。この海浜の描写をうけて「嘯」がある。

二　「嘯」の主体

「嘯」の字義の変遷について、青木正児氏は、魏晉以前、悲しみを漏らした口笛として悲声を表していたものが、道教と結びつき霊魂を招く呪術的意味をもつようになり、唐代まで続くとし、更に魏晉以後においては音楽的な美しい「嘯」として、超世高踏的気分を含み、塵世の外に超然としている気持ちを表す言葉となったことを指摘した(13)。更に内田賢徳氏は『藝文類聚』巻五の歳時部下・熱に載る、魏・劉楨「大暑賦」や巻一の天部上・風に載る晉・陸沖「風賦」の例から、「嘯」は風を呼ぶために口笛を吹く動作であることを指摘した(14)。

そのうえで謝玄暉「在レ郡臥レ病呈二沈尚書一一首」に「坐嘯徒可レ積　為レ邦歳已朞」（『文選』巻二十六）と見えることは注意すべきである。太守として郡を治めて一年、座って口笛ばかり吹くことが増えると言う。ここでの太守の超然たる口笛は何を意味するのか。李善注は「張璠漢記曰、南陽太守弘農成瑨任功曹岑晊。時人為之語曰、南陽太守岑公孝、弘農成瑨但坐嘯。」と張璠の『漢記』（佚書）を引く。『後漢書』巻五十七党錮伝には次のように見える。

> 後汝南太守宗資任二功曹范滂一、南陽太守成瑨亦委二功曹岑晊一。二郡、又為レ謡曰、「汝南太守范孟博、南陽宗資主二画諾一。南陽太守岑公孝、弘農成瑨但坐嘯。」

汝南太守であった宗資は、功曹従事の范滂に仕事を任せた。南陽太守であった成瑨もまた功曹従事の岑晊に委任した。二郡の人々は謡をつくり、「実質的な汝南太守は范孟博、本当の太守である宗資は署名をするだけ。実質的な南陽太守は岑公孝、本当の太守の弘農成瑨はただ座って吟をなすのみ」と言ったとある。これは太守の怠慢を言ったものではない。李賢注に「委二任政事一、推二功於滂一、不レ伐二其美一。任レ善之名、聞二於海内一也」とある。太守は政務を部下に委任し、功績は部下のものとして、美名を誇ることがなかった。優れた人物を信任する名声は広く知れ渡ったと高く評価されている。「坐嘯」は、太守自らは何もせず、信任による理想的な郡の統治を表す。先掲の謝玄暉「在レ郡臥レ病呈二沈尚書一一首」での太守自ら口笛ばかり吹く日々が積もるとの一節は、そのような理想的な郡の統治を表す。

そのように「嘯」は時世にとらわれない悠然たる行為としてあった。本条「嘯友率レ僕、並二坐浜曲一」での「嘯」の主体は官人であっても塵外に超然とした人物として描かれている。「三夏熱潮、九陽蒸夕」によって提示される暑い海浜における「嘯」は、風を招く動作として必然性をもち、かつ超俗的なものである。

三　遊楽の主体

本条「嘯」の主体を官人としたとき、「命レ駕而向、乗レ舟以游」の主体はどのような者か、更に述作者の視点について検討を進める。謝霊運「王粲」（『文選』巻三十「擬二魏太子鄴中集詩一八首並序」第二）に次のように見える。

並レ載遊二鄴京一　方レ舟汎二河広一　綢繆清讌娯　寂寥梁棟響

車をならべて都で遊び、舟をならべて広い河に浮かべ、親しい者同士の宴において音楽を聞く。その遊楽の主体は、曹操の子、丕たち貴公子である。また左思「蜀都賦」（『文選』巻四）には次のように見える。

試二水客一、艤二軽舟一、娉二江斐一、与レ神遊。

船頭を使って舟を用意し、江妃の神女の元に訪れ神女とたわむれる。李善注は「江斐二女、遊二於江浜一。逢二鄭交甫一挑レ之。不レ知二其神女一也。遂解レ佩与レ之。交甫悦受レ佩而去。数十歩空懐無レ佩。女亦不レ見。語在二列仙伝一。」と劉向注所引『列仙伝』（巻上）に依る。江岸で遊ぶ二人の神女が男に遇い、これに挑むも神女とは気がつかない。神女は佩を与え、男はこれを喜んで受けるも神女も佩も消えたという蜀の故事。「蜀都賦」では、神女の故事によって舟遊びにおける女たちを表す。ここでの狩猟酒宴の主体は富豪と知られた卓王孫の輩たち。

同様に本条「命レ駕而向、乗レ舟以游」の主体も官人が相応しい。土地の者たちは「社郎漁嬢、逐二浜洲一以輻湊、商豎農夫、棹二艑艖一而往来。」と記される。舟の往来については郭璞「江賦」（『文選』巻十二）に次のように見える。

舟子於レ是搦レ棹、渉人於レ是檥レ榜。漂二飛雲一、運二艅艎一。舳艫相属、万里連レ檣。溯迴沿レ流、或漁或商。

長江で船が連なる様相を記す。「或漁或商」は李善注に「列氏曰、中国之人、或農或商或佃或漁」とある。長江を生活基盤とする者たちを描写する。もちろん、長江の生活感が「江賦」の主題としてあるのではない。主題は山川原野や動植物、天地のあらゆるものを統べる長江の賛美にある。船が行き交い連なる生活の景は、長江が含み持つものの一部としてある。

同様に本条「社郎漁嬢、逐二浜洲一以輻湊、商豎農夫、棹二艑艖一而往来。」においても土地の者たちは高浜の景の一部として捉えられている。遊楽の主体として土地の者たちが提示されているのではない。これに続いて「況乎、三夏熱潮、九陽蒸夕」とある。「况」は「況」の俗字。「况乎」は、たとえば、趙景真〈至〉「与二嵆茂斉一書」（『文選』巻四十三）に「夫以二嘉遯之挙一、猶懐二恋恨一、况乎不レ得レ已者哉。」とある。隠遁の人ですら恋恨の思いを抱く。まして、やむを得ぬ事情を抱えてさすらう者はなおさら思いを募らせる。「况乎」は下文の文頭において、上文を抑えたうえで下文を強調する形式。本条は官人を主体とした遊楽を示し、土地の者たちを含みもつ春秋の高浜の景を讃える。そして、まして夏の高浜はなおさらのことと称賛を向ける。

むすび

左思「呉都賦」（『文選』巻五）は土地に産出する事物や土地に関連する人物、更に神仙の人物や事物を記す。その中で大河について、

出二乎大荒之中一、行二乎東極之外一、経二扶桑之中林一、包二暘谷之滂沛一。潮波汩起、廻二復萬里一。歊霧漨浡、雲蒸昏昧。泓澄奫潫、澒溶沆瀁、莫レ測二其深一、莫レ究二其広一。

のように、地の果てより流れ出で、異境の扶桑の林を通って陽（暘）谷の海原まで広がる。潮の干満は激しく起り廻り流れると水面に霧が立ち込め雲となって辺り一帯は暗くなる。広大な水流のさまを述べた後、魚や水辺の鳥、島々の記述が続き、

藹藹翠幄、嫋嫋素女。江斐於レ是往来、海童於レ是宴語。斯実神妙之響象。嗟難二得而覼縷一。

のように見える。「素女」は李善注に「史記曰、秦帝使レ素-女鼓二五十絃瑟一。」と『史記』巻十二孝武紀の五十絃の瑟を弾かせるも、あまりの悲音に二十五弦にした話を引く。また李善注に「海童、海神童」とある。美しい神女たちが往来し、海神は宴で語り合う霊妙なるさまを述べる。

本条は官人を主体とした遊楽を示し、春秋の高浜を讃える。そして、まして夏の高浜はなおさらと続く。「呉

都賦」は大河について陽（暘）谷をも包み込む広大さを記す。これに近似して、本条「三夏熱潮、九陽蒸夕」は潮汐が熱せられる暑い海浜を描写した。眼前には、その土地の者たちの喧噪を含む海浜の景が広がっていただろう。それを超俗的なまなざしによって叙述したことを本条の文飾は示す。

注

（1）『新編日本古典文学全集 風土記』（小学館、一九九七年十月）による。

（2）秋本吉郎は「遊楽の地の記事」（『風土記の研究』「風土記の文藝性」ミネルヴァ書房、一九六三年十月）、小島瓔禮は頭注で「美文調の遊楽記事」（角川文庫『風土記』角川書店、一九七〇年七月）とする。

（3）『常陸国風土記』久慈郡山田里。諸本「小田里」、現行テキストは『和名抄』の郷名から「山田里」に訂する。

（4）土橋寛『古代歌謡論』「古代民謡論―風土記の歌について―」三一書房、一九六〇年十一月

（5）林崎治恵「常陸国風土記四本集成（上）」（『風土記研究』第十号、一九九〇年十月）による。

（6）林崎治恵は『常陸国風土記』諸本の系統について、甲類として菅本・中山本・藤田本、乙類として武田本・松下本・河合本・村上本、丙類として狩谷本・羽田野本に分類し（小宮山本については保留とした）、前田本から甲類、乙類それぞれへの二系統の伝写を推定した（「『常陸国風土記』の伝写について」『古事記年報』三十四号、一九九二年一月）。ここでは小宮山本を含め別系統の写本でも「潮」とあることから、祖本に「潮」とあった可能性が高いことが推測される。

（7）枚乗上書の該当箇所は『藝文類聚』巻九水部下の池、『文選』巻三十九の枚乗「上ㇾ書重諫二呉王一」にも見え、李善注は同じく蘇林注を引く。

（8）橋本雅之「『常陸国風土記』注釈（五）」『風土記研究』二十四号、一九九七年六月

（9）瀬間正之『風土記の文字世界』笠間書院、二〇一一年二月

（10）井上辰雄『「常陸国風土記」の世界―古代を読み解く一〇一話』「第二十六話　高浜の海」雄山閣、二〇一〇年三月

（11）当該部における郭璞注は羿が太陽を射た話について「荘周云、昔者十日並出、草木焦枯。淮南子亦云、堯乃令三羿射二十日一、中二其九日一。日中烏尽死。」とするが、現行『淮南子』に例文は現存しない。

（12）「沆瀣」は李賢注に「陵陽子明経曰、沆瀣者、北方夜半気也。」とある。

（13）青木正児『中華名物考』「『嘯』の歴史と字義の変遷」春秋社、一九五七年二月

（14）內田賢徳「颪と口笛」『説話論集』第六集、清文堂、一九九七年四月

（付記）本稿は第四十四回萬葉語学文学研究会（平成二十八年三月二十四日、於奈良県立万葉文化館）での発表に基づく。席上、御教示を賜りました先生方に厚く御礼申し上げます。また、稿を成すにあたって內田賢徳先生に御指導賜った。記して感謝申し上げます。

訓詁――「刺」か「判」か

坂本信幸

一

客在者《たびなれば》　三更判而《よなかにわきて》　照月《てるつきの》　高嶋山《たかしまやまに》　隠《かくらく》　惜毛《をしも》（9・一六九一）

右は巻九の柿本人麻呂歌集出の「高島にして作る歌二首」のうちの一首である。いま『新編日本古典文学全集』により掲出したが、旧本には

客在者《タビニアレバ》　三更刺而《ヨナカヲサシテ》　照月《テルツキノ》　高嶋山《タカシマヤマニ》　隠《カクラク》　惜毛《ヲシモ》

とあり、諸本のほとんどが「三更刺而《ヨナカヲサシテ》」の本文と訓を採用している。(1) その場合、「夜中」の解釈において議論があった。

夙に『拾穂抄』に、「夜なかをさしてとは廿日の月なるへし。たかしま山あふみのくにゝあり。或説夜中は近江の名所、夜中潟云々」と「夜中」を地名とする説を紹介し、さらに『童蒙抄』には、

三更は夜半を義訓に読ませたり。五更を暁とするから三更は夜半也。夜中をさしてとは両義をかけて云へる義也。夜中と云所をさして云義と、又よるの夜半をさして、旅行するとの義をいへり。さしてと云事はすべ

て行事を云。神社などへ詣づることをもさしさすと云也。こゝはその両様をかねて、月のさし照らすと、人の夜中へ向ひて出て行との意也。よりて旅なればと云て、其旅行を照らす月の、高嶋山に隠れて暗からん事の惜しきと也。山高ければ月の隠れて見えざる也。それを高島山を取出て、同所地名夜中とかけ合てよめる処おも白き也

として、解していた。それを、『新考』に「地名にあるまじきは巻七（一三二七頁）にいへる如し。おそらくは刺は過などの誤なるべし」とし、「一首の意は照ル月ノ半夜ヲ過ギテ高島山ニ隠ルルガ旅ナレバ殊ニ惜ク思ハルとなり」と地名説を否定、『全釈』においても『新考』を引きつつ「高島郡の地名とする説もあるがよくない。高島郡にその地名はない。…〈中略〉…刺而は夜中の頃になつての意であらう」とし、以後、「夜中をさして」の訓により、地名説と非地名説（時刻説）とに諸注釈の解が分かれ、非地名説が優勢といった具合であった。

しかし、地名説はその後、蜂矢宣朗氏の論文（「高島の歌―よなか、おほば山など―」『天理大学学報』8、昭和27年7月）によって補強され、沢瀉『注釈』も蜂矢説に拠ることにより、地名説が大方を占めるようになったのである。蜂矢説では「隠らく惜しも」という表現は、かなり西の山際に近づいている月を思わせるものであり、一方旅人の行路を明るく照らす月としては、だいたい旧暦十日前後の月であろうとして、「よなか」を文字通り夜半とした場合、そういう時刻をさしてという言い方が「をさす」という用例にあるかどうか、また、夜半に達すべき場所としては天心と考えたくなるが、旧暦十日前後の月は西に傾いており、夜半達すべき想像の場所は甚だ不安定ならざるを得ないとして、地名説を採り大溝町勝野の地を「よなか」の場所とした。そして、井上通泰の『新考』に「もし地名とせば作者は高島山より東方にあるにてヨナカは高島山より西方にありとせざるべからず。山より西にある地は山より東にある人には見ゆまじきにその見えざる地を挙げてヨナカヲサシテテル月ノとはいふべきにあらず」という指摘については、「歌は、よなかをさして照る月であつて、よなかをさして進む月では

ない。月は『よなか』を指して照りつ、、西へ進んで高島山へ隠れるのである」とした。

それを、『全集』『新編全集』『新大系』『和歌大系』において、「三更判而」を本文を改めて、訓もヨナカニワキテとしたのである。その理由は、『新編全集』に「原文は諸本すべて『刺而』とあるが、広瀬本だけに『判而』に作るのによる」と述べたように、定家本系統の善本である広瀬本を根拠とするものであった。(2) しかしながら、『全注』では地名説を採り、

全集は「刺而」を「判而」の誤字とし、「夜中にわきて」と訓んで「夜中にことに」の意として難を避けようとするが、夜中に月が照りまさることを利用してことさらに深夜の旅をすることがあったのか疑わしい。その後、新全集は広に「判而」とあるとして、ワキテの訓を補強したが、広には「刾而」とあって、「判而」とはない。「刾」は一六八六歌の「頭刺《カザシ》」と同字である。広の訓もサシテであってワキテではない。新大系、和歌大系は新全集に追随したが、字面、訓の両面からにわかに従うことはできない。

と批判する。たしかに、広瀬本を確認すると図1のように「刺」の異体字である「刾」の文字が記されている。ただ、新大系に「第二句の原文は、広瀬本『三更判而』に拠る。諸本『判』を『刺』に作る。『判』と『刺』は字形が似ている。万葉集文字弁証は、『按るに判は刺の異体字なり』（上巻）と言う」としていることは考慮すべきで、いずれ異体字でなくとも「判」と「刺」とは字形が類似して間違い易い字であって見れば、「判」を「刺」と誤ったものと考えることができる。深夜に旅を続けざるを得ないことも場合によりあったことは、高市黒人の

我が舟は　比良の湊に　漕ぎ泊てむ　沖辺な離り　さ夜ふけにけり（3・二七四）

に見えるところであり、

大葉山　霞たなびき　さ夜ふけて　我が舟泊てむ　泊まり知らずも（7・一二二四）
さ夜ふけて　夜中の方に　おほほしく　呼びし舟人　泊てにけむかも（7・一二二五）

我が舟は　明石の水門に　漕ぎ泊てむ　沖辺な離り　さ夜ふけにけり（7・一二二九）

波高し　いかに梶取　水鳥の　浮き寝やすべき　なほや漕ぐべき（7・一二三五）

など同じ巻七の羇旅歌を見ても容易に知られることである。

ここは、「判」「刺」両方の文字の可能性の中で、一首の表現と意味に即して再考されるべきと考えられる。

二

ところで、「よなかをさして進む月ではない」としても、「よなか」という土地を「さして照る月」であると言えるのであろうか。月は遍く照るものであり、近江国全体に、あるいは高島郡全体に照るもので、特定の「よなか」という土地にさすものとは考えられない。

月見れば　国は同じぞ　山隔り　愛し妹は　隔りたるかも（11・二四二〇）

春日山　おして照らせる　この月は　妹が庭にも　さやけかりけり（7・一〇七四）

と歌われるように、照るべき範囲には等しく照るものである。

月がさすことを歌った例としてただ一例、

我がやどの　毛桃の下に　月夜さし　下心良し　うたてこのころ（10・一八八九）

があり、『注釈』は、「『吾屋前之《ワガヤドノ》　毛桃之下尓《ケモモノシタニ》　月夜《ツクヨ》指《サシ》』（十・一八八九）と同じく今さして照つてゐるのだから夜中は高島山の東の地名と見る事が出来る」とするが、この歌は譬喩歌であり、「毛桃の下」に譬喩的な意味を込めて歌っていると考えるべきで、それ故に「毛桃の下」という特定の場所に「さし」と言ったもので、遍く照るべき月が特定の土地に照ると言うのとは違う。「月夜さし」は『古典大系』が「ここまで、娘の初潮を寓したものか」というように、月水説に拠るべきものと思われ(3)、いずれにせよ用例とはなしがたい。

朝日影　にほへる山に　照る月の　飽かざる君を　山越しに置きて（4・四九五）

こもりくの　泊瀬の山に　照る月は　満ち欠けしけり　人の常なき（7・一二七〇）

のように、月は「さす」でなく「照る」と表現されるのが通常で、四七例を数える。

「夜半」をさして進む月でもなく、「よなか」という土地を「さして照る月」でもないとすれば、『新考』のように「刺」を「過」の誤字として、「テル月ノ半夜ヲ過ギテ高島山ニ隠ルルガ殊ニ惜ク思ハル」などと解するよりは、「判」を「刺」と誤ったものと考える方がよい。それには、「判」や「刺」の字の古写本における書体を参考すべきである。

〈図1〉

(類聚古集)

(西本願寺本)

(紀州本)

(広瀬本)

(陽明本)

(京都大学本)

(神宮文庫本)

古写本の様相を見るに、神宮文庫本のように明らかに「刺」の字と見えるものよりも、「判」に書体の近い「判」を書くものが多く、京都大学本などはむしろ「判」の字を書いているのである。これを集中の「刺」の用例の方から見てみると、例えば「黄葉頭刺理《もみちかざせり》」（1・三八）は、元暦校本や類聚古集が「刺」の異体字の「刾」の字を書くのに対し、紀州本は偏の「大」の右下の一画が無く、「判」に近い字になっており、さらに、西本願

寺本や京都大学本、陽明本では「判」の字を書いて、訓はモミチカザセリとなっている。

〈図2〉

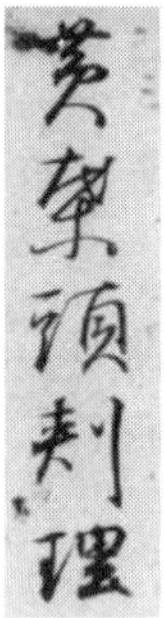
(元暦校本)

(類聚古集)

(紀州本)

(西本願寺本)

(京都大学本)

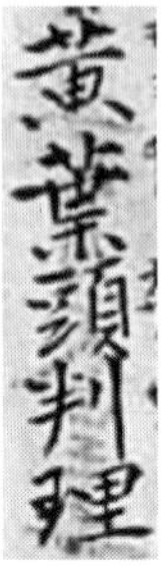
(陽明本)

また、「茜刺《あかねさす》」(2・一六九)は、金沢本や類聚古集、西本願寺本が「刺」の異体字「剌」を書くのに対し、広瀬本や京都大学本は異体字「判」を書き、紀州本、陽明本は「判」を書いてアカネサシと訓んでいる。

〈図3〉

(金沢本)

(類聚古集)

(西本願寺本)

(広瀬本)

(京都大学本)

(紀州本)

(陽明本)

こういった「刺」と「判」との曖昧な書写の様相はおして挙げるべくもないほどである。「字面、訓の両面からにわかに従うことはできない」という全注の判断は誤った判断と言える。

三

地名説を唱える注釈書では、もう一つの地名「夜中」の例として、

さ夜ふけて　夜中の潟に　おほほしく　呼びし舟人　泊てにけむかも（7・一二二五）
（狭夜《さよ》深而《ふけて》　夜《よ》中乃《なかの》方尓《かたに》　欝之苦《おほほしく》　呼之《よびし》舟人《ふなびと》　泊兼鴨《はてにけむかも》）

を挙げる。この「よなか」も早くから地名説と時間説に分かれており、例えば『拾穂抄』では、「夜中の潟は近江也」とするのに対し、『代匠記』では、「夜中ノ方トハ、癸ノ時過ル位ナリ。名所（ナト）ニハアラス。此哥ハ、前後紀州ノ名所ノ中ニアルニ…」と時間説を採り、『万葉考』も、「夜中の方は夜半に近つく方なりと契沖か説よし、夕方・晩方といふに同し」とする。また、『窪田評釈』は「地名とすると最も妥当であるが、近江の湖に潟といふのは如何であらう。上を承けて真暗い潟と繰り返して強めたものと解する」と時間説を採りつつカタは「潟」の意とする。

以下、地名説は『古義』『全註釈』『全注』『注釈』、時間説「夜中の方」は『新考』『全釈』『佐佐木評釈』『古典集成』『釈注』、時間説「夜中の潟」は『古典全集』『新編全集』が支持する。

地名説の主張は、『全註釈』の「地名でないとすると、初句との続きかたが変である」とあるのに加えて、前掲蜂矢論文で「『かた』を時間的に使用した例は集中に見当たらぬことからも反省されねばならない」というのがその根拠であり、『注釈』も「初句との重複が穏かでなく〈下略〉」と述べるのがその主張である。しかしながら、初句の「さ夜ふけて」と「夜中」との二つの時は、さ夜ふけから夜中に至る時間の経過をいうもので、この

ような二つの時を歌う例としては、同じ巻七に

さ夜中と　夜はふけぬらし　雁が音の　聞こゆる空を　月渡る見ゆ（9・一七〇一）

と見える表現である。

この夜らは　さ夜ふけぬらし　雁が音の　聞こゆる空ゆ　月立ち渡る（10・二二二四）

はなはだも　夜ふけてな行き　道の辺の　ゆ笹の上に　霜の降る夜を（10・二三三六）

豊国の　企救の高浜　高々に　君待つ夜らは　さ夜ふけにけり（12・三二二〇）

など、二つの時が「夜ふけ」という語と重ねて用いられているのである。文字通り「夜中」の時間として考えることに問題はない。「初句との続きかたが変である」「穏やかでない」というのは印象批評に過ぎぬ。

「かた」を時間的に使用した例が集中に見当たらないという批判も、

秋の田の　穂の上に霧らふ　朝霞　いつへの方に　我が恋止まむ（2・八八）

の「いつへの方」を、土橋寛氏の説に従って、時に関する表現と考えれば、十分考え得る表現である。(4)　土橋論文にも挙げているように、「仏足石歌」（一七番）には、

大御足跡を　見に来る人の　去にし方　千代の罪さへ　滅ぶとぞ言ふ　除くとぞ聞く（於《お》保《ほ》美《み》阿《あ》止《と》乎《を》　美《み》尓《に》久《く》留《る》比《ひ》止《と》乃《の》　伊《い》尓《に》志《し》加《か》多《た》　知《ち》与《よ》乃《の》都《つ》美《み》佐《さ》閇《へ》　保《ほ》呂《ろ》歩《ぶ》止《と》曽《ぞ》伊《い》布《ふ》　乃《の》曽《ぞ》久《く》止《と》叙《ぞ》伎《き》久《く》）

と時間的に使用した例が見られるほか、やや下るものの、『枕草子』（二八二段）に「いかにして過ぎにしかたを過しけんくらしわづらふ昨日けふかな」、『源氏物語』（絵合）に「うきめ見しそのをりよりもけふはまた過ぎにしかたにかへる涙か」、『金葉和歌集』前斎宮甲斐歌「いま人の心をみわの山にてぞ過ぎにし方は思ひ知らるゝ」（三四五七）、『詞華和歌集』大納言師頼歌「身のうさは過ぎぬる方を思ふにもいまゆくすゑのことぞかなしき」（三四一）、『千載和歌集』惟宗広言歌「さびしさをなにたとへんを鹿なくみ山のさとのあけがたの空」（三一二）、

『新古今和歌集』権中納言資実歌「来しかたをさながら夢になしつれば覚むるうつゝのなきぞ悲しき」（一七九〇）など時間の「かた」の例を見る。

『窪田評釈』などの時間説「夜中の潟」も可能性として残るが、

夕されば　鶴がつま呼ぶ　難波潟　三津の崎より　大舟に　ま梶しじ貫き　白波の　高き荒海を　島伝ひい別れ行かば…（8・一四五三）

難波潟　漕ぎ出る舟の　はろはろに　別れ来ぬれど　忘れかねつも（12・三一七一）

夏麻引く　海上潟の　沖つ渚に　舟は留めむ　さ夜ふけにけり（14・三三四八）

などの例から考えると、「潟」は停泊できる場所と考えられ、

夜が更けて　夜中の潟で　何やらしきりに　叫んでいた船人は　どこかに船を泊めただろうか（『新編全集』）

のような「泊てにけむかも」の抒情には相応わない。

率ひて　漕ぎ去にし舟は　高島の　阿渡の湊に　泊てにけむかも（9・一七一八）

などを参考に、「夜が更けて、何やらしきりに叫んでいた船人は、夜半の潟に船を泊めただろうか」いうようにでも解すれば解せないこともないが、無理があろう。

一二二五歌の「夜中」も地名ではなく時間として考えるべきであり、「夜中の方」は夜中ごろと解して、「夜が更けて、夜中ごろに何やらしきりに叫んでいた船人は、もうどこかに船を泊めただろうか」という意に解すべきと思われる。

四

地名説が成り立ち難く、時間説で考えるということになれば、一六九一歌の第二句は本文を「三更判而」とし

て、ヨナカニワキテと訓むのがよいことになる。夜中に特に照りまさる月というのである。その場合、『新大系』が例示したように、「おなじ枝をわきて木の葉のうつろふは西こそ秋のはじめなりけれ」（『古今和歌集』5・二五五秋歌下）が参考され、また『後撰和歌集』秋中の「八月十五夜」と題する

いつとても月見ぬ秋はなき物をわきて今夜のめづらしきかな（後撰6・三二五）

月影はおなじひかりの秋の夜をわきて見ゆるは心なりけり（後撰6・三二六）

などが参考となる。

ところで、一六九一歌に歌われた「旅なれば」という条件法による感懐は、如何なるものであろうか。『万葉考』には、「此初句は結句にかけて見るへし、旅なれは夜中にも道行は、其照月のかくるゝをも見る也」とし、『古義』には、「歌意は、夜道を行はいと苦しけれど、旅なればせむ方なし、されど月あれば道も明く、又四方を見やりなどもして、少しは心をなぐさむる方もあるに、夜中潟の方をさして、照行月の程なく、高島山に隠れなむとする事は、さても惜やとなり」とし、『金子評釈』も「月明りを便りに心細くも独曠野の路を辿るうち、早その月も西の方高島山に没せんとするに至つて、前途は絶望だ。「隠らくをしも」はその焦燥の声である。月は多分七八日頃の上弦の月であらう」と夜の旅行きの感懐とする。蜂矢論文では、水上の旅を想定して「月が傾きつつある今、沖へ漕ぎ出す筈はなく、高島山を目標に港へ向かつて漕ぎ寄せてゐると見るのが妥当であらう」とし、「隠らく惜しも」という表現から感じられるのは「切迫した感動」とする。

一方、『全釈』では、「月を旅寝の友としてゐる人が、月の西山に傾かうとするのを惜しんだので」とし、『窪田評釈』でも「侘しい旅の夜では月がせめてもの慰めであるのに、それの早くも隠れるのを歎いた心である」とし、『全註釈』においても「旅にあつて、夜半に照る月の隠れるのを惜しんでいる。深夜の旅情が、月に対して別れを惜しむ形で表現されている」として、解釈が分かれている。いずれを、正しいとすべきか。

集中「旅なれば」の句を持つ例はこの歌のほかに以下の二例を見る。

…群鳥の　朝立ち去なば　後れたる　我か恋ひむな　旅なれば　君か偲はむ　言はむすべ　せむすべ知らず
…（13・三二九一）

旅なれば　思ひ絶えても　ありつれど　家にある妹し　思ひがなしも（15・三六八六）

「旅なれば」の思いは、二例とも家郷を離れた旅にあって相手を恋い思う歌である。同様の表現である「旅にしあれば」と強意の助詞シを加えた例を見ても、巻二の有間皇子挽歌の一四二「家にあれば　笥に盛る飯を　草枕　旅にしあれば　椎の葉に盛る」を除いて、

…草枕　旅にしあれば　思ひ遣る　たづきを知らに…思ひそ燃ゆる…（1・五）

…海人娘子　塩焼く煙　草枕　旅にしあれば　ひとりして　見る験なみ…（3・三六六）

…紐解かぬ　旅にしあれば　我のみして　清き川原を　見らくし惜しも（6・九一三）

家離り　旅にしあれば　秋風の　寒き夕に　雁鳴き渡る（7・一一六一）

秋の野を　にほはす萩は　咲けれども　見る験なし　旅にしあれば（15・三六七七）

と、すべて旅にあって家郷の妻を思う歌である。[5]

「隠らく惜しも」という感情も、当該歌以外の用例、

あかねさす　日は照らせれど　ぬばたまの　夜渡る月の　隠らく惜しも（2・一六九）

沖つ梶　やくやくしぶを　見まく欲り　我がする里の　隠らく惜しも（7・一二〇五）

からすると、特に「切迫した感動」ではなく、一六九は日に並ぶ皇子（日並皇子）である草壁の薨去を月の隠れて見えなくなることに譬えて嘆いたもので、一二〇五は見たいと思う里が隠れて見えないことを残念に思う嘆きの表現である。

月は、平安時代と違い、万葉の時代は眺められるべきものであった。殊に恋しい人と離れている環境の中では、月は恋しい人を偲ぶよすがとなるものとして、眺められたことは以下の歌々に知られる。

朝づく日　向かひの山に　月立てり見ゆ　遠妻を　持ちたる人は　見つつ偲はむ（7・一二九四）

ひさかたの　天照る月の　隠りなば　何になそへて　妹を偲はむ（11・二四六三）

遠き妹が　振り放け見つつ　偲ふらむ　この月の面に　雲なたなびき（11・二四六〇）

我が背子が　振り放け見つつ　嘆くらむ　清き月夜に　雲なたなびき（11・二六六九）

柿本人麻呂歌集の名歌に

月見れば　国は同じぞ　山隔り　愛し妹は　隔りたるかも（11・二四二〇）

と詠われているのも、その月を山を隔てた地で妻も見ていることを前提としている。旅に出ていると離別の思いがさらに強く意識され、月の隠れゆくことが惜しまれるのである。

常はかつて　思はぬものを　この月の　過ぎ隠らまく　惜しき夕かも（7・一〇六九）

の思いは、「旅なれば」という思いと比較するに、理解の助けとなろう。

此の歌の「隠らく惜しも」という嘆きは、『釈注』に「家郷の妻と同じ月を眺めているのだという連帯感を前提にする歌で、その連帯感が絶たれるのを惜しんでいるところに味わいがこもる」というのが採るべき解釈といえよう。

夜半にいたって、ことにさやかに照っていた月が、時が経過してやがて高島山に隠れてゆくことが残念であると嘆いているのである。

五

「刺」と「判」との誤写の可能性のある歌が、当該歌の他にもある。それは、

八雲刺　出雲子《いづものこ》等《らが》　黒髪《くろかみ》者《は》　吉野川《よしののかはの》　奥名豆颯《おきになづさふ》（3・四三〇）

である。現在「やくもさす　出雲の児らが　黒髪は　吉野の川の　沖になづさふ」と訓まれて、異論はない。「やくもさす」は、『管見』『拾穂抄』に「やくもたつ」とあったのを、『代匠記』（初）に「八雲刺を、今の本にやくもたつとあるはあやまりなり。もとより八雲たつとも、やくもさすともいひきたりて、いつれもふるき語なり」として「やくもさす」と訓んで以来、諸注それに従ったのであるが、果たしてそれでいいのであろうか。

古事記歌謡の方は、「夜都米佐須」と明らかにヤツメサスと訓むべき表記である。それをヤツメとヤクモが相通するとし、さらにサスとタツが相通するとして、ヤツメサスがヤクモタツと同じだとしているのである。『攷証』に「こは、やくもたつといふに同じく、さすと、たつと、同じき事は、本集六［卌六丁］に、刺並之國爾出座云々とある刺並は、たちならぶ意。九［十七丁］に、指並隣之君者云々とあるも、立ならぶ意なるにて、しるべし」とし、『全釈』などに「八雲立つとも、やつめさすともいふので、類音を繰返して作られた枕詞である。サスとタツは相転ずる音である」とする。さらに『注釈』は「神代記の『夜久毛多都　伊豆毛夜弊賀岐』の『八雲立つ』から転じたものと思はれ、その『八雲立つ』はまた『夜都米佐須　伊豆毛多祁流賀』（景行記）ともあつて、『やつめさす』とも云はれてゐるので、この二様に用ゐられた古い枕詞を折衷して、音調のよろしく語意もとりやすい『八雲さす』といふ言葉を使つたので、これもやはり人麻呂の独創といへるであらう。多くの雲のさし出づる、出雲といふ心と思はれる」とする。

しかし、古事記歌謡の「やつめさす」は、土橋寛『古代歌謡全註釈』（古事記篇）のいうように、「イヅモの地

名を『出づる雲』の意味に解釈して、それを讃めた同義的称辞が『八雲立つ』の枕詞であるように、イヅモを『出づる藻』の意味に解釈して、同義的称辞を冠したものが『弥つ藻（または芽）さす』だと考えられ、単に相通と考えるべきではない。同義とすることに対する批判の詳細は、土橋寛『古代歌謡全註釈』（古事記篇）にゆずるが、ここはヤクモであり、ヤツメではないのであるから、サスでなくてタツとあるべきところである。寛永版本では「八雲剌」の本文で、ヤクモタツの訓を付している。古写本を見るに、紀州本や陽明本などは「判」の文字であり、神宮文庫本では「剌」の本文でありつつヤクモタツとヤクモサスの両訓を並記しているのである。

（寛永版本）

（類聚古集）

「やくもさす」

（紀州本）
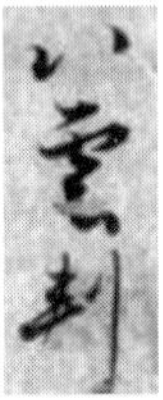
「ヤクモサス」

（神宮文庫本）

「ヤクモタツ」「ヤクモサス」並記

（西本願寺本）

「ヤクモタツ」

（広瀬本）

「ヤクモサス」

（陽明本）

「ヤクモ　」

（京都大学本）

「ヤクモ　」

「判」は『類聚名義抄』に「コトハル」「ワカツ」「ワル」「サク」「サダム」の訓があり、また、「判断」という語があるように、「断」と通じる。『類聚名義抄』には「断」にも「コトハル」「サダム」の訓があり、「タツ」「ハカル」「ヤム」「キル」の訓がある。また「折」も「ワル」「ワカツ」「サク」などの訓があり、「タツ」の訓をもつ。ここは「八雲剌」ではなく、「八雲判」と本文を訂し、借訓「判《たつ》」でもってヤクモタツと訓むべきと考えられる。

注

（1）初句「客在者」を、諸古写本や『拾穂抄』『代匠記』『金子評釈』では、タビニアレバと訓み、その他は、タビナレバと訓む。タビニアレバは句中に母音アを含むので字余りではなく、その訓も可能であるが、15・三六八六の「多婢奈礼婆《たびなれば》　於毛比多要弖毛《おもひたえても》　安里都礼杼《ありつれど》……」の仮名書き例により、タビナレバと訓むのがよい。

（2）『新大系』においても「第二句の原文は、広瀬本『三更判而』に拠る」とする。

（3）月水説は、『古典大系』ほか、『講談社文庫』『古典集成』『全注』などが採る。

（4）土橋寛「〝磐姫皇后の歌〟の再検討」『萬葉』一一二号（昭和60年8月）は、「去《い》にし方」は過ぎ去った方面で、過去のことである。「過ぎにし方」（枕草子。三〇一段）、「過ぎぬる方」（徒然草、四九段）ともいい、「来し方行く末」ともいう。過去のことは、「去《い》にしへ（辺）」ともいうから、時に関する「辺」と「方」は、通じあう面があることは確かである。

とし、「皇后の歌の『何時辺の方』の方は、もちろん時に関する方面であり、『何時辺』の『辺』と重複する面があるが、それは『何時』と限定しえない不安・嘆きの表現が『何時辺』であるのに対して、それでもまだ限定的だとする気持から、さらに『方』を添えて『何時辺の方に』といったのである」とする。

（5）家離り　旅にしあれば　秋風の　寒き夕に　雁鳴き渡る（7・一一六一）

は、一見家郷を思うことと関係ないように見えるが、

妹とありし　時はあれども　別れては　衣手寒き　ものにそありける（15・三五九一）

夕されば　秋風寒し　我妹子が　解き洗ひ衣　行きてはや着む（15・三六六六）

よしゑやし　恋ひじとすれど　秋風の　寒く吹く夜は　君をしそ思ふ（10・二三〇一）

などにあきらかなように、家郷を思う表現として「秋風の寒き夕へ」がある。

秋の野を　にほはす萩は　咲けれども　見る験なし　旅にしあれば（15・三六七七）

は、三六六六歌の「ひとりして　見る験なみ」や、九一三の「我のみして　清き川原を　見らくし惜しも」と同想である。

暁と夜がらす鳴けど

——萬葉集巻七「臨時」歌群への見通し——

影山尚之

一

萬葉集巻七雑歌部は前半に詠物歌を連ね（一〇六八～一一二九）、そののち羇旅の歌を配列（一一三〇～一二五〇）、後半に至って小刻みに「問答」「臨時」「就所発思」「寄物発思」「行路」「旋頭歌」の標題を設定し、そこでは古歌集および人麻呂歌集からの採録が顕著になる。「臨時」のもとに収められた次の一首は古歌集を出典とする。

暁跡　夜烏雖鳴　此山上之　木末之於者　未静之（7・一二六三）
暁《あかとき》と夜烏鳴《よがらすな》けどこの山上の木末《こぬれ》が上《うへ》はいまだ静《しづ》けし(1)

藤原仲実の綺語抄や藤原範兼・和歌童蒙抄がこの歌を証歌に引くのは歌語「よがらす」への関心からであろう。両書が引用した歌形は次のとおりである。

あかつきとよがらすなけどこのやまのかみのこずゑはいまだしづけし（綺語抄）
あかつきとよがらすなけどこの山のこずゑのうへはいまだしづけし（和歌童蒙抄）

当該歌三四句は古写本間で訓の揺れが大きく、「山上」に対してヤマ、ヤマノウヘ、ヤマノカミ、ミネ、ヲカの付訓例があり、近年はモリも提案された(2)。綺語抄の本文は類聚古集に一致している。

この点について、生田周史氏「「此山上之」考」は諸説を仔細に検討した上で「山上」の「上」を不読字と見なし、二字でヤマと訓むのが「最も落ち着いた『萬葉集』の訓」であると述べた。(3) 第三句末「之」に続く体言「木末」が萬葉集中ではいずれも「山の木末」であり、ヲカ・ミネ・モリが「木末」に続く例のないことを根拠としての主張である。『セミナー万葉の歌人と作品 第十二巻 万葉秀歌抄』が同論に賛同しており、(4) 小稿もこれに従う。

一首に託される情報は、暁を告げて夜がらすが鳴くものの眼前の山の梢には鳥の鳴き声もせず静寂だという、とり立てて注意する必要のない平板な内容であるかに見える。だが、『萬葉集略解』が「男の別れんとする時、女のよめる歌なるべし」と発言して以来、この情報発信者を男と見るか女と解するかを巡って対立が生じることとなった。そんな時間帯に屋外で鳥の鳴き声に関心を注ぐのは通いの男女ぐらいだろうから、かかる方向が探られるのはもっともだ。たとえば折口信夫『口訳萬葉集』は、

あなたはそんなに歸りたいのですか。成程夜烏は、朝だと鳴いてます。併し前の山の木の梢は靜かではありませんか。あれは月夜烏が鳴いたんですよ。

の口訳を施して『略解』と同様に男の出立を引き留める女の歌と解したが、武田祐吉『萬葉集全註釈』のように「女のもとを出ようとする男の作であらう」と受け取る向きも多く、現在に至ってなお決着しない。男女が円満な関係にありさえすればその局面における心情に差はないはずで、決め手は読者の経験値に預けられる。

男の心情とするもの…伊藤博氏『萬葉集釈注』、阿蘇瑞枝氏『萬葉集全歌講義』

女の心情とするもの…小学館新編全集『萬葉集』、明治書院和歌文学大系『萬葉集』

『釈注』は、

言葉配り・声調など、男子の詠と考えられるが、いかがであろう。

と判断を読者に預け、最新の岩波文庫『万葉集』は主体の性別と歌の機能への言及をおそらく意図的に避けており、雑歌部収載歌であることを重く見て後朝の情を汲まない立場も鴻巣盛廣『萬葉集全釈』ほかによって示されてきた。「清肅明澄、縹渺たる情感が漂つてゐる」（『全釈』）、「暁の静寂を歌ったよい歌である」（『全註釈』）、「「臨時」の中の傑作で、万葉全体の中でも秀歌の一つに数えるに足りる」（『釈注』）など当該歌の文芸性への称賛を揃えながら解釈が一定しないという奇妙な現象を出来せしめている。

状況依存性の高い短歌様式の限界といえばそれまでだが、「臨時」の標題下に配される十二首にはじつはそうした不安定な歌が少なからず含まれる。

道の辺の草深百合の花笑みに笑みしがからに妻と言ふべしや（7・一二五七）

黙あらじと言のなぐさに言ふことを聞き知れらくは辛くはありけり（7・一二五八）

前者の主体を女性ととらえ「行きずりに微笑んだぐらいのことで、それを好意の表れと誤解した男への返事」（新編全集）と解するものが多い中で、「路傍で女のほほ笑みをうけた男の自問自答」（『釈注』）と読むこともまた退けられない。後者については主体の性別を判断する要素が文脈内に存在しないため解釈は区々になり、扱われている話題の特殊性ゆえに類例による帰納も拒まれる。

西の市にただひとり出でて目並べず買ひてし絹の商じこりかも（7・一二六四）

いかにも寓意がありそうな右に対してはいくつもの思いつきが累積するばかりである。渡瀬昌忠氏『萬葉集全注巻第七』を例に引く。

男の歌（古義）とも女の歌（全註釈）ともとれる。前の歌までの三《ママ》首（一二六一～一二六二）で歌われたような、里の女を忘れたらしい山の男に対して、そういう男を市の歌垣で軽率に選んでしまった失敗を里の女が悔み嘆くか。あるいは、山から西の市に出て、よくない女を買いかぶりしてしまったという男の悔みか。

ここはぜひ「臨時」の意味を探ってみなければならない。

二

「時に臨む」は、その時その時に感じた思いを詠んだ歌、の意。…（中略）…この題は万葉集の中でここだけにある。「古歌集」（一二六七左）にあった題であろう。（『全注巻第七』）

「臨時発思」の意で、その時に臨んで思うところを述べた歌をいう。ただし、中に民謡的な歌も合わせ収められており、特にこの分類題名が設けられた理由は不明。（新編全集『萬葉集』頭注）

「時に臨みき」の題はここだけ。折々に作られた歌を集めるか。（岩波文庫〈新〉『万葉集（二）』）

「臨時」の意義に対する近時の理解はほぼ以上に尽きる。この標題が「古歌集」を継承するという見方は澤瀉久孝『萬葉集注釈』ほかにも示されて有力だが、巻七「古歌集」所出の残りの五首には「問答」（一二五一～一二五四）、「就所発思」（一二六七）、「寄物発思」（一二七〇）の題が付され、うち「就所発思」には柿本人麻呂歌集所出歌二首を配するので（一二六八～一二六九）、それが「古歌集」の標題を受け継ぐものかどうかの判断は俄かには下せない。さらに後部「行路」の題（一二七一）は人麻呂歌集歌一首を統括しており、「古歌集」が必ずしもこの付近全体に影響を及ぼしているとは言いがたい[5]。これらの標題が何らかの先行歌集に依拠した可能性はあるとしても、最終的には萬葉集巻七雑歌部の編集作業を反映したものと見るほかあるまい。

漢語「臨時」には一時的とか非正式的とかの意もあるが、ここは『漢語大詞典』にいう「謂当其時其事」、つまり「その時になって」の意に解される。これといって特殊な語ではない。しかしながら「その時その時に感じた思いを詠んだ」「折々に作られた歌」とするのでは、そもそもあらゆる歌が「折々に」作られるものなのだから、題意を説明したことにはならない。とはいえ歌群を見渡すときには、季節や時間など「時」に具体的限定を加えるほどの共通項を看取することができないので、この漠然とした言い方もやむを得ないと頷ける。十二首は次のとおりである。(6)

臨時

①月草に衣そ染むる君がため深色衣摺らむと思ひて（7・一二五五）
②春霞井の上ゆ直に道はあれど君に逢はむとたもとほり来も（7・一二五六）
③道の辺の草深百合の花笑みに笑みしがからに妻と言ふべしや（7・一二五七）
④黙あらじと言のなぐさに言ふことを聞き知れらくは辛くはありけり（7・一二五八）
⑤佐伯山卯の花持ちしかなしきが手をし取りてば花は散るとも（7・一二五九）
⑥時ならぬ斑の衣着欲しきか島の榛原時にあらねども（7・一二六〇）
⑦山守が里辺に通ふ山道そ繁くなりける忘れけらしも（7・一二六一）
⑧あしひきの山椿咲く八つ峰越え鹿待つ君が斎ひ妻かも（7・一二六二）
⑨暁と夜烏鳴けどこの山上の木末が上はいまだ静けし（7・一二六三）
⑩西の市にただひとり出でて目並べず買ひてし絹の商じこりかも（7・一二六四）
⑪今年行く新島守が麻衣肩のまよひは誰か取り見む（7・一二六五）
⑫大舟を荒海に漕ぎ出で八舟たけ我が見し児らがまみは著しも（7・一二六六）

仮に季節を特定する歌を抜き出そうとすると、②の「春霞」のほかに植物を詠む①③⑤⑥⑧はそれに適合するが、④⑦⑨⑩⑪⑫に季節語を含まないため断念せざるをえず、当面の⑨は「暁」「夜」の時間を限るけれども、ほかの十一首は時刻を特定する表現を持たない。こういう次第で、いかにも消化不良ながら「この分類題名が設けられた理由は不明」に甘んじてきたのがこれまでの趨勢だった。

ただし、『全注巻第七』が「寄物発思」（一二七〇歌）の項で次のように述べたのは傾聴に値する。「古歌集」から採録された歌の「時に臨む」「所に就きて思ひを発す」「物に寄せて思ひを発す」という他に例のない標題は、時・所・物によって思いを詠み分ける題詠が行われていたことを想像させる。そのことを背景として、時・所・物よる歌の分類が行われるのである。

なるほど、改めて「就所発思」を見るに、

ももしきの大宮人の踏みし跡所沖つ波来寄せざりせば失せざらましを（7・一二六七 古歌集）

児らが手を巻向山は常にあれど過ぎにし人に行き巻かめやも（7・一二六八 人麻呂歌集）

巻向の山辺とよみて行く水の水沫のごとし世の人我等は（7・一二六九 同右）

が並び、「寄物発思」には、

こもりくの泊瀬の山に照る月は満ち欠けしけり人の常なき（7・一二七〇 古歌集）

が置かれて、四首がいずれも世の無常、人事の儚さを主題とするのは偶然かどうかわからないが、その情意を導くのに前者は「所」が、後者は「物」が、確実に機能していることが了解される。

その点を認識したうえで先の十二首に向き合うならば、⑥に「時」の語の重複が見られ、⑪に「今年」という限定が加えられている現象を、⑨の「暁」「夜」とともにやはり見逃すべきでないことに思い至る。どのような「時」が要件とされているのかを見極めにくいものがあるとしても、十二首は何らかの「時」に臨んで誘発された心情を表出する歌ということで一括されているのであろう。標題が設定されている以上、その題意に規制された歌意を汲み取ることが読者に与えられた課題である。

もちろんそれぐらいのことにはすでに気づかれていて、土屋文明『萬葉集私注』は①につき「即ちつき草を採る時に當つて思をおこす意と見える」といい、②についても「井水を汲む時の歌であらう」と注して、題意に沿った解釈に努めている。だが、④について「如何なる意で、臨時中に収められたか明らかでないが」と訝り、⑦について「山守が里へ通ふのに時期があるのであらうか」と困惑するように、その姿勢をついに一貫させることができなかった。⑤をとらえて「卯の花の頃、山に遊ぶ習慣があって、さうした時の心持を歌つたものであらう」と説くあたりは『全注巻第七』が「初夏のころ、卯の花をかざす歌垣で女を得ようとする時の、男の歌」という理解へと連なってゆくが、文脈を超えた「時」の想定をひとたび容認してしまうと、すべての歌の時と場が「歌垣」や「労働」に求められることになり、論理は空転する。

三

こうした一進一退は、いちいちの詠作事情と歌集編集の意図とが全的には一致しないことに起因しよう。そして、もはや詠作環境を復原する手がかりのない当該歌群の場合、実際に詠作契機となった「時」を追究することは不可能なので、ここは割り切って歌の文脈およびその近辺に「時」の要件をうかがう以外に方途がない。いまはまず、その析出が容易な事例から観察したい。

⑪今年行く新島守が麻衣肩のまよひは誰か取り見む（7・一二六五）

⑫大舟を荒海に漕ぎ出で八舟たけ我が見し児らがまみは著しも（7・一二六六）

⑪について『私注』は、

防人出發に際しての歌であるから臨時に入れた。故郷に殘る妻、母等の心持である。

とし、⑫についても、

前の歌に續いて、防人出發の歌と見える。苦しい舟行の間に、美しい少女等の目なざしが見えるといふ歌謡は、前途をはかなむ防人等がお互を激勵するに役立つたであらう。

という。後者は防人に限定する要素を持たないが、見送る側の歌と旅行く者の歌とがあたかも対をなしているように見えるのは確かであり、二首はともに船出の「時」を契機としていると理解してよさそうだ。

「今年行く新島守」は具体的限定的な「時」を指示する表現であり、家持による、

今替はる新防人が舟出する海原の上に波な咲きそね（20・四三三五）

は⑪に倣ったものだろう。「今年」「新」と二重に限定が加えられることで当事者――新任防人およびその家族・友人――にはきわめて深刻な響きを放つ表現となっている。軍防令に規定する防人の任期が三年であることは彼らにとって既知であり、「今年行く」年若い防人は順調に経過しても三年後までは帰還することがないのだから、厳しくも悲観的な「時」に⑪歌は直面しているのである。⑫は直接それに応じた詠ではないけれども、いままさに臨んでいる「時」の質は⑪に等しい。

①月草に衣そ染むる君がため深色衣摺らむと思ひて（7・一二五五）

右についての『私注』の言は先に引いた。表現主体は女性、「衣そ染むる」とあるから彼女はちょうど月草で衣を染めている最中である。対比的に構えられる下句の意志表現を素直に「妻としての喜び」（窪田空穂『萬葉集評釈』）と受け取ってよいのかどうか、色褪せやすい月草を選択しているあたりに何らかの含みやひねりを予測するべきなのか、迷うところだが、前記したとおりそういう細部の詰めを拒むのが「臨時」歌群の特徴でもある。

染色にかかわる歌は集中に散見するものの、その多くは、

紅に　染めてし衣　雨降りて　にほひはすとも　うつろはめやも（16・三八七七）

…我妹子が　形見がてらと　紅の　八入に染めて　おこせたる　衣の裾も　通りて濡れぬ（19・四一五六）

のように染め上がった品をうたうのであり、染色の現場が話題にされるのは珍しい。

②春霞井の上ゆ直に道はあれど君に逢はむとたもとほり来も（7・一二五六）

右の「時」を春霞のかかる一日の水汲みの時間帯と解しても誤りではないが、この女性が当面しているのは水を汲み終えて井から直帰するのでなく「君」の住むあたりへ「たもとほり来」た現在であると見られよう。

青柳の萌らろ川門に汝を待つと清水は汲まず立ち処平すも（14・三五四六）

と恥じらうのが平均的な女性の挙措とするなら、②の主体は衝動が羞恥と躊躇を大きく乗り越えている。

以上、ひとまず四首についてそれぞれに歌内容から推測される「時」と、それに臨んで表出された心情を確認した。ここで注意すべきは、いちいちの事例が詠作契機としている「時」が日常のありふれた時間ではなくて、ある意味で異常な、特別なそれであるらしいことである。親しい家族を防人に指名される不運は誰もが味わうことではないし、波濤を越えて行く旅も一般人には稀な体験だ。衣を染めているその時に情意を発動させる偶然、たしなみさえ忘れて男に逢いに行こうとする意外なふるまい、これらの詠作者たちが臨むのはことさらな、緊迫感のある「時」であって、そういう歌ばかりが集められているように見えるのである。

その見通しに立って全体を整理しよう。左表の上段Aには『私注』の解を採り（——は言及のないもの）、下段Bはそれを参考にしつつ歌意に即して小稿が考慮した要件である。⑨は小稿冒頭で問題にしたためB欄をひとまず空欄としておく。雑歌の括りを重視するうえではAの抑制に拠るのが穏やかにちがいないが、男女間にかかわる心情表出が歌群の大半を占める実態に鑑みて、あえてBは情意誘発の契機に踏み込んでみようと思う。

番号	「時」の要件A（土屋私注による）	「時」の要件B（私案）
①	月草採取時	月草で衣を染めている「時」
②	井水を汲む時	水汲みを口実に男に逢いにきた「時」
③	草刈りの時	路上で女が男に向かって花のように微笑んだ「時」

④	――	求愛に対して体よく断られた「時」
⑤	卯の花の頃山に遊ぶ時	卯の花を持つ少女の手に触れた「時」
⑥	榛原で染料採集の時	適齢期に達しない少女に恋慕した「時」
⑦	――	男がぱったりと通ってこなくなった「時」
⑧	狩に出た狩人の夫を妻が待つ時	長い月日他出したまま夫が帰ってこない「時」
⑨	後朝の時	
⑩	西の市開市の時（午後／定日）	西の市で高価な商品を買って失敗した「時」
⑪	防人出発の時	防人となった近親者を送り出す「時」
⑫	防人出発の時	自ら大舟に乗り荒海に漕ぎ出す「時」

③について主体の性別を男女いずれにも解しうることを前記した。そもそも男に向かって女性が花のように微笑を投げることが尋常ではないため、男が勘違いしたり（表現主体を女とみる）、うろたえて自問自答したり（表現主体を男とみる）するのは無理もない。Aに「草刈り」の時とするのは現実にはそうなのかもしれないが、それと一首の心情との間に距離が大きいため、Bのように判断しておく。『全注巻第七』「男の求婚に対して女がはっきり承諾したわけでもないのに、男が相手を自分の妻となるものと決めて物を言ってきた時」の解もまさしく踏み込んだ理解ながら、想像領域を延長しすぎているし、前記したごとく同書はこれら一連の現実の時空を歌垣に想定している点で支持を与えにくい。

④が一風変わった内容を扱っていることは諸注釈に触れるとおりで、いまは窪田『評釈』を参照しておく。ただし、主体の性別を含め一首の理解について同書を支持しようというのではない。

男が女に求婚して、女から程よく婉曲に斷られて、それと察して別れて來た後に、その時のことを思ひ出しての心である。男女間には例の多いことであるが、かうした實相に深く喰ひ入つて、それをありのままに誇張なく現はしてゐる歌は、實に稀れであり、例の求め難いものである。

「かなり複雑な内容を、よく一首に纏めてゐる」の評もある（『全註釈』）。他に例のない発話が現出した要因を探るなら、詠作の「時」と場面の異常性はその一つに挙げることができる。

⑧もまた特殊な状況である。『全注巻第七』には「山椿の咲く春に、山から山へと鹿を求めて帰ってこない男を待つ時の、女の恨み歌」とし、『私注』は「或は狩に出た夫の留守の妻に、更に一般的に、留守居の妻に言い寄る男が、その操守に辟易する様を歌つて居るとも見られよう」の一案を提示して「民謡らしい幾分のアイロニーをも感ずることが出來る」という。解釈の振幅があまりに大きく、最大公約数を摑むさえ困難だが、山村の生活から生み出された歌詠とはやはり考えにくいため、「八つ峰越え鹿待つ君」は主体の憤懣に基づく誇張的表現と受け取るのがよいだろう。空しく待つばかりの暮らしを長く強いられている「時」が一首の創作契機と考えられる。「山椿」によって「春」を指摘しても意味はない。

⑥の「時」は表面上は榛の実の熟する時候でありそれをもって衣を染める時期をいう。ただし「時ならず」を繰り返す執拗さは裏にある含意への気付きを読者に促す口ぶりが露わだ。未成熟な少女に心を奪われること（⑥）、夫の足が遠のくこと（⑦）、どちらもありうる経験には違いないけれども、一方はタブーに属すことがらで、他方は妻にとっては必ず忌避したい事態であって、そういう非日常的事態に直面したときの心情が誘発されていると見られる。⑩は難解な語を含むこともあり、「ひとり出でて」「買ひてし絹」のあたりにどうしても寓意の想定を避けがたいところだが、やはり他に例のない「時」の設定がいっそう真意の汲み取りを困難にしている（前述）。

多様な読解がありうることを承知したうえでの作業ながら、できるだけ歌の文脈に即しながら「時」の析出を試みた結果が右である。「臨時」歌群が設定しているのはどうやら特殊な、ふつうには起こりにくい、あるいは起こってほしくない「時」であり、日常とは異質な「時」に遭遇したことで湧出する内面の言語化が十二通り配列されているようである。「折々の」と押さえたのでは十分とはいえず、「時」の内実はそれぞれに違っているらしい。個性的な「時」に規制された心情は他に例のない言語表現に結実することがあり、それが各歌の理解の動揺を生ぜしめる主な要因になっていると考えられる。

四

そこで⑥に戻ることにしよう。後朝の男女を前提として受け入れるなら、それ自体は古代社会に日常的な「時」だから、右の予測とは打ち合わないかに見える。しかし、この歌が直面しているのは山の梢に止まる諸鳥がいまだ眠りこけている夜、鳴いたのはただ夜がらすだけの時刻である。「夜烏」は集中にはここにしか見えず、東光治氏「烏考」に「夜烏だとか月夜烏だとかいはれるのは、恐らく夜の大空をカッカッと鳴き渡る五位鷺を間違へたのが多いだらう」とする見方が提示されているが、(7) たとえそうであったにせよ表現主体がこれを「からす」と認識して聴いていることは動かない。男の出立を促すのは、

朝烏早くな鳴きそ我が背子が朝明の姿見れば悲しも（12・三〇九五）

とあるように専ら「朝」に鳴くからすの役割である。一方⑥の発話者はあくまで「夜がらす」を主張しているわけで、少なくとも当事者にとっては通いの男の帰るべき時刻に及んでいないのだ。そこが一首の要点であろう。

枕草子（三巻本一類陽明文庫本）「たとしへなきもの」に、

夜烏どものゐて、夜中ばかりにいね騒ぐ。落ちまどひ木伝ひて、寝おびれたる声に鳴きたるこそ、昼の目に違ひてをかしけれ。

の証言があり、夜中にからすの鳴き声を聴く経験はあった。

明けぬべく千鳥しば鳴く白たへの君が手枕いまだ飽かなくに（11・二八〇七）

恋ひ恋ひてまれに逢ふ夜の暁は鳥の音つらきものにざりける（古今和歌六帖5・二七三〇）

暁方に鳥の音が聞こえたならもはや男女別離の時、後朝の悲哀は夥しくうたわれる。まだ明けやらぬ、夜と朝の境の時ではあるが、男も女もそれを「朝」の嘆きとしてうたう慣例だった。

朝戸出の君が姿をよく見ずて長き春日を恋ひや暮らさむ（10・一九二五）

夕凝りの霜置きにけり朝戸出にいたくし踏みて人に知らゆな（11・二六九二）

我が背子が朝明の姿よく見ずて今日の間を恋ひ暮らすかも（12・二八四一）

朝去にて夕は来ます君故にゆゆしくも我は嘆きつるかも（12・二八九三）

⑥の場合、からすが一声鳴いて「暁」を告げたというけれども、萬葉集のからすは人びとの信頼を獲得していない。

烏とふ大軽率烏のまさでにも来まさぬ君をころくとそ鳴く（14・三五二一）

波羅門の作れる小田を食む烏瞼腫れて幡幢に居り（16・三八五六）

つまり当該歌はからすの告げる「暁」を偽りと退け、直面する現在を「夜」の時間帯の継続と訴えているのである。そのことを一首の思考の流れに即して指摘した論に生田周史氏「暁と夜烏鳴けど」がある。(8)

「このやまの木末」は「いまだ」静寂な夜の世界なのであって、これを保証する素材として漆黒の闇夜の鳥「夜烏」がうたわれ、この「夜烏」の鳴くところとして、暗くなる義の動詞「暗む」の未然形名詞法からの、これまた暗闇の「やま」がうたわれる必然があった。

「やま」の語源に関する議論を別にすれば、(9)一首を成り立たせる要素が緊密に連携しながら「夜」の情景を描くとする読解は首肯してよい。同論はまとめとして次のように言う。

一首は、闇夜の鳥を歌の素材として、秘めやかな夜の静寂をうたいつつ、さらに暗い山までもうたい込んでいた歌であったと捉えられてくる。彩られた色は黒で、暗く幾重にも重なって深く、秘密めいていて、静謐で、そして優しい。

⑥の主意が右後半に言うような感傷であったかどうかは、主体の性別の判断を含めて、結局のところ決められない。仮に女性の歌だとして、詠作者が「夜」を主張するにもかかわらず出立を急ごうとする男が眼前にいるのだとしたら、その行動は相当に疑わしいので、不誠実をとがめる心境が汲みとられてよいのかもしれない。むろんその思いつきに拘泥するつもりはなく、言語表現の裏に探られる情動はさまざまにありうるということである。

このように見れば、⑥の「時」もまた通常の後朝の時ではない。

ぬばたまのこの夜な明けそあからひく朝行く君を待たば苦しも（11・二三八九）

暁を迎える以前の夜（未明）の時間帯を屋内で苦悶する詠は少なくないけれども、その時刻の屋外を知覚する例を探すのは容易でない[10]。その意味では絶妙の時に光を当てた歌と評することができる。先表B欄には「夜明け前のしじまにからすの声を聞く時」としておくのが穏やかであろう。

かくして「臨時」歌群が扱うのは、官人の日常業務はいうに及ばず折々の宴席や畿内外往還や妻問いなどのありふれた「時」ではなくて、少なからず特別な、直面することの稀な「時」であったと結論される。ことさらな「時」が導く風変わりな心の連続がここには企図されているのであろう。男女間の相聞的情意に偏るとはいえ平常時ふつうの恋情とは異質なものが多く、標準型の逸脱が歌意の特定を阻み、同時にその規格外ゆえに「雑歌」に括られることが可能だったものと見られる。

もっともそれは大雑把な見通しに過ぎないし、随所に無理を生じている自覚もある。十二首に展開する心情の質を改めて一つひとつ検証してゆくことが次の課題である。

注

（1）萬葉歌本文の引用は原則として塙書房刊『萬葉集 CD-ROM 版』に拠る。ただし、私意により表記を改める場合がある。

（2）小島憲之・木下正俊・佐竹昭広『萬葉集本文篇』（塙書房、昭和38年）、小学館日本古典文学全集『萬葉集二』（昭和47年）。なお、塙書房補訂版は現在も「もり」を採るが、小学館新編日本古典文学全集『萬葉集二』（平成7年）は「やま」に改めている。

（3）生田周史氏「「此山上之」考」（『萬葉』第一五六号、平成8年1月）。同論が不読字の例証に提示するのは巻二・一八五歌「石上乍自」である。当該箇所、西本願寺本など仙覚系諸本は「石乍自」とするが、類聚古集・紀州本・廣瀬本などに「上」字を記し、訓はイハツツジで異同がない。

（4）『セミナー万葉の歌人と作品 第十二巻 万葉秀歌抄』（和泉書院、平成17年）。一二六三歌の執筆担当は坂本信幸氏。

（5）萬葉集中に「古歌集」所出歌は巻七のほかには巻二・十・十一にあらわれる。該当歌は、2・八九、2・一六二、10・一九三七〜一九三八、11・二三六三〜二三六七。これら「古歌集」がみな同じ歌集を指すのか、萬葉集に先行する歌集を便宜的にそう呼んだものなのかはむろん不明である。ただし、山田英雄氏は「或云」「或本」「一書」などと記される集中の諸本が「明瞭に体系的に分類されている」ことを根拠として「同一名の諸本は編纂の時に巻ごとに任意に命名したものがたまたま同一になったというのでは無く、同じ種類のものを他と区別するために命名したものと解釈する」とした（「万葉集の参照諸本について」『万葉集覚書』岩波書店、平成11年／初出は平成6年）。全巻に及んで散見する「一云」に比べ「古歌集」の名は右四巻に限って出現するので個性を持つといえなくもない。山田論に従いこれら「古歌集」を同一歌集と見るなら、この歌集には短歌のほかに長歌・旋頭歌を採録し、恋の歌もあれば夫の死を悼む歌もあって、天皇御製から作者不明歌まで幅広い作品を盛りこんでいたことが推測できる。訓字主体表記歌巻に偏る点は、各歌が原表記を留めている保証はないとしても、主に訓字を用いて書かれる歌集だったかと推考させる。2・一六二は持統太上天皇作挽歌であり、これによって収録歌年代が持統天皇八年までは遡る。なお、巻七には「古集」からの採録も見られるが、「古集」と「古歌集」とを別個の歌集と解するべきことは原田貞義氏「高橋虫麻呂と『古集』」(『万葉集の編纂資料と成立の研究』おうふう、平成14年／初出は平成5年)ほかによって主張されている。

(6) 元暦校本・紀州本では⑧と⑨とが逆転しているが、いずれであっても小稿の論旨には影響がない。十二首の中には訓に揺れのある歌を含むものの、いまはすべて注(1)の本文に拠っておく。

(7) 東光治「烏考」(『續萬葉動物考』人文書院、昭和19年)

(8) 生田周史氏「暁と夜烏鳴けど」(『大阪成蹊女子短期大学研究紀要』第三十三号、平成8年3月)

(9) 「やま」の語誌について注(8)生田論は森重敏氏『続上代特殊仮名音義』(和泉書院、昭和62年)の見解を支持している。

(10) あえて探すとすると次のような例が挙げられようか。

我が背子を大和へ遣るとさ夜ふけて暁露に我が立ち濡れし(2・一〇五)

(付記) 萬葉語学文学研究会、およびその前身である萬葉有志研究会を振り返ると、故・生田周史にまつわる楽しい懐かしい思い出がよみがえってくる。あまりに早い逝去は平成十五年十一月だった。本誌終刊にあたり、どうしても生田氏のことを書いておきたいと思って、氏の論考を踏まえつつ綴ったのが小稿である。あえて題目を氏の論文題名(注8)に重ねてみた。「そんなことしたら、あかんで」の声が聞こえるような気がする。

持統六年伊勢行幸歌群の表現史的意義

——巻一行幸関連歌の中で——

大浦誠士

一、はじめに

持統六年三月の伊勢行幸に関する歌が、巻一に載せられている。

幸二于伊勢国一時、留レ京柿本朝臣人麻呂作歌

嗚呼見の浦に舟乗りすらむをとめらが玉裳の裾に潮満つらむか（①四〇）

釧着く答志の崎に今日もかも大宮人の玉藻刈るらむ（①四一）

潮騒に伊良虞の島辺漕ぐ舟に妹乗るらむか荒き島廻を（①四二）

当麻真人麻呂妻作歌

我が背子はいづく行くらむ沖つ藻の名張の山を今日か越ゆらむ[1]（①四三）

石上大臣従駕作歌

我妹子をいざ見の山を高みかも大和の見えぬ国遠みかも（①四四）

右日本紀曰、朱鳥六年壬辰春三月丙寅朔戊辰、以二浄広肆広瀬王等一為二留守官一、於レ是中納言三輪朝臣

高市麻呂脱二其冠位一擎二上於朝一重諫曰、農作之前車駕未レ可二以動一、辛未天皇不レ従レ諫、遂幸二伊勢一、
五月乙丑朔庚午、御二阿胡行宮一

柿本人麻呂の三首を先立て、当麻真人麻呂の妻の歌、石上大臣（麻呂）の歌が配されるのであるが、五首は単に同一の行幸の折に詠まれた歌というにとどまらず、題詞・左注のあり方から見ても、一つの群としてのまとまりを持っているものと見られる。まずはその群としてのあり方を確認しておこう。

人麻呂の三首に付された題詞には、「幸于伊勢国時」という作歌時の表示が見られ、後続する二首の題詞にはそれが見られないが、日本書紀を引用しつつ、持統六年の伊勢行幸時のエピソードを記す(2)四四番歌の左注が、人麻呂歌の題詞に応じていることは明らかであり、したがって四四番歌の左注は四〇～四四番歌の全体に掛かっているものとして捉える必要がある。また、四四番歌題詞の「従駕作歌」が、人麻呂歌題詞の「留京…作歌」と対応していると見られることから、人麻呂歌題詞の「幸于紀伊国時」という作歌時の表示は四三・四四番歌にも掛かり、四三番歌は人麻呂歌の題詞の「留京」の影響下にあるものと考えられる――四三番歌の歌の内容もそれに抵触しない――。

以上のような題詞・左注のあり方を勘案すると、右に示した五首は、

　幸于伊勢国時　留京　柿本朝臣人麻呂作歌
［幸于伊勢国時　留京］当麻真人麻呂妻作歌
［幸于伊勢国時］石上大臣従駕作歌

という形で一つの群をなし、その全体に四四番歌の左注がかかるという構造を持っていることが確認できる。

そうした五首の中において、先立てられる人麻呂の三首は「留京三首」と称されることとによって格別に取り

上げられ、従来の論考の多くは、その表現的達成を捉えることに集中してきたと言ってよい(3)。「留京」という作歌状況の特異さや、後述するような連作性から見て、人麻呂の三首が表現史上重要な位置を占めることは確かであり、それが議論の中心となることも故なしとはしないが、先のような群性に鑑みるとき、その全体への理解を欠いては、人麻呂歌の表現的特性も正しく捉えることはできないものと思われる。

本稿は、右に掲出した五首を、題詞・左注と合わせて一つの群(4)と見て、その表現史的意義を考察するものである。『全注』(伊藤博)は、四〇~四四番歌の五首を歌群として捉える観点をから、

この二首(四三、四四番歌：稿者注)は、人麻呂の四〇~四二とも組になって、新しい時代の偲び歌の典型を誇ったのかもしれない。男が旅先の女を偲ぶ歌(四〇~四二)→女が旅先の男を偲ぶ歌(四三)→男が旅先で家郷を偲ぶ歌(四四)という系列で首尾を整える意図がここには託されているように思われる。

と述べている。可能性としての言及とはなっているが、『全注』の言う「新しい時代の偲び歌」の内実、すなわち「新しい時代」とはいかなる時代なのか、さらにその時代に、行幸において「偲び歌」が製作されることの意味は何かが問われなければならないであろう。それを通して、人麻呂留京三首の意義も捉え返されるものと考える。

二、「留京三首」の連作性と主題

四〇~四二番歌のいわゆる「留京三首」については、先行する論考において、その表現方法や主題について考察が重ねられてきた。その中で表現の特質に関わるものとして特筆すべきは、上野理「留京三首における人麻呂の方法(5)」、稲岡耕二「連作の嚆矢(6)」、福沢健「柿本人麻呂留京三首と伊勢行幸(7)」であろう。

上野論文は、万葉集中で、夫を旅立たせた妻が夫の身の上を案じる歌を「留守歌(8)」と名付け、助動詞「らむ」

によって歌う特徴を捉えて、留守歌を男性官人の歌として転換したものとして留京三首の「らむ」による表現性を捉えた。それを受けつつ、福沢論文は、四二番歌が上野論文の言う留守歌の発想を強く持っているのに比して、四〇、四一番歌はむしろ行幸歌の讃美性を有する歌と見られることから、後述する稲岡論文の指摘する三首の連作性に照らして、留京三首を、「留守歌に讃歌を組合わせることによって、配偶者の無事を祈ろうとする心情と、行幸やその主催者である天皇の素晴らしさを称えようとする心情を、一つの歌群の中にまとめて表現することに成功」した作品と捉えた。人麻呂の三首が、助動詞「らむ」の働きによって「留京」という主題を実現していることは確かであり、また福沢論文が行幸歌の讃歌性と留守歌との複合と見たように、複数の要素が組み合わさって三首が成立していることは確かであろう。

一方、三首の連作性を明確に論じたのは、先掲稲岡論文であった。稲岡論文は、三首を「連作」という用語で捉えた伊藤左千夫の論述を受けつつ、「第一首目には従駕する人々に対する羨望やあこがれを、二首目には帰りを待ちわびる気持ちを、三首目には親しい人々への気づかいや不安」を詠み込んだものと捉えた。そしてそれを可能としているのが、「嗚呼見の浦」、「答志の崎」、「伊良湖の島」と都から一直線に遠ざかって行く地名の提示による空間意識と、それにともなって「潮満つらむか」、「玉藻刈るらむ」、「妹乗るらむか」と、三首が「それぞれが異なる現在を焦点」とする時間意識であり、そうした空間・時間意識によって有機的に構成された「連作」と呼ぶに相応しい作品の嚆矢として留京三首を位置づけたのである。

このような先行論により、人麻呂留京三首がどのような表現の仕組みを有しているのか、その表現の仕組みによって、どのように主題が実現されているのかが明かされてきたと言ってよいであろう。都から遠ざかりゆく三地点を歌い、それによってそれぞれの歌の現在を進行させつつ、行幸歌の讃美性と、帰りを待ちわび、身の上を案じる心情――それを男性官人のものとして逆転させた心情――とを併せ持つ作品が成立したのである。

ただし、そうした留京三首に対する考察は、それが表現上どのように成り立っているかの考察ではあっても、何故そのような作品がなされたのか、その必然性に対する答えとはなっていない。稲岡論文では、このような作品を可能とした条件として、「文字の介入」、「時間意識の変化」という二点を指摘する。前者は「複数の短歌を記録し順序づける視覚性・空間性が時間系列における前後の序列表象とそれぞれの作品間に自由な時間経過を設定しうる」ための必須の要件であり、後者も行幸の進行に伴う時の経過にしたがって変化する心情の表現のためには欠くべからざる条件である。ただしそれは、そのような条件下にあることによって可能となったという指摘であって、何故そのような作品をなしたのか、なさねばならなかったのか、という問いに対する答えではない。

そのような問いに対する一つの答えとしては、この持統六年の伊勢行幸において「留守官」が任命されたことが取り上げられてきた。日本書紀には、

三月の丙寅の朔戊辰（三日）に、浄広肆広瀬王・直広参当摩真人智徳・直広肆紀朝臣弓張等を以て、留守官とす。(9)

と記され、また四四番歌の左注にも、その一部が引かれている。行幸に際しての留守官の設置の記事としては、この伊勢行幸以前にも、斉明四年十月の紀温湯行幸時に「留守官蘇我赤兄」の名が見えるが、「留守」が唐令を襲う律令の規定による用語であることを勘案すると、斉明四年の蘇我赤兄は、日本書紀編纂の時点から振り返って、類似の役割を担っているものと見られた蘇我赤兄が「留守官」として記されたと見るのが妥当であろう。(10)また、行幸以外の状況における「留守官」としては、壬申の乱時に「留守官高坂王」（天武紀元年六月二十四日）、「留守官坂上直熊毛」（同二十九日）が見られるが、宮衛令・儀制令・公式令等に「車駕巡行」時の役として規定される「留守」から見ると、やはり例外的なものであり、明日香古京の守備として置かれた役割が「留守官」と称されているものと見られる。とすれば、行幸にともなう留守官設置としては、この持統六年の伊勢行幸が最初

であった可能性が高くなってくる。

先掲福沢論文は、留守官の設置によって、「留守を守る官人集団のアイデンティティ」が生じ、そこに留京三首が作られる「要求」があったと言う。留京三首を、人麻呂の個人的な情を歌ったものではなく、官人集団の情を背負って歌われたものとして捉える点は首肯され、また右のような伊勢行幸における留守官設置の意義を思い合わせると、留守官の設置が、人麻呂による留京三首の製作と関わるであろうことも予想される。しかし一方で、天皇の伊勢行幸という晴れがましい状況において、留守の官人集団の情として、

羨望・あこがれ　↓　待ちわびる気持ち　↓　気づかい・不安（先掲稲岡論文）

という情の変化が歌われることは、やはり自明のこととは言えないだろう。それは先述したように、行幸において「偲び歌」（『全注』）が歌われる問題とも連携している。

三、行幸歌と望郷の情――石上大臣の歌――

その問題性は、石上大臣の従駕歌（四四番歌）を見ることによって明確になる。

まずは四四番歌の分析を行おう。詠み込まれる地名「いざみの山」は、伊勢と大和との間にある高見山かとも言われるが、当歌がどこで詠まれたのかも不明のため、所在不明である。ここでは「いざみの山」の所在よりも、「我妹子をいざみの山」という言葉のつながりに注意を払うべきであろう。「我妹子を」は、「我妹子をいざ見」という脈絡でかかる枕詞であるが、そこには必然的に、故郷大和に残して来た妻への思いが揺曳する。そして、以下、その「いざみの山」が高いから大和が見えないのか、それとも国が遠いからなのかと、大和への思いが歌われるのである。

いま問題としてみたいのは、行幸従駕という状況における望郷的主題である。行幸とは言うまでもなく、支配

者たる天皇による王権の示威行為である。石上大臣は壬申の功臣の一人であり、慶雲元年（七〇四）に右大臣、和銅元年（七〇八）に左大臣となった人物であり、持統六年当時は直広肆（正五位下相当）であった――「大臣」は極官を示したもの――が、重要な意味を持つと思われる行幸（後述）に従駕した折の歌に、行幸そのものや行幸地、あるいは天皇の讃美ではなく、「我妹子」に逢いたい、故郷大和が見えぬと歌うことを問うてみることが必要であろう。

次に示すのは、万葉集巻一に見られる当該伊勢行幸以前の行幸に関連する歌である。紙幅の都合もあり、題詞と歌のみを挙げる。

Ａ　幸二讃岐国安益郡一之時、軍王見レ山作歌

霞立つ　長き春日の　暮れにける　わづきも知らず　むらきもの　心を痛み　ぬえこ鳥　うら嘆け居れば
玉たすき　懸けのよろしく　遠つ神　我が大君の　行幸の　山越す風の　ひとり居る　我が衣手に　朝夕に
返らひぬれば　大夫と　思へる我も　草枕　旅にしあれば　思ひ遣る　たづきを知らに　網の浦の　海人娘
子らが　焼く塩の　思ひそ焼くる　我が下心（①五）

反歌

山越しの風を時じみ寝る夜おちず家なる妹を懸けて偲ひつ（①六）

Ｂ　額田王歌　未レ詳

秋の野のみ草刈り葺き宿れりし宇治のみやこの仮廬し思ほゆ（①七）

Ｃ　幸二于紀温泉一之時、額田王作歌

莫囂円隣之大相七兄爪謁気　我が背子がい立たせりけむ厳橿が本（①九）

中皇命往二于紀温泉一之時御歌

君が代も我が代も知るや岩代の岡の草根をいざ結びてな（①一〇）
我が背子は仮廬作らす草なくは小松が下の草を刈らさね（①一一）
我が欲りし野島は見せつ底深き阿胡根の浦の玉そ拾はぬ　或頭云　我が欲りし子島は見しを（①一二）

D　天皇幸㆓于吉野宮㆒時御製歌

淑き人のよしとよく見てよしと言ひし吉野よく見よ良き人よく見（①二七）

E　幸㆓于紀伊国㆒時、川嶋皇子御作歌　或云山上臣憶良作

白波の浜松が枝の手向け草幾代までにか年の経ぬらむ　一云　年は経にけむ（①三四）

F　幸㆓于吉野宮㆒之時、柿本朝臣人麻呂作歌

やすみしし　我が大君の　きこしめす　天の下に　国はしも　さはにあれども　山川の　清き河内と　御心を　吉野の国の　花散らふ　秋津の野辺に　宮柱　太敷きませば　ももしきの　大宮人は　舟並めて　朝川渡り　舟競ひ　夕川渡る　この川の　絶ゆることなく　この山の　いや高知らす　水激《みなぎら》ふ　瀧の宮処は　見れど飽かぬかも（①三六）

反歌

見れど飽かぬ吉野の川の常滑の絶ゆることなくまたかへり見む（①三七）

やすみしし　我が大君　神ながら　神さびせすと　吉野川　たぎつ河内に　高殿を　高知りまして　登り立ち　国見をせせば　たたなはる　青垣山　山神の　奉る御調と　春へは　花かざし持ち　秋立てば　黄葉かざせり　一云　黄葉かざし　行き沿ふ　川の神も　大御食に　仕へ奉ると　上つ瀬に　鵜川を立ち　下つ瀬に　小網さし渡す　山川も　依りて仕ふる　神の御代かも（①三八）

反歌

山川も依りて仕ふる神ながらたぎつ河内に舟出するかも（①三九）

Aは舒明朝に置かれる軍王の行幸従駕歌であるが、後に触れることとし、B以下の歌を見て行こう。

Bについては、右には略した左注の記述をめぐって、作歌事情や作者について議論があるが、今は立ち入らないこととする。一首はかつての行幸地での宿りを回想する。「み草刈り葺き宿れりし」と活気に満ちあふれた大宮人たちの姿が描かれ、かつての行幸を祝意性で包み込むような歌い方となっている。Cは斉明四年の紀伊行幸――この時有間皇子事件が起こった――の折の歌である。中皇命歌の題詞には「往于紀伊温泉之時」とあり、行幸時の作であることが明示されないが、中皇命が紀温泉の赴く状況を考えると、前歌（九番歌）の題詞の影響下として、斉明四年の紀伊行幸に際しての歌と見ておくべきであろう。額田王の歌については難訓の部分が大半を占めており、その内容を知ることはできないが、中皇命の三首は、磐代での草結び、仮廬を作っての一行の野営、まだ見ぬ阿胡根の浦への憧憬と、行幸先での行事や心情が、行幸への祝意性に満ちた明るい情調に包まれて歌われている。Dは天武天皇八年の吉野行幸における天皇の御製歌であり、同行した皇后・皇子たちに対して、聖地である吉野をよく見よと歌う。「よ（吉・善）」という音の繰り返しによって、吉事を招来しようとするかのような歌い振りによって、行幸地吉野が讃美される。Eは持統四年の紀伊行幸時の歌であり、行幸先の浜の松に施された「手向け草」を見て、それがどれほどの長い年月を経たものであるかという感慨を歌う歌である。大津皇子の謀反計画を密告した作者川嶋皇子が、大津と同様の境遇にあった有間皇子を思って磐代で作った歌とする理解があり、その蓋然性は高いものと思われるが、いずれにしても行幸の経由地に意が払われている歌――その根底には、やはり讃美性を見るべきであろう――であることは間違いない。Fは言わずと知れた人麻呂の吉野讃歌である。幾度となく繰り返された持統天皇の吉野行幸のうち、いずれの行幸の折の作かは判然としないが、第一長歌では、持統の王権に守られた大宮人たちの船遊びや、永遠の奉仕の誓いが歌われ、第二長歌においては山の神、川の神の奉仕が歌われて、それら国つ神の上に君臨する神としての持統が讃美される。

以上のように当該行幸以前の行幸関連歌を見ると、歌い方は様々でありながらも、後述するAを除いて、いずれも行幸地や経由地への関心に貫かれ、行幸地・経由地を讃美し、あるいはそこでの行事を祝意性をもって歌い上げる歌ばかりである。少なくとも行幸という状況下において、故郷大和を離れたわびしさや、家の妻恋しさを歌う要素は見られない。

そのような中で注目すべきはAであろう。Aは舒明朝に置かれる軍王の歌であり、題詞には讃岐国への行幸時の歌であると記される。右には省略したが、左注は日本書紀に舒明天皇の讃岐行幸が記されないことから、舒明天皇十一年の伊予温湯への行幸時に立ち寄った折の歌かと推測している。その歌においては、山越に吹いてくる風によって掻き立てられる望郷の思い、「家なる妹」への「偲ひ」の情が歌われており、ここに行幸先において故郷大和や家の妹へと向かう情を歌う先蹤を見出すことができる。ただしこの歌については、長歌に五七…五七七という韻律の定型性が見られることや、「ぬえこ鳥　うら嘆け」という枕詞の新しさ——用言にかかり、しかも主体にとって否定的な要素にかかること——などから、実際の作歌年代としては人麻呂以後の作であろうとの指摘がなされている。(11) そうした表現上の指摘は正当なものと見られ、歌の表現史という観点から見れば、Aは第二期、人麻呂以後の製作と見るのが妥当であろうと思われる。巻一というテキストはそれを舒明朝に配しているのであり、その描き出す歌の歴史においては、行幸従駕歌のルーツとされているのである。(12)

このように見てきた時、当該歌群の石上大臣の歌が、行幸先にあって大和への思い、我妹子への思いを歌うことの特異性が確認できるのであるが、さらにその意義は、後の行幸関連歌を見ることによって明らかとなる。巻一において当該行幸歌群以後の行幸関連歌を拾うと、次のような歌が見出せる。

Ⅰ　大宝元年辛丑秋九月、太上天皇幸二于紀伊国一時歌

巨勢山のつらつら椿つらつらに見つつ偲はな巨勢の春野を（①五四・坂門人足）
あさもよし紀人羨しも真土山行き来と見らむ紀人羨しも（①五五・調首淡海）

Ⅱ

二年壬寅、太上天皇幸二于参河国一時歌

引間野ににほふ榛原入り乱れ衣にほはせ旅のしるしに（①五七・長忌寸奥麻呂）
いづくにか船泊てすらむ安礼の崎漕ぎ廻み行きし棚無し小舟（①五八・高市連黒人）
流らふる妻吹く風の寒けくに我が背の君はひとりか寝らむ（①五九・誉謝女王）
宵に逢ひて朝面なみ名張にか日長き妹が廬りせりけむ（①六〇・長皇子）
大夫のさつ矢手挟み立ち向ひ射る円方は見るにさやけし（①六一・舎人娘子）

Ⅲ

慶雲三年丙午、幸二于難波宮一時

▼葦辺行く鴨の羽交ひに霜降りて寒き夕は大和し思ほゆ（①六四・志貴皇子）
霰打つ安良礼松原住吉の弟日娘女と見れど飽かぬかも（①六五・長皇子）

Ⅳ

太上天皇幸二于難波宮一時歌

▼大伴の高師の浜の松が根を枕き寝れど家し偲はゆ（①六六・置始東人）
▼旅にしてもの恋しきに鶴が音も聞こえずありせば恋ひて死なまし（①六七・高安大嶋）
▼大伴の御津の浜なる忘れ貝家なる妹を忘れて思へや（①六八・身人部王）
草枕旅行く君と知らませば岸の埴生ににほはさましを（①六九・清江娘子）

Ⅴ

太上天皇幸二于吉野宮一時、高市連黒人作歌

▽大和には鳴きてか来らむ呼子鳥象の中山呼びそ越ゆなる（①七〇）

Ⅵ

大行天皇幸二于難波宮一時歌

▼大和恋ひ寐の寝らえぬに心なくこの洲崎廻に鶴鳴くべしや（①七一・忍坂部乙麻呂）
▽玉藻刈る沖へは漕がじ敷栲の枕のあたり忘れかねつも（①七二・藤原宇合）
▼我妹子を早見浜風大和なる我を松椿吹かざるなゆめ（①七三・長皇子）

Ⅶ　大行天皇幸㆓于吉野宮㆒時歌

▼み吉野の山のあらしの寒けくにはたや今夜も我が独り寝む（①七四・或云天皇御製）
▼宇治間山朝風寒し旅にして衣貸すべき妹もあらなくに（①七五・長屋王）

Ⅰ大宝元年（七〇一）の持統太上天皇紀伊国行幸、Ⅱ同二年（七〇二）の持統太上天皇参河行幸、Ⅲ慶雲三年（七〇六）の文武難波行幸、Ⅳ持統太上天皇難波行幸――持統太上天皇の難波行幸は史書に見られず、文武三年（六九九）の文武天皇の難波行幸に同行したものかとされる――、Ⅴ持統太上天皇の吉野行幸（年月不詳）、Ⅵ文武三年（六九九）の文武天皇の難波行幸、Ⅶ大宝元年（七〇一）の文武天皇の吉野行幸の折の歌である。

歌の冒頭に▼印を付した歌は、いずれも望郷的主題を有する歌である。「大和し思ほゆ」（六四）、「大和恋ひ寐も寝らえぬに」（七一）と大和への思いを歌うもの、「家し偲はゆ」（六六）と故郷の家を歌うもの、「家なる妹を忘れて思へや」（六八）、「妹もあらなくに」（七五）と家なる妹への思いを歌うものの他、七四番歌の「はたや今夜も独りかも寝む」という独り寝のわびさしさも、故郷の妻への思いを示している。六七番歌の「もの恋しきに」は、恋しさの対象が不明瞭ではあるが、「鶴が音」の様式性――大和恋しさ、妻恋しさとの結び付きが顕著である――に鑑みて、やはり恋しさの対象は故郷大和、あるいは家の妻と見るべきであろう。七三番歌においては、「我妹子を」という枕詞が「早見浜」という地名を呼び起こし、そこを吹く風が大和の松・椿に吹かないことを願うのであるが、「我を松椿」という掛詞には、家で自分を待つ妻がほのめかされており、言葉遊びの要素の強い歌ではあるが、故郷の妻への思いを揺曳させた歌である。

▽印を付した七〇番歌には、望郷的な主題こそ見られないものの、吉野の地にあって、象の中山を鳴きながら越えて行く呼子鳥を、「大和には鳴きてか来らむ」と、大和の側に視点を置いた歌い方となっている。もう一つ▽印を付した七二番歌は、「敷栲の枕のあたり忘れかねつも」と共寝の床を思いやる心が表現される。行幸地への讃美とは掛け離れた主題が歌われるのであるが、それ故に「沖へは漕がじ」と歌うことから見ると、その共寝は故郷の妻とのそれではなく、難波の女性との共寝である可能性も否定できない。こうした歌は、行幸従駕の歌に広がりが生じてきていることを示しているだろう——その点はⅢの長皇子歌（六五番歌）にも指摘できる——。

　行幸先が難波・吉野という比較的近郊であるにもかかわらず、Ⅲ～Ⅶの行幸に際しての歌に望郷的主題を持つ歌がこれほど多く見られることは注意してよい。右に示した範囲で言うなら、行幸地への讃美性は、六一番歌の「射る円方は見るにさやけし」の他、六五番歌の「見れど飽かぬかも」に見られるくらいであり、それとて「住吉の弟日娘子と[13]」見るとすばらしいと歌うのであって、行幸地の讃美とは主題的にかなりずれたものとなっているのである。

　以上、大宝～慶雲頃の行幸関連歌のあり方を確認してきたが、それを再び当該行幸歌群以前の行幸関連歌のあり様と比べて見た時、当該行幸歌群の石上大臣歌あたりが一つの転換点となって行幸歌において望郷的な主題が歌われるようになる様相が見て取れるのである。こうした望郷的主題は、すなわち羇旅歌における主要な主題と見ることができるのだが、右にみたような行幸歌の羇旅的傾向は、七五・六七・六九・七五番歌に、行幸を「旅」と捉える表現が見られることとも表裏の関係にあるものと思われる。当該歌群の成立と羇旅歌の結びつきを予想させるのであるが、それは当麻真人の妻の歌（四三番歌）をも視野に収めると、より明確となる。

四、行幸と羈旅

当麻麻呂の妻の歌は、都に残された立場から、行幸に従駕する夫を思い遣り、今ごろは名張の山を越えているだろうか[14]と歌う、留守歌（先掲上野論文）の典型である。

秋風の寒き朝明を佐農の岡越ゆらむ君に衣貸さましを（③三六一）
神風の伊勢の浜荻折り伏せて旅寝やすらむ荒き浜辺に（④五〇〇）
我が背子はいづく行くらむ沖つ藻の名張の山を今日か越ゆらむ（④五一一・重出）
朝霧に濡れにし衣干さずしてひとりか君が山道越ゆらむ（⑨一六六六）
あさもよし紀へ行く君が真土山越ゆらむ今日そ雨な降りそね（⑨一六八〇）
後れ居て我が恋ひ居れば白雲のたなびく山を今日か越ゆらむ（⑨一六八一）
山科の石田の小野のははそ原見つつか君が山道越ゆらむ（⑨一七三〇）
梅の花散らす春雨いたく降る旅にや君が廬りせるらむ（⑩一九一八）
草陰の荒藺の崎の笠島を見つつか君が山道越ゆらむ（⑫三一九二）
玉かつま島熊山の夕暮れにひとりか君が山道越ゆらむ（⑫三一九三）
息の緒に我が思ふ君は鶏が鳴くあづまの坂を今日か越ゆらむ（⑫三一九三）
十月しぐれの雨に濡れつつか君が行くらむ宿か借るらむ（⑫三二一三）

右に掲げたのは、前掲上野論文に言う留守歌である（上野論文で「異論もあろうが」とされる③三五二は除いた）。家郷にあって旅にある夫の山越えや旅宿りを、助動詞「らむ」によって歌う類型がこれだけの歌に見られることは、留守歌という命名の是非はともかく、こうした形式・発想の歌が、万葉集において一つの類型をなしていることは確かである。その中で一六六六番歌は、巻九冒頭近くに載る斉明朝の紀伊行幸時の歌であり、その記載による限りにおいては、こうした発想の歌が古くから存在したことを示している。

　このいわゆる留守歌が旅の歌の一類型であることは言うまでもないが、さらに、右に示した歌の多くが、「君」の越えている山の名を明示しない中で、四三番歌において夫が今ごろ越えているだろうかと歌われるのが「名張の山」であることには注意してよい（④五一一は重出）。名張は改新詔以来、畿内の東限とされる地点、畿内外を分ける地点であったが、[15] 羈旅歌において、畿内外を分ける地が重要な意味を持つことについては、従来様々な指摘があり、拙論においても論じたことがある。[16] 日本書紀において「畿内」「畿内国」という用語が頻出するようになるのは、天武～持統朝の頃であるが、天武朝においては専ら軍事的な意味合いにおいて重視されていた「畿内」「畿内国」が、持統朝においては「京（京師）」と並列されるようになり、観念的・理念的に畿外と差異化されるようになり、京→畿内→畿外という同心円において地方が把握されるようになる。そのような地方の把握がなされてこそ、地名が、都との距離において、旅の表現性を内在させるようになるのである。

　留京三首に目を向けるなら、三首の連作的な表現が、三つの地名を詠み込むことによって実現されていることも、右に述べたような旅の歌を成立させた地方意識・地名意識によって成り立っていると見なければならない。中央集権国家によってもたらされた、都を座標軸の原点とする地名意識によってこそ、三地点の配置が、都から遠ざかりゆく表現――それは時間の経過をも伴う――となり得るのである。

　天武・持統朝における中央集権国家の確立によってもたらされた、広範かつ厖大な「旅」という状況――神野志隆光「羈旅歌覚書」[17]は〈交通〉という用語を用いる――と表裏の関係にある文化現象としての旅の歌。人麻呂留京三首にはじまる当該の五首が、そのような旅の歌表現の成立の上に立つものであることは確かであろう。

　しかしその一方で、旅と行幸とが即座に結びつけられるべきでないことも確かである。ここで先に歌群全体に掛かっているものと見た左注に着目しつつ、持統六年の伊勢行幸そのものについて考えてみる必要が生じる。

五、行幸の変化と王都――左注より――

四四番歌の左注は、「朱鳥六年」の持統天皇の伊勢行幸について、日本書紀を参照しつつ記述されている。[18] まず広瀬王等を留守官に任命したことが記され、続いて伊勢行幸が挙行されるに際して、三輪朝臣高市麻呂が農事の妨げになることを理由に官位を擲って諫めたが、持統天皇はそれを聞き入れることなく伊勢行幸を敢行したエピソードが記される。[19] 高市麻呂は壬申の功臣の一人でもあり、その人徳の称揚のために石上大臣――同じく壬申の功臣――との関連でこのエピソードが記されたとも考えられるが、現代の私たちの目には持統批判ともうつりかねないエピソードが左注に――日本書紀にも――記されていることの意味はあらためて考えてみる必要がある。

三輪高市麻呂による再三の諫めにもかかわらず伊勢行幸を挙行した持統の絶対性を示すものか、またそれほどに重要な意味を持つ行幸であったことを示すのか、あるいは当時進められていた伊勢神宮の国家的な神宮への昇格と、大和の在地の神に対する祭祀との対立を示すものか。左注の意図は捉えにくいが、仁藤敦史「古代における『ミユキ』と『行幸』[20]」がこのエピソードを、「大王のミユキ」から「天皇の行幸」への移行過程を示すものとして位置づけているのは傾聴に値する。

事件の原因は、両者の行幸観の違いに他ならない。持統が主張する行幸は、在地社会との密接な関係を維持しなければならない「大王のミユキ」であり、高市麻呂が主張した農繁期を避ける儒教的な行幸観は、天皇の旅が民に徳沢を与える「御幸」でなければならないという「天皇の行幸」であったと規定できる。

仁藤論の言う「大王のミユキ」とは、在地の首長の持つさまざまな権能の委譲（服属儀礼）とその確認行使（国見・国讃め・狩猟・軍事）の場であり、一方「天皇の行幸」とは、「天皇が行軍の形式をとった『律令制度の行列』の中心に位置することで、『統治権の総覧者』としての地位を見る者に確認させ、圧倒するとともに、曲赦・叙位・免課役・賜給・交易・宣命などの行為により、民衆と直接に接し、天皇の恩沢・聖徳を感じさせる」（先掲仁藤論）行事である。三輪高市麻呂が「農事」の妨げとなることを理由に行幸に反対したことは、行幸を民との直接的な関係において捉えていることを示しており、その諫めが「天皇の行幸」という行幸観に根ざしていることを証している。また、この伊勢行幸に関する日本書紀の記事には、行幸先で官位下賜、調役の免除、大赦、稲の下賜など、国造や民に対する恩沢の記事が多く見られるのであるが、それは以前の行幸記事には見られない特徴であり、この伊勢行幸が、「大王のミユキ」から「天皇の行幸」へと移行する、その始まりであったことを示しているものと見られるのである。

大谷歩「古代天皇行幸の理念的性格の位置付け―持統天皇の伊勢行幸をめぐって―」[21]は、この伊勢行幸の日本書紀記事に頻出する民への恩沢の記述が行幸史の上では初見であることを指摘した上で、それが、『尚書』の「舜帝」に基づき、『後漢書』（巻二）「顕宗孝明帝」、『晋書』（巻二十二）「志」、『宋書』（巻六）「光武帝」等に見られる帝王の巡幸の民への恩沢の記述に倣うものであるとして、持統称制から五年を経て行われたこの伊勢行幸を、五年一巡守とされる帝王の巡幸をはじめて導入した行幸であることを主張している。先掲仁藤論の言う行幸の変化が、中国史書に見られる帝王巡幸の観念の導入によってなされたものであることが確かめられたと言えよう。

そして上述のような行幸の変化は、王都の問題とも密接に関わっている。多元的な支配状況において大王の支配権の優越を確認しようとする「大王のミユキ」に対して、一元的な統治の総覧者たる天皇が「幸」を民に施与する「天皇の行幸」にあっては、その「幸」の原泉たる王都の存在が求められるからである。

この伊勢行幸が行われた持統六年は、藤原宮への遷都を二年後にひかえた頃であり、行幸の意図についての論考でも、しばしば藤原宮遷都との関わりが指摘されている[22]。日本書紀の記事を見ると、この伊勢行幸の前後に持統は、四年十二月十九日に始まり、六年六月三十日、七年八月一日、八年二月二十一日と、藤原の地への行幸を行っている。しかも六年の行幸記事には「観藤原宮地」と記され、八年のそれにも「藤原宮」との記述が見られ、八年十二月六日の藤原宮遷居に向けて、着々と藤原宮の造営が進められていた頃と推察できる。

藤原宮という恒常的な王都の確立は、天皇の版図に動かぬ中心点をもたらすのであるが、主体があるべき「家」を離れてあることを「旅」と捉える伊藤博「家と旅」[23]に照らす時、王都の確立によってこそ、行幸を「旅」と捉える意識が生じてくるものと考えられるのである。先に引用した仁藤論においても、「天皇の行幸」が「天皇の旅」と言い換えられているのは、そのことを如実に示している。

そのような観点において、歌表現上注目されるのは、前項に引いた大宝～慶雲年間の行幸歌に、行幸を「旅」と表現する歌――□囲みを付した――が散見することである。[24]当該歌群以前の行幸歌において行幸を「旅」と捉えるのが、Aの軍王歌を除いて見られない――この点でも軍王歌の特異性を確認できる――ことと合わせて、当該歌群あたりを境として、行幸が「旅」として捉えられるようになることが確認できるのである。

一方、「大王のミユキ」における行幸の意識の一端を揺曳させているのは、先に引用した額田王歌のBにおいて、行幸時の経由地と見られる宇治が「宇治のみやこ」と歌われていることであろう。宇治が「みやこ」と呼ばれることについては、菟道稚郎子の宮が存した（仁徳即位前紀）ことが取り上げられることもある（『注釈』など）が、伊藤『釈注』が「天皇が居る所は、時間の長短にかかわらず、『みやこ』という」と言うのが参考となる。「みやこ」は「宮処」であり、たとえ行宮（仮廬）であっても、天皇の宮のあるところが「みやこ」であるという意識が垣間見られる用例である。そのような意識を敷衍するなら、「大王のミユキ」とは「みやこ」の移動なのであり、そこには行幸を「天皇の旅」と捉える認識は成り立ち得ないであろう。

行幸従駕の歌が羈旅の歌へと傾斜してゆく背景には、述べてきたような行幸そのものの変容があるのだろう。

そして四四番歌の左注が象徴しているように、当該の五首は、その転換点あたりに位置するものとして把握されるのである。

六、結び

「大王のミユキ」から「天皇の行幸」へという行幸の変化によって、行幸は旅と重なる質を持つようになる。そのような社会的状況にこそ、『全注』の言う行幸における「偲び歌」が歌われる必然性を見出すべきなのだろう。人麻呂留京三首の「留京」という特異な主体の設定については、先掲福沢論をはじめとして、しばしば指摘される「留守官」の設置との関係で捉える必要があるのだろうが、三首連作によって「羨望・あこがれ→待ちわびる気持ち→気づかい・不安」（稲岡論）という心情の変化が歌われることの背景にも、述べてきたような行幸の質的変化を見ておく必要があるだろう。

中央集権国家の成立により広範に生じてきた「旅」という状況は、新しい社会的〈情〉を生み出す。そして同じ状況が、地方妻との別れという〈情〉を社会にもたらす。そうした社会的〈情〉に歌でもって形を与えるのが、人麻呂の羈旅歌であり石見相聞歌である。留京三首という作品も、行幸の質的変化と留守官の設置によって新たに生じてきた社会的〈情〉に形を与えた——それが人麻呂の力量ゆえに可能となっていることは言うまでもない——作品として捉えられるだろう。

注

（1）第三句は原文に「已津物」とあり、訓読には問題があるが、『万象名義』に「止也、去也、棄也」とあり、そのままにしておく意の「已」をオクを表す借訓と見て「沖つ藻の」と訓む説（『全集』『新編全集』）による。

（2）左注が「朱鳥六年」とするのは、日本書紀の「六年」を朱鳥六年と見誤ったものと捉えられている。

（3）五首の全体を考察対象とする論は、当該伊勢行幸の意図を探るものに限られる。

（4）ここに「群」というのは、五首全体が一つの作品をなしているといった意味ではなく、同じ行幸時の作として一連のものという程度の意味であるが、考察においては一連のものとして捉えることが必須となる歌の群という意味合いで用いている。

（5）上野理「留京三首における人麻呂の方法」（早稲田大学『国語国文研究』七五号、一九八一・一〇）。

（6）稲岡耕二「連作の嚆矢」（『万葉集の作品と方法』岩波書店、一九八五、初出一九八三）。

（7）福沢健「柿本人麻呂留京三首と伊勢行幸」（『美夫君志』五〇号、一九九五・三）。

（8）身﨑壽「柿本人麻呂『留京三首』論」（『国語国文研究』一一三号、一九九九・一〇）は、「留守」が律令用語であるゆえに、家にあって旅先の夫の身を案じるタイプの歌を「留守歌」と呼ぶべきではない、と批判する。その批判は正当なものであるが、他に適当な用語も見当たらず、無用の混乱を避ける意味もあって、今は「留守歌」の用語を用いる。

（9）日本書紀の引用は、新編日本古典文学全集『日本書紀』（小学館）による。

（10）澤木智子「研究ノート　日本古代における留守と行幸―従駕形態との関連から―」（『ヒストリア』一三二号、一九九一・九）。

（11）稲岡耕二「軍王作歌の論―「遠神」「大夫」の意識を中心に―」（『国語と国文学』五〇巻五号、一九七三・五）他。

（12）近年は万葉集というテキスト、巻一というテキストを読み解くというテキスト論的な方法論が採られることが多く、その向こう側にある当時の歌世界の状況を見ようとする見方は排斥される傾向にあるが、それは方法論の問題であって、どちらかが正しいという問題ではないものと考える。両者を意識的に区別してかかることこそが重要であり、軍王歌の場合などは、むしろ歌世界の表現史的状況を見定めることが、巻一というテキストのあり方を逆に照らし出す格好の例であろうと思われる。

（13）助詞「と」については、「弟日娘子として」と解する説と、「弟日娘子と一緒に」と解する説とが見られるが、いずれの解を取る場合も、「安良礼松原」への讃美とは主題が異なるものとなる。

（14）四三番歌については、行幸からの帰路を想像する歌とする解も見られるが、「いづち行くらむ」から見ると、やはり往路を想定するのが適当だろう。

(15) 一六八〇番歌において「越ゆらむ」と歌われる「真土山」は大和と紀伊の境にある山であり、同様の特質を見ることができるが、一六八〇番歌が大宝元年の紀伊行幸時の歌であることは、本稿の趣旨に叶っているものと考える。
(16) 拙論「万葉羇旅歌の様式と表現」(『万葉集の様式と表現』笠間書院、二〇〇八、所収)。
(17) 神野志隆光「羇旅歌覚書」『日本古代論集』笠間書院、一九八〇)。
(18) 注(2)にも記したが、「朱鳥六年」は日本書紀を見る限りでは持統六年の「六年」を見誤ったものと思われる。
(19) 高市麻呂はその後史書にはしばらく名が見えず、大宝二年に長門守に起用されるまで官歴が見えないので、まさに官職を賭したものと見られる。
(20) 仁藤敦史「古代における『ミユキ』と『行幸』」(『歴博』四九、一九九一・一〇)。
(21) 大谷歩「古代天皇行幸の理念的性格の位置付け―持統天皇の伊勢行幸をめぐって―」(『万葉古代学研究年報』一四号、奈良県立万葉文化館、二〇一六・三)。
(22) 北山茂夫「持統天皇論」(『日本古代政治史の研究』岩波書店、一九五九)。
(23) 伊藤博「家と旅」(『萬葉集の表現と方法　下』塙書房、一九七六、初出一九七三)。
(24) 当該五首に続いて載せられている人麻呂「安騎野の歌」(①四五~四九)において、軽皇子の安騎野での宿りが「草枕　旅宿りせす」、「阿騎の野に宿る旅人」と表現されることも参照すべきであろう。

中臣宅守と狭野弟上娘子の贈答歌群の表す時間
――三七五六歌「月渡る」を中心に

中川明日佳

はじめに

向かひ居て　一日もおちず　見しかども　厭はぬ妹を　月渡るまで（15・三七五六　中臣宅守）
牟可比為弖　一日毛於知受　見之可杼母　伊等波奴伊毛乎　都奇和多流麻弖

右は、『萬葉集』巻十五に収められている中臣宅守（以下、「宅守」と称す）の三七五六歌（以下、当該歌）である。奈良にいる狭野弟上娘子（以下、「弟上娘子」と称す）との時間的な隔絶を、「月渡るまで」という表現を用いて詠ったものである。

先行研究における結句の解釈は、大別して二つある。一つは「月」を数ヶ月の意で捉えるもので、「月を隔ていく月といふにわたる」（『代匠記（初）』）など。もう一つは、月を一ヶ月の意で捉え、「一月を経るまでの意なり」（『古義』）というものである。

当該歌の「月」が数ヶ月を表すのか、一ヶ月を表すのか、という点について、多くの注釈書は特に言及はなく、結句を日々の経過を表す表現として扱っている。確かに一首の解釈をする上で、「月」の表す期間が数ヶ月か一ヶ月かということは小さな問題であろう。しかし、宅守と弟上娘子との贈答歌群全体を通しての時間の流れを(1)

論じる上で、当該歌は重要な位置を占める。

この贈答歌群は、歌中に景物の描写がほとんどみえず、用いられるのは「思ふ」「恋ふ」「泣く」「死ぬ」「形見」「夢」「命」など相聞歌の常套的な表現ばかりで、流罪の途次の宅守の状況や、流されていた時期などを推測させる歌は少ない。そうした中で、歌群内で時間の流れを詠っているのが当該歌と三七七五歌である。

あらたまの　年の緒長く　逢はざれど　異しき心を　我が思はなくに（15・三七七五　宅守）

三七七五歌は、贈答歌群六十三首のうち、最後の贈答部（三七七五〜三七七八歌）に位置する。歌句に「年の緒長く　逢はざれど」とあり、別離から少なくとも一年以上が経過したことを詠ったものであることがわかる。(2)対して、当該歌は贈答歌群の中ほどに位置する。「月渡る」の表す時間が数ヶ月であるか一ヶ月であるかによって、三七二三歌から当該歌までの三十四首に流れる時間と、それ以降の三七五七歌から三七七八歌の二十二首に流れる時間のあり方は大きく異なってくる。つまり、歌群内部の時間の流れ方を左右するのが当該歌の「月渡る」であるといっても過言ではない。「月渡る」がどのような時間を表すのか、改めて考えておかなければならない問題であるといえる。

本稿は、当該歌の「月渡る」の検討を中心にして、贈答歌群全体の時間の流れを明らかにしようとするものである。

一　「渡る」の解釈

「月渡る」という表現について改めて諸注釈をみると、問題は「月」の部分だけでなく、「渡る」の解釈が一貫していないところでもあることがわかる。(3)

当該歌「渡る」の解釈は大別すると、

・「〈時間を〉経る、過ごす」（『古義』、佐佐木『評釈』）
・「〈時間が〉経つ」（〈増訂版〉武田『全註釈』、『全釈』、『注釈』、『釈注』、『全歌講義』）
・「改まる、次の月になる」（『新編全集』、吉井『全注　巻十五』）
・「月から月に及ぶ」（『代匠記（初）』、『私注』、『古典集成』）

という四通りにわけることができる。前の二つは時間の経過を表す「度」の字義によって「渡る」を解すが、前者は人を主格にし、後者は時間を主格にするという違いが見られる。三つめの解釈は、一方から他へ移動するという空間的な「渡る」を時間的な例にも用いたとするもので、吉井『全注　巻十五』に、

ワタルは空間的には一方から他へ移動する意。ここは時間についての用法だが、「年わたる」（13・三二六四）が新しい次の年になることと同じく、ツキワタルは次の月になる意。

と説明される。最後の説は、一方から他方へ範囲が及ぶ意の「亙」の字義による解釈と考えられる。この、当該歌「渡る」の解釈を考える上で考えておかなければならないのは、集中の他の「渡る」の有り様であろう。行論の都合上、まずは集中の「渡る」について検討する。

時間的な意で用いられる「渡る」は集中に八十六例あり、本動詞十九例と補助動詞六十七例とに分けられる。そのうち本動詞十九例は、

①人を主格にするもの
②人以外を主格にするもの
③どちらか判別が困難なもの

の三通りにわけられる。

もっとも用例が多いのは①の例で、十六例を数える。その主な用例は「その状態であり続ける」意を表す「渡

る」で、「恋ふ」「病む」「寝」といった、主に人の状態を表す動詞に助詞＋「渡る」が後接している例が集中に十例みえる。(4)

千沼の海の　潮干の小松　ねもころに　恋ひや渡らむ【恋屋度】　人の児故に
（11・二四八六・或本　人麻呂歌集〈寄物陳思・略体〉）

次にあげる三二五〇歌は人を主格にする「渡る」の一例で、『時代別国語大辞典』（上代篇）には「時を過ごす」意と説明されている。「時を過ごす」意であると考えられる「渡る」は三二五〇歌を含めて集中に五例みえる。(5)

……末つひに　君に逢はずは　我が命の　生けらむ極み　恋ひつつも　我は渡らむ【恋乍文　吾者将度】まそ鏡　正目に君を　相見てばこそ　我が恋止まめ（13・三二五〇〈相聞〉）

ここでは「我が命の生けらむ」限り、恋しつづけて時を過ごすという文脈で「渡る」が用いられる。「動詞」＋「つつ」＋「渡る」の形式を持つ歌は三二五〇歌の他にも三例（11・二六九七、17・三九三三、四〇一一）あり、いずれの例も三二五〇歌と同様「渡る」によって上述の「動詞」の状態の継続が表されている。

右のような類型を持たない次の「渡る」においても、或る状態を継続しながら時を過ごす意が表されている。

人は年にも　ありといふを　何時の間にそも　我が恋ひにける（4・五二三　藤原麻呂）
よく渡る【好渡】

二・三句にある「年にあり」は七夕にかかわる語で、一年中或る状態を続けることを言う。(6)五二三歌は、逢えないという状況に耐えて一年間を過ごせる「人」と、耐えられず恋しく思い始めてしまった「我」とが対比的に詠われた例で、後で述べる三二六四歌の類歌である。ここでの「渡る」は、逢いたい気持ちを抑えながら時を過ごす意であるといえる。

三二五〇歌と類型の歌である二六九七歌、三九三三歌、四〇一一歌、そして五二三歌の「渡る」はいずれも、或る状態を継続しながら時を過ごす意が表されたものである。つまり、「時を過ごす」意で理解されている「渡る」は、ただ時間の経過をいうのではなく、人が「或る状態を継続しながら時を過ごす」意が表されているということになる。

こうした「渡る」のあり方と一線を画すのが憶良の八九二歌である。

……我よりも　貧しき人の　父母は　飢ゑ寒ゆらむ　妻子どもは　乞ふ乞ふ泣くらむ　この時は　いかにしつつか　汝が世は渡る【汝代者和多流】……（5・八九二　憶良）

八九二歌では「世」を「渡る」と詠われている。憶良は後の「沈痾自哀文」の中でも、「竊以、朝夕佃二食山野一者、猶無二災害一而得レ度レ世、」と表しており、八九二歌の「世は渡る」は漢語由来の表現であることが想定される。この語について、小島憲之氏は『上代日本文学と中国文学　中』において、『抱朴子』に度々みられる「度世」の例をあげ、憶良の「度世」はこれらをふまえ、世を渡る意だけでなく長生きをする意をも含んでいるとみるべきである、と述べる。(7)『抱朴子』巻五の「至理篇」には「反用二巫史一之紛若、況乎告レ之三以二金丹一可二以度レ世、芝英可二以延レ年哉。」とあり、いまだ多くの人々が呪術的な存在を重用していて、金丹や芝英といった薬で病気を治して長生きをしようという意識を持つ者などいない、という文脈において「度世」が用いられている。不老不死の薬である「金丹」とともに文中に見えるため、『抱朴子』中の「度世」を「神仙になる」意で取る説もあるが、(8)ここでの「度世」と「延年」はどちらも、呪術的な治療法での延命を望む前の文に対して薬による延命の意味を表していると考えられる。八九二歌は、寒い夜に自分より貧しい者がどのようにして生きているのか、と問うている中に世を「渡る」という語が見えている。小島憲之氏前掲書にいうように、『抱朴子』の例を念頭に置いた翻訳語と考えてよいだろう。

以上見てきた①の例に共通するのは、「渡る」が人の状態の継続を表すものだということである。①が「渡る」全十九例中十六例を占めることから、ここに和語「渡る」の本来的な特徴が見て取れるといえるだろう。時間の経過を表す語が種々ある中、「渡る」によって表されるのは、或る状態が継続しながら流れていくという時間の経過である。その場合、人の状態の継続を表す例がほとんどで、「渡る」は基本的には人を主格にする文脈の中で用いられる語であるともいえる。

②の、人以外を主格にする「渡る」例といえるのは巻十七の四〇〇四歌である。

立山に　降り置ける雪の　常夏に　消ずて渡るは【気受弖和多流波】　神ながらとそ（17・四〇〇四　池主）

これは他の「渡る」例と同じ「その状態であり続ける」意を表す例だが、主格が人以外を取る点で他と大きく異なる。四〇〇四歌の「渡る」は、萬葉後期に至って人に限定されていた「渡る」の用法が人以外に及んだ例と考えられるが、四〇〇四歌では雪が消えずにあり続けることを「神ながらとそ」と詠っており、立山が神格化された存在として歌の中に現れていることを鑑みれば、ここは擬人化された表現とも考えられよう。

問題は、③に含まれる当該歌と三二六四歌であろう。当該歌と三二六四歌の「渡る」は、他の「渡る」例と同様に人を主格とし、「年や月を過ごす」意で捉えるものと、年・月を主格とし、「年や月が経過する」意で捉えるものとの、二通りの解釈が考えられる。当該歌の結句の解釈が割れていたのも、ここに起因すると思われる。そこで次章では、当該歌と三二六四歌の「渡る」について、格関係を明らかにした上でその解釈を考えていきたい。

二　「月渡る」と「年渡る」

当該歌を考える前にまずは三二六四歌について考えてみたい。

年渡る【年渡】　までにも人は　ありといふを　何時の間にそも　我が恋ひにける（13・三二六四〈相聞〉）

三二六四歌は先掲した五二三歌の他、七夕歌である二〇七八歌とのかかわりが指摘されている。

玉かづら　絶えぬものから　さ寝らくは　年の渡りに【年之度尓】　ただ一夜のみ（10・二〇七八〈秋雑歌〉）

二〇七八歌の四句目「年の渡り」は、「一年の過ぎる間に」（『新大系』『新編全集』など）というものと「一年に一度の逢瀬に」（阿蘇『全注　巻十』、『釈注』など）というものとに解釈がわかれる。後者は「渡り」を牽牛の川渡りのこととする。そのため、「年」は「一年に一度」という意で捉えられている。しかしこの捉え方では、結句の「ただ一夜のみ」とのつながりが悪い。七夕歌において、一年に一度とは七月七日の夜の逢瀬を指していうことは明らかであって、そこにはすでに一夜という意が含まれているといえる。となると、後者のように「年の渡り」を一年に一度の川渡りの意でとってしまうと、下二句の歌意が重複することになる。二〇七八歌の「年の渡り」は、『新大系』などのいうように主述関係を表していると考えて良いだろう。その格関係をふまえると、三二六四歌についても同じように、「年」と「渡る」とを主述関係において把握できる。

「年渡る」が「年が経過する」意で捉えられることが明らかになったところで、「年」が表す時間の長さについても見ておきたい。三二六四歌とかかわりがあるとされる五二三歌と二〇七八歌とは、どちらも七夕における「年」を詠んでいる。七夕歌の「年」が一年の翻訳語であることは先掲した小島論文に述べられるところであり[9]、三二六四歌についてもそれは当てはまると考えられる。よって、三二六四歌「年渡る」が表すのは、「一年が経過する」意であるといえるだろう。

これまで見てきたように、集中の他の「渡る」は、「或る状態であり続ける」意を表すものである（人の場合は「時を過ごす」意）。しかし三二六四歌の「渡る」は、そうした多くの「渡る」のあり方と異なる表現であるといえる。

三二六四歌の「渡る」は、漢籍にみえる「度」の受容によるのだろう。『楚辞』「九歎」には、「時遅遅其日進兮、年忽忽而日度。」とあり、この「度」は王逸注に「度、去也。」と説明される。「日」を主格として、時間が経過することを「度」は表している。また、「日度」は『文選』にも用例が認められる。

悲夫川閲ㇾ水以成ㇾ川、水滔滔而日度。（『文選』巻十六・晋・陸機〈士衡〉「歎逝賦」）

李善注には「日月流邁」とあり、時間の経過を表すことがわかる。時間の経過を表す「度」の受容によって、三二六四歌「年渡る」の表現が為されたといえるだろう。三二六四歌の例は、時間を表す語を主格にし、その時間が「経過する」意と考えられる。

翻って当該歌「月渡る」は、どう考えられるであろうか。当該歌「月渡る」と三二六四歌「年渡る」はともに助詞がなく、語の関係性は共通しているようにみえるため、当該歌「月渡る」も三二六四歌と同様に考えるのが良さそうだが、問題は、月暦に対して「渡る」といった例が集中孤例であり、これだけでは当該歌の「月」が主格であると判断する確証が得られないということである。

そこで「渡る」例に限らず、集中で「月」が自動詞とともに詠まれた例において、「月」と自動詞とがどのような関係性を持っているかを検討した。対象は五十例があげられ、その内訳は「月」＋「助詞」＋「自動詞」の例が三十五例、「月」＋「自動詞」の例が十五例となった。以下、一覧を【表】に示す。なお表中の○には下段の助詞が入り、助詞のないものについては「Φ」とした。

「月」＋助詞＋自動詞の例はすべて「月」を主格とする例であり、「月」を対格で取る例は一例も見えない。後世、年月を対格で取ることが一般化する「経」の例においても、すべて「月」は主格となっている。助詞のない例は、「月立つ（九例）」「月経《ふ》（二例）」「月重なる（二例）」「月近づく（二例）」の四語が見られる。これらの例についても、月は主格であると考えられる。

こうした「月」と自動詞とが詠まれた例から、両者の関係は間の助詞の有無にかかわらず、すべて主述の関係であるといえよう。よって、当該歌「月渡る」の格関係についても主述であると考えて良いものと思われる。当

【表】

助詞	用例
月＋○＋自動詞	
の	十例…9・一七九三、10・二二〇五、11・二五三六、二七九二、12・二八八一（二例）、二八九二、二九八〇、13・三三二九（二例）
そ	八例…4・六五三、6・一〇三二、8・一四六四、10・二〇九三、一三三三、15・三六七九、三七〇八、17・四〇一二
も	八例…4・六四〇、六五四、7・一一二六、12・三一四八、13・三三三一、三三五〇、15・三六八八、三六九一
は	七例…5・八〇四、12・三一九九、15・三六六三、三六八五、17・三九二一、四〇三〇、20・四三七八
か	一例…4・六三八
し	一例…19・四一六六
Φ	十五例…5・八一五、6・九九三、8・一六二〇、9・一七九四、10・二〇九二、17・三九四八、三九八三、四〇〇八、18・四〇六六、四〇八九、四一一八、四一三七、19・四一九六、四二四四、20・四四六四

該歌「月渡る」は、三二六四歌と同様③の「渡る」例に含まれ、月が経過する意を表すといえる。それでは当該歌の「月渡る」も、三二六四歌の「年渡る」が一年の経過を表すのと同じく、一月の経過を表すと考えるべきだろうか。

三二六四歌の「年」が一年と解釈されたのは、七夕歌であるという歌の状況に加えて、「年渡る」の後に「まで」の語があることに起因すると考えられる。三二六四歌において「年渡る」時は、年が巡って、年に一度だけ逢える日がやってくる時である。また、次の一八〇歌では、「年かはる」時が「まで」によって示される。

み立たしの　島をも家と　住む鳥も　荒びな行きそ　年かはるまで【年替左右】（2・一八〇　舎人）

一八〇歌に詠われる「年かはる」日は、草壁皇子の喪が明ける時を示しており、草壁皇子挽歌において重要な意味を持つ日であるといえよう。

月の例については三九八三歌に、

あしひきの　山も近きを　ほととぎす　月立つまでに【都奇多都麻泥尓】　なにか来鳴かぬ（17・三九八三　家持）

とある。三九八四歌左注には「霍公鳥者、立夏之日、来鳴必定。」とあり、家持にとって立夏の日はほととぎすが到来すべき時であり、待ち望んでいた日である。三月二十五日の立夏の日を過ぎても来鳴くことのないほととぎすへの、家持の恨みの気持ちを表す三九八三歌で、「月立つ」日は暦日の上での夏の到来を表す日であり、ほととぎすの到来を待ち望む家持にとって節目の時といえる。

一年に一度の逢瀬を詠った三二六四歌の「年渡る」日はその逢瀬がかなう日を表し、草壁皇子挽歌である一八〇歌の「年かはる」日は皇子の喪が明ける日を表し、ほととぎすの到来を望む三九八四歌の「月立つ」日はほととぎすが到来すべき時を表す。集中「まで」によって区切られる時間は、その歌の主題に関わって重要な節目を表すということが用例から読み取れる。翻って当該歌の場合、三二六四歌に倣って一ヶ月の経過を言うと想定したならば、一月で区切ることの意味はどこにあるといえるだろうか。罪人であって、大赦がなければ帰ることができない宅守にとって、配流地に着いて一月という時間を区切る必然性はない。むしろ、別離の中で表されるのは、長い時間逢えずにいることへの慨嘆であるといえよう。

当該歌は歌の中に、「一日」―「月」という対比を詠っている。集中において「一日」は、

思ひ寄り　見寄りて物は　あるものを　一日の間も【一日間】　忘れて思へや
（11・二四〇四　人麻呂歌集〈正述心緒・略体〉）

とあり、ほんのわずかの時間をいうことがわかる。当該歌は、ほんのわずかな時間でさえも置かずに「見しかども　厭はぬ妹」を見ないままに時間が経ってしまった、という慨嘆が表されている。「見しかども　厭はぬ妹」は、吉井『全注　巻十五』にも指摘があるように「見れど飽かず」と表すのが常套的な表現で、その上「見しかども」と過去形で詠う当該歌の有り様は、集中においては特異な表現といえる。「見れど飽かず」は、土地賛めの歌や相聞歌において対象への永続的な執着を表した表現であって、「見る」行為を過去に限定するのは当該歌のみである。ただ、その「見る」ことを過去に限定する表現にこそ、当該歌の特質が表されているといえるだろう。当該歌では「見しかども」とあることで、直接向かい合って見ていた過去の状況と、逢うことがかなわずにいる現在の状況とが歌の中で対比的に位置付けられていると考えられる。そうした過去と現在との対比は、流罪にある宅守の状況を際立たせるものである。歌表現の上で、ほんのわずかな時間を表す「一日」との対比においては、一月が経過するまで逢えていない、と詠うよりは、もう何ヶ月も逢えていない、と長い別離を詠う方が、自然な表現といえる。

以上のことをふまえると、歌表現からは当該歌「月渡る」は数ヶ月の経過を表す可能性が高いと考えられるが、一ヶ月の経過を言うとする説もなお否定しきれない。そのため、次章では贈答歌群全体の中での当該歌の位置付けから、当該歌の表す時間を考えてみたい。

三　贈答歌群の時間の流れ

当該歌は贈答歌群の中ほどに位置し、別離から数ヶ月もしくは一ヶ月が経過したことが詠われていると考えられる。まずは贈答歌群全体の中で当該歌がどのように位置付けられるか、ということを、他の歌とのかかわりや歌の外部状況から見ていきたい。便宜上、贈答歌群を左注などによってわけ、それぞれの歌群に記号を付したものを次に示す。

・ⅠA　弟上娘子①歌群（四首、三七二三～三七二六）
・ⅠB　宅守①歌群（四首、三七二七～三七三〇）
・ⅡA　宅守②歌群（十四首、三七三一～三七四四）
・ⅡB　弟上娘子②歌群（九首、三七四五～三七五三）
・ⅢA　宅守③歌群（十三首、三七五四～三七六六）※当該歌を含む
・ⅢB　弟上娘子③歌群（八首、三七六七～三七七四）
・ⅣA　宅守④歌群（二首、三七七五・三七七六）
・ⅣB　弟上娘子④歌群（二首、三七七七・三七七八）
・Ⅴ　宅守⑤歌群（七首、三七七九～三七八五）

「はじめに」でふれたように、この贈答歌群には時期を推測できる歌が少なく、具体的な年次も明らかにされない。宅守の配流時期については天平十一年二月以降（粂川定一氏など(10)）、天平十一年三月末～四月（吉井『全注巻十五』）、天平十一年四～五月（原田淳子氏(11)）、天平十二年始め頃（伊藤博氏(12)）、天平十二年三月（廣岡義隆氏(13)）など諸説ある。いずれの説も、宅守が配所にいたことが確実な天平十二年六月を起点としており、出発の時期をどこまで遡れるかというところで説が分かれているといえる(14)。そのため、本稿で改めて考えてみたい。

ⅠAは三七二六歌左注に「臨レ別作歌」とあり、続くⅠBは三七三〇歌左注に「上レ道作歌」とあるので、ⅠAとⅠBとその直後の歌であるとわかる。ただし、歌の中に時期を推定できるような語はみえないので具体的な年

次は不明である。

配流の時期について、「獄令」（13流移人条）には、「凡流移人、太政官量配。符至季別一遣。〈若符在二季末一至者、聴下与二後季人一同遣上〉。」[15]とある。これによれば、罪人は四季ごとに一度、まとめて移送される。ただ、季末の月に流刑が決まった者は次の季に回してもよいとあることから、基本的に発遣は季末（三、六、九、十二月）を除いた時期に行われており、それより後に流刑が決まった者は次の季まで待たされていたことが窺える。宅守は、天平十二年六月十五日の大赦の折、「不レ在二赦限一」とされた者の一人として、石上乙麻呂らとともに記されている（『続日本紀』天平十二年六月十九日条）ため、この時に配流地にいたことは明らかである。前年の天平十一年二月二十六日にも大赦があるが、この時の記事には宅守の処遇についての記載がないため、天平十一年二月二十六日の時点ではまだ配流されていないだろうことが推測される。よって、宅守の配流は天平十一年二月二十六日以降であると考えられる（なお、帰京は天平十三年九月の大赦の折だろうというのが通説である）。

別離の歌に続くⅡAは時期を推定できる語を持たないため、先にⅡBの時期について検討する。ⅡBは、三七四六歌に田植え、三七五二歌に「春の日」が詠われる。

人の植うる　田は植ゑまさず　今更に　国別れして　我はいかにせむ（15・三七四六　弟上娘子）

春の日の　うら悲しきに　後れ居て　君に恋ひつつ　現しけめやも（15・三七五二　弟上娘子）

三七四六歌について、「仮寧令」（1給休暇条）に「五月八月給二田仮一。分為二両番一。各十五日。」とあり、田植時期は五月のことと推測される。[16]三七五二歌は「春の日」とあることより、一～三月の作と考えられる。ここからⅡBは、一～五月の頃の歌を含む歌群であるといえる。

五月の作と考えられる三七四六歌と一～三月の作と考えられる三七五二歌の歌順について、二首の間に一年の経過をみる吉井『全注　巻十五』の説、田植えが直播である可能性を示す『釈注』の説、田植予見の歌であるとする廣岡義隆氏の説などがみえる。まず、天平十一年五月から天平十二年三月という時間の流れを想定する吉井『全注　巻十五』の説には従い難い。後述するが、宅守の配流時期が天平十一年である可能性は決して高くないと考えられるためである。また、実際の田植えより早い時期の作と考える『釈注』や廣岡義隆氏の説についても、表現の上からそうと判断できる論拠はなく、歌順の整合性を考えた結果のように思われる。そうではなく、ここはⅡBの歌群内で歌順の入れ替えがあったということが考えられるのではないだろうか。

ⅡBは「我」が多く詠まれた歌群であることはすでに多く言われているところであり（「我」例は全九首中六首（八例）を数える）、「我」を中心にまとまっている歌群であるといえる。連体修飾の例である四例（「我が故」「我がやど」「我が下衣」「我が背子」）を除くと、ⅡBでの「我」例は、三七四六歌で「我はいかにせむ」と自問するのを三七四七歌の「我待たむ」、三七四九歌の「我が恋ひ居らむ」、三七五〇歌の「我がごとく　君に恋ふらむ」とが承けており、そこに一連の流れがあると考えられる。こうした「我」のあり方を優先した結果、三七四六歌と三七五二歌の歌順と時節とが合わなくなったのだろう。

ところでこのⅡBは、前のⅡAと密接な関連性があることが指摘されている。(17) ⅡAとⅡBでは、「命」「形見（「衣」も含む）」「天地」「恋ひ居らむ」「逢はむ日」が共通して詠われている。この五語のうち、「天地」「恋ひ居らむ」「逢はむ日」は、ⅡAとⅡBでの例以外に歌群内に見えず、「命」「形見」の例は、この歌群以降に一例ずつみえるのみである。ⅡAとⅡBの間で語句的にも内容的にも関連する歌が集中的に見られる、という両歌群の有り様は、ⅡAとⅡBが、時を置かずして贈答された歌が収められている歌群である可能性を表しているといえる。ⅡAは時期を推測できる歌を持たないものの、ⅡBと同じく一～五月或いはその直後の歌が収められていると考えられよう。

次のⅢAでは、三七五四歌に「ほととぎす」があることによって四～五月頃の作とわかる。ⅡA、ⅡB、ⅢA

の三歌群によって表される時間の流れは一～五月頃までの数ヶ月程度で、連続的であるといえるだろう。

過所なしに　関飛び越ゆる　ほととぎす　多我子尓毛　止まず通はむ（15・三七五四　宅守）

宅守は天平十一年二月二十六日以降に配流されていると考えられるため、三七五四歌は天平十一年五月か天平十二年五月の作ということになる。

続くⅢＢは、天平十二年六月十五日の大赦を詠ったとされる歌を含む。

安治麻野に　宿れる君が　帰り来む　時の迎へを　何時とか待たむ（15・三七七〇　弟上娘子）

宮人の　安眠も寝ずて　今日今日と　待つらむものを　見えぬ君かも（15・三七七一　弟上娘子）

帰り来る　人来れりと　言ひしかば　ほとほと死にき　君かと思ひて（15・三七七二　弟上娘子）

また、三七七四歌は三七七〇歌にみえる「帰り来」る「時」を詠うことから、右の三首に関わって作歌されたものと推測される。

我が背子が　帰り来まさむ　時のため　命残さむ　忘れたまふな（15・三七七四　弟上娘子）

三七七〇～三七七二・三七七四歌について、このとき宅守が大赦から漏れたのは、配流されてまだ日が浅かったからだろうというのがほぼ通説となっている。同じ時に「不レ在二赦限一」とされた石上乙麻呂は、天平十一年三月に姦通の罪で土佐国に遠流の刑に処されている人物である。乙麻呂より罪が軽いと考えられる宅守（越前は近流）が赦されなかったのは、乙麻呂に比べ配流期間が短かったためと考えてよいだろう。よって、ⅡＡ、ⅡＢ、ⅢＡの詠われた時期は天平十二年の一～五月であり、ⅢＢもまた、ⅡＡ、ⅡＢ、ⅢＡと時間を置かない歌が収められていると言ってよい。

ⅣＡは、別離から一年以上経ったことを詠う三七七五歌を含む。ただ、宅守が流された年次が不明であるため、ⅣＡの時期を特定することは難しい。また、次のⅣＢについても、時期は不明である。

Ⅴは「寄㆓花鳥㆒陳㆑思作歌」と左注にある通り、七首すべてに花鳥が詠われる。三七七九歌に「橘」、三七八〇～三七八五歌に「ほととぎす」があり、五月とわかる。

我がやどの　花橘は　いたづらに　散りか過ぐらむ　見る人なしに（15・三七七九　宅守）

恋ひ死なば　恋ひも死ねとや　ほととぎす　物思ふ時に　来鳴きとよむる（15・三七八〇　宅守）

Ⅰ～Ⅴの歌群を概観すると、時期を推定できるような歌が少ないとはいえ、それらの例において時期的に前後するような例は見えず、贈答歌群全体は概ね一つの時間軸にまとめることができるといえる。歌群ごとの関係をみると、独詠歌群であるⅤを除く贈答部において、まずは別離に際しての贈答であるⅠの二歌群が一連の歌群としてある。この二歌群は時間的に連続することが左注から明らかだが、具体的な時期は不明である。次にⅡA～ⅢBまでの四歌群がある。この四歌群は時間的に連続しており、天平十二年の一～六月頃の歌が収められていると考えられる。最後にⅣAとⅣBがあり、これは別離から一年以上経った頃の歌である。それをまとめると次の（ア）～（ウ）のようになる。

（ア）　ⅠA・ⅠB（八首）

（イ）　ⅡA～ⅢB（四十四首）

（ウ）　ⅣA・ⅣB（四首）

これらの歌群の中で具体的な年次がわかるのが（イ）のみで、（ア）と（ウ）の歌群は、別離の時期をいつと推定するかによって歌群の表す時期が変動する。そのため、（ア）と（イ）、（イ）と（ウ）の間にそれぞれ時間的な断絶があるのか、もしくは連続した歌群であるのか、といった、歌群ごとの時間的な関係がわからないままになっている。贈答歌群全体の時間の流れを考える時、別離の時期を定めることが一番の要といえるだろう。そこで別離の時期の推定をするのに鍵になるのが当該歌である。

四　当該歌の位置付け

当該歌は天平十二年四～五月頃の歌を含むと推定されるⅢAにみえ、別離から数ヶ月もしくは一ヶ月が経過したことへの感慨が詠われる。配流が当該歌から一ヶ月前と仮定すると、天平十二年三～四月ということになろうが、先に見たとおり基本的に発遣は季末（三、六、九、十二月）を除いた時期に行われると考えられるため、配流は天平十二年四月と考えてよいだろう。そうした場合、問題となるのがⅡBに含まれる三七五二歌「春の日」の扱いである。配流時期と三七五二歌の齟齬について、『全歌講義』は「太政官符が季の末に至った場合は、次の季の人と共に送られることになっていたから、配流が決定しても三ヶ月近く在京する場合もあったことになる」として、出立の日と別離の日との間に時間差があったことを想定して処理するが、概ね時系列順に並べられた歌群において、配流前の歌がⅡBに一首だけ置かれているという状況は不自然というほかない[18]。歌群全体の整合性を考えた時、「月渡る」を一ヶ月の経過とみるのには無理があるといえるだろう。「月渡る」は、数ヶ月の経過を表しているとみるべきである。

配流が当該歌から数ヶ月前となると、別離の時期は天平十二年一月～二月ということになるだろう。数ヶ月の表す期間について、可能性としては二ヶ月～一年未満までが考えられるが、一つには別離の時と当該歌とは年をまたいでいないと思われること、もう一つにはⅡBに「春の日」があり、それまでに少なくとも一度は歌の往復があっただろうことから三月まで下るというのは考えにくい、ということの二点をふまえて、右のように限定できる。

配流時期が年をまたいでいないと考えられる理由の一つとして、次の家持の三九七九歌の表現に「年反る」とあることが参考になるだろう。

あらたまの　年反るまで【登之可敝流麻泥】　相見ねば　心もしのに　思ほゆるかも（17・三九七九　家持）

この中で家持は、前年の秋から三月までの約八ヶ月程度の期間をいうのに、年が改まることを表す「年反る」という表現を用いている。年の切り替わった時から三ヶ月経過した時点でさえ、別離の時から年が改まるまでも逢えていない、という表現が為されるところに、年を越すことへの意識の強さが読み取れる。

こうした意識は家持に限らない。

……あらたまの　年経るまでに【年経左右二】　白たへの　衣も干さず　朝夕に　ありつる君は……（3・四四三　大伴三中）

班田史生の丈部竜麻呂が自死した時の挽歌である四四三歌で、班田史生の多忙さを表すのに、年が改まるまで衣服を洗うこともできない、という表現がみえる。ここにも、年の切り替わることへの意識が表されているといえるだろう。三九七九歌や四四三歌の有り様は、数ヶ月の経過を表すのに、間に一年の切り替わりの時を含む時、歌の表現は「年」に引きつけられることを示しているといえよう。特に、右の二例は当該歌と同じく「〜まで」と期限を区切ってそれまでの時間の経過を表す例である。年の切り替わりが一つの区切りとして詠われる時、その区切りの時が「月」や「日」によって表されることはないのである。当該歌は「月」を詠う点で、別離から当該歌の作歌時までの間に、年の切り替わりを含まない可能性が高い。

最後に、歌群全体の時間の流れを再度確認しておきたい。当該歌によって、宅守の配流時期は天平十二年一月か二月だろうと推定でき、それによって（ア）・（イ）の五十二首は、天平十二年一〜六月頃までの数ヶ月間に収まることがわかる。（ウ）は三七七五歌により配流から一年後の天平十三年一〜二月頃の作と考えられるため、（イ）と（ウ）との間には、少なくとも半年程度の時間的隔たりがあるといえる。巻末の歌群であるⅤは、天平十二年五月か天平十三年五月かの二通りの可能性があるが、それまでの歌群内部の時間軸と、歌の並ぶ順番とで、ほぼ錯簡がないことを考えると、天平十三年五月の作である可能性の方が高いだろう。そして、宅守は恐らく同年九月の大赦で帰京したと考えられる。二人の贈答を記した（ア）～（ウ）の五十六首が表す時間の流れが一年程度であったことは先に述べた通りであるが、一年を通して連続的に歌があるのではなく、八割にあたる五十二首は配流から数ヶ月の間に収められている。当該歌は歌の贈答が一旦途切れるⅢの歌群の中にあって、過去の「一日」と現在の「月」とを一首の中で対比的に詠うことで、長い間逢えずにいる現在の状況への慨嘆を表し、別離から数ヶ月経った時を区切る歌であるといえる。五～六ヶ月内に五十二首もの歌を贈答してきたという前半部の密な歌の有り様と、数ヶ月の断絶の後の二首ずつの贈答、そして独詠歌七首という、前半部と対照的な後半部の歌の有り様とが、当該歌によって明確に位置付けられているといえよう。

おわりに

当該歌は、贈答歌群全体を通しての時間の流れを論じる上で、重要な役割を果たしており、その中心にあるのは「月渡る」という表現である。「月渡る」は「月」を主格として時間の経過を表すもので、集中の「渡る」例において、三二六四歌「年渡る」とともに例外的なあり方であった。ただ、「年渡る」が一年の経過を表すのに対して、「月渡る」は一首の中で「一日」と「月」とが対比的に詠われているという表現の有り様や、歌群内の時間推移の整合性から、数ヶ月の経過を表すのだと考えられる。

贈答歌群は全体的に時間軸に沿って歌が収められているものの、時間の流れは一定とはいえず、天平十二年一月から六月までと、天平十三年一月から帰京したと思われる九月までとで、間に数ヶ月の空白期間がある。前半部の歌は五十二首、後半部は十一首であり、前後半で歌数にかなり偏りがある。当該歌は、前半部と後半部の対照的な有り様を贈答歌群全体の中に位置付ける歌であるといえるだろう。

※　歌本文及び原文はCD-ROM版『萬葉集　電子総索引』（塙書房）によるが、一部私に改めたところもある。

注

（1）以下、特に断りなく「贈答歌群」といった場合、宅守と弟上娘子との贈答歌群六十三首全体を指すこととする。

（2）「年の緒長し」は集中、一年の期間を表すのにも（10・二〇八九）、数十年といった長い期間を表すのにも（3・四六〇）用いられており、表す時間の長さが定まっているとは言い難い。そのため、ここでは一先ず「少なくとも一年以上」とする。

（3）「渡る」の意味について言及がないものは省略した。

（4）本文にあげた二四八六歌の他、4・六九三、5・八九七、9・一七六九、11・二三七四、二三七六、二四九九、二五九六、二七〇七、20・四三九四の九例。

（5）4・五二三、11・二六九七、13・三二五〇、17・三九三三、四〇一一の五例。

（6）小島憲之「七夕をめぐる詩と歌」『上代日本文学と中国文学　中』塙書房、昭和三十九年三月。

（7）小島憲之「山上憶良の述作」『上代日本文学と中国文学　中』塙書房、昭和三十九年三月。

（8）高松寿夫「山上憶良の語彙をめぐる諸問題―「沈痾自哀文」を中心に―」『美夫君志』九十号、平成二十七年三月。

（9）注（6）に同じ。

（10）粂川定一「巻十五論」『萬葉集講座　第六巻』春陽堂、昭和八年七月。

（11）原田淳子「狭野弟上娘子と中臣宅守―宅守の配流と贈答歌をめぐって―」『学習院大学　国語国文学会誌』十号、昭和四十二年二月。

（12）伊藤博「万葉の歌物語―巻十五の論―」『万葉集の構造と成立　下』塙書房、昭和四十九年十一月。

（13）廣岡義隆「山川隔る恋―中臣宅守と狭野弟上娘子」『万葉集相聞の世界　恋ひて死ぬとも』雄山閣出版、平成九年八月。

（14）天平十一年の配流と考える説は、田植を詠った三七四六歌と「春の日」を詠った三七五二歌との間に一年の経過をみたためと考えられる（吉井『全注　巻十五』）。対して天平十二年の配流と考える説は、当該歌の「月渡る」を数ヶ月と想定して算出していると考えられる。時期の合わない三七四六歌と三七五二歌については、直播（『釈注』）

や田植予見の歌（廣岡義隆・注（13）論文）といった説明が為されている。

（15）本稿に引用する律令の本文はすべて新訂増補国史大系『律　令義解』（吉川弘文館、平成十二年六月）によった。

（16）思想大系『律令』（岩波書店、昭和五十一年三月）の補注には、早晩も含め、種まきの時期は四〜六月であることが示されており、その場合にはⅡBの期間は一〜六月ということになる。ただ、仮に三七四六歌が六月の歌だとしても、ⅡA〜ⅢBまでが間を置かず贈答されているという本論の趣旨から外れるわけではない。

（17）近藤健史「狭野弟上娘子の贈答歌群の表現」（『セミナー万葉の歌人と作品』十巻、和泉書院、平成十六年十月）に、

(4)歌群（筆者注：ⅡB）は(3)の歌群（筆者注：ⅢA）の歌と、歌内容的ばかりではなく表現的にも呼応しているという特色がある。

という指摘がある。

（18）先に三七四六歌と三七五二歌の歌順が時節に合わないことは見たが、それはほぼ連続した時期の歌がまとめられた歌群内での入れ替わりの問題であって、歌群をまたいで時期の合わない歌が置かれるのとは異なるといえる。

『万葉集』における漢字の複用法と文字選択の背景

澤崎　文

一　はじめに

本稿は、『万葉集』の漢字万葉仮名交じり表記である訓字主体表記の中に、同じ字体の漢字が音仮名としても正訓字としても使用される場合、そこには異なる用法を誤読されないよう使い分けるための表記法や表記意識があるのではないか、という疑問を出発点とする。この疑問を解くため、まずはそのような複数の用法をもつ文字の他に、その文字と同じ訓をあらわす別の文字があり、両文字が意味において代替可能と思われる場合、両文字の使用傾向にはどのような違いが見えるかを調査・考察する。さらにはその結果をふまえ、一つの文字に対して複数の用法が成り立つ際に、他の文字のよみや用法とのどのような関係性の中にあって実際の表記が実現しているかを考え、漢字万葉仮名交じり表記における文字使用の状況を体系的に捉えることを試みる。ある文字列上で、一つの文字が選択され他の文字が選択されなかった要因は何か、文字選択の背景について明らかにしたい。

二　「思」「我」字の『万葉集』における用法について

『万葉集』の訓字主体表記(1)は、漢字万葉仮名交じり表記であり、一見して文字としての漢字が並んでいるが、内実は正訓字・訓仮名・音仮名など用法の異なる文字が交え用いられている。その中で、同一の文字が正訓字としても音仮名としても使用される場合がある。「思」字や「我」字などがそれに当る。

（例）荒玉之《あらたまの》月立左右二《つきたつまでに》来不益者《きまさねば》夢西見《いめにしみ》乍思《つつおもひ》曽《そ》 吾勢《あがせ》思《し》（巻八・一六二〇）
我背兒《わがせこ》我《が》使将《つかひこ》来歟跡《むかと》出立之《いでたちの》此松原乎《このまつばらを》今日香《けふか》過南《すぎなむ》（巻九・一六七四）

これら用法の異なる同じ文字は、訓字主体表記の中で意図した用法と異なるよみをされてしまうことはなかったのだろうか。また、誤読を防ぐために何らかの手段をとってはいないだろうか。

池上禎造（一九六〇）は、訓字主体表記の巻について、正訓字用法としての「思」の用例が比較的多い巻十一・十三は、音仮名用法としての「思《シ》」が少なく、正訓字用法としての「我」の用例が比較的多い巻十二には、音仮名用法としての「我《ガ》」が少ないという可能性に言及し、他の正訓「なみ」をあらわす「波」字などとともに、「表音用法との混線がしらず〳〵に避けられるといふことはなかつたらうか。」（五三頁）と述べている[2]。同じ文字がその正訓字としての用法と音仮名としての用法とを、はじめから共存させないようにする傾向を意味する重要な指摘である。しかしながら、両用法の共存が事実生じている訓字主体表記の状態に対しては、説明を与えるものではない。

稲岡耕二（一九六四）は、同一の文字が音仮名としても訓仮名としても使用される場合に着目し、それらの用例が音か訓かのどちらかに偏ることを述べている。また、稲岡（一九六五）では、音仮名間に孤立して使用される訓仮名や、訓仮名間に孤立して使用される音仮名は、訓（音）専用の仮名であるか、音訓両用の仮名のうち訓（音）に多用された仮名であることを述べ、両用の仮名で特に音仮名として多用されるものが訓仮名として音仮名間に孤立したり、反対に特に訓仮名として多用されるものが音仮名として訓仮名間に孤立したりすることはあり得ないことを明らかにした。文字列の中で、前後が音仮名であればそこに置かれた文字も音仮名としてよまれやすく、前後が訓仮名であればそこに置かれた文字も訓仮名としてよまれやすいと考えると、例えば音仮名間に孤立する訓仮名が訓専用（もしくはほぼ訓専用）であれば音仮名と間違えられることはないため、稲岡が指摘した傾向は、音仮名と訓仮名とのよみ間違えが回避された状態と考えられる。稲岡は音仮名と訓仮名という仮名用法の関係のみを考察したが、音訓両用という点では、音仮名と正訓字とに両用される文字についても同様の事情が考えられる。両用の漢字が音仮名用法として使われる際は、正訓字間に孤立せず、正訓字用法として使われる際は、音仮名間に孤立しないという傾向があることを思わせる(3)。

また、たとえば仮名用法aとして使用される文字αが同時に正訓字用法Aとして使われ、さらにその訓をあらわす正訓字として他にも別の多用される文字βがある場合、それらの文字α・βは使用箇所に違いが表れないだろうか。特に文字βに仮名としての用法がない場合、音仮名・正訓字両用の文字αと正訓字専用の文字βは用いる上で条件が異なってこないだろうか。つまり、正訓字Aの用法が音仮名aの用法であると間違われかねない箇所には、α字ではなくβ字を置いて誤読を回避するといったようにである。二つの文字と用法、そのよみの関係を示すと次の【図1】【図2】のようなものになる。

【図1】　同じ訓をもつ別字α・βの関係図

文字α ｛仮名用法a — 音i
　　　　　 ｛正訓字用法A ｝
文字β—正訓字用法B ｝訓I （αとβは同じ訓Iをあらわす同訓異字かつ類義の関係）

【図2】　文字列上で文字α・βのよみを判断する場合

表記…○○○|α○○○○ ——→ ○○○○|β○○○○
用法…（a or A）複数　　（B）用法の判断に迷わない
よみ…（音i or 訓I）複数　　（訓I）よみの候補は一つのみ

図2では、同じ文字列において文字αが使われる場合と文字βが使われる場合とでは、その文字が潜在的にもつ用法の候補とよみの候補の数に違いが生じることを示す。用法が一つに限られる文字βの方が当然よみを決定しやすい。用法が複数考えられる文字αの方は、それが置かれる前後の文字列によっては用法の判断が難しく、場合によっては誤読される可能性をもはらんでいるのである。

稲岡耕二（一九七二）は、このような同じ訓をもつ二つの正訓字とその文字が担う仮名用法との関係について、まさに「我」字を例に言及している。稲岡は『万葉集』の人麻呂関係歌に着目し、略体歌、非略体歌、人麻呂作歌、という順で仮名の割合が増えるに従い、正訓字「われ」の表記として「我」よりも「吾」の割合が増えることを指摘して、それが「我」字の音仮名ガとしての用法の存在が影響したと考えるのである。

これらのことに着目し、本稿では「思」「我」字の複用法がどのように成り立っているかについて考察をおこなう。それにあたり、まずは「思」「我」字が正訓字用法で使われる際、それと同じ訓をもって使われる他の字との関係を見ていくことを手がかりとしたい。

三　「思」「念」、「我」「吾」の正訓字としての使い分け

『万葉集』中には、動詞「おもふ」「おもほす」や名詞「おもひ」、またそれらが複合語の構成要素となった「おもひぐさ」「おもひづま」「おもひやる」「かたもひ」「したもひ」「ものもひ」などをあらわす正訓字として、主に「思」「念」が多く使われている[4]。また、一人称代名詞「わ」「われ」「あ」「あれ」や、連体詞「わが」「あが」などをあらわす正訓字としては、主に「我」「吾」が多く使われる。

これらの語の表記について訓字主体表記中の用例分布を巻ごとに見ると、【表1】【表2】のようになる。「思」「念」、「我」「吾」の四字はすべての巻に分布しており、同一語の正訓字表記として巻ごとに使い分けがあるわけ

ではなさそうである。

〔訓字主体表記巻各巻における表記ごとの用例数〕

【表1】「おもふ」「おもひ」等

巻＼表記	思	念	その他	計
一	2	12	0	14
二	7	38	1	46
三	13	29	0	42
四	19	91	2	112
六	5	24	2	31
七	11	34	0	45
八	5	30	0	35
九	8	13	0	21
十	16	47	1	64
十一	31	95	1	127
十二	19	73	3	95
十三	39	20	0	59
十六	6	7	2	15
計	181	513	12	706

【表2】「われ」「わが」等

巻＼表記	我	吾	その他	計
一	7	25	1	33
二	6	69	3	78
三	8	60	4	72
四	7	148	4	159
六	5	40	7	52
七	14	86	6	106
八	11	69	1	81
九	6	48	4	58
十	17	127	6	150
十一	42	171	17	230
十二	26	119	5	150
十三	12	84	7	103
十六	17	43	4	64
計	178	1089	69	1336

『万葉集』での正訓字「思」「念」の使い分けについて先行研究を概観すると、伊藤博（一九九一）が、柿本人麻呂作歌とされる巻四の五〇一～五〇三番歌の三首について、政所賢二（一九九三）が、巻十三や舒明朝～元明朝にかけての用例について、その意味や詠歌の地域、作者の身分などによる違いを述べているが、考察の対象が『万葉集』の一部のみであることや、一首中に「思」と「念」とを両用する歌についての説明がなされていないことから、これらを全体に徹底した二字の使い分けと考えることは難しい。

柚木靖史（一九九六）は、『古事記』と『日本書紀』における用例を精査し、「「念」は、継続性のある思いや強い思いを表」（四六頁）し、「思」は「判断する」「感じる」「考える」「決意する」のように広範囲の思考活動に関わる意味を表している」（四八頁）として、両字に明確な意味の違いがあることを示している。その一方で、柚木（二〇〇三）では『万葉集』においてこの二字の文法的側面や意味用法の面で使い分けに明確な基準が見いだせないことを述べた上で、「概ね、「念」は感情的な思考活動に対して使用され、「思」は論理的な思考活動に対して使用される傾向」（二三頁）があることを示した。しかし、例えば次のような「思」「念」は思考活動に違いがあると言えるだろうか。

不相念人乎《あひおもはぬひとを》也《や》本名《もとな》白細之《しろたへの》袖漬左右二《そでひつまでに》哭耳四《ねのみし》泣裳《なかも》

（訳）思ってもくれない人なのに、かいもなく（白たへの）袖が濡れるほどに声を上げて泣きに泣こう。[5]

（巻四・六一四）

不相思人之《あひおもはぬひとの》故可《ゆゑにか》璞之《あらたまの》年緒《としのを》長《ながく》言戀将居《あがこひをらむ》

（訳）思ってくれない人の故でか（あらたまの）年月長く私は恋い焦がれているのでしょうか。

（巻十一・二五三四）

右の万葉歌二首では、「（自分は相手を思っているのに）自分のことを思ってくれない人」の意味で「あひおもはぬ人」という言葉を使っている。この「おもふ」の内容はどちらも「相手のことを恋しくおもう」ことであろうと思われるが、二首の「おもふ」の間に感情的な思考活動と論理的な思考活動という違いがあるようには思われない。やはりこの二字には徹底された明確な使い分けの基準を見るのは困難なようである。

「我」「吾」字の使い分けに関しては、漢籍や『日本書紀』『古事記』についての調査が多く報告されている。上代日本の文献については、まず山口ヨシミ（一九五七）、西川恵三（一九六八）がそれぞれ『古事記』における両字の厳密な使い分けを否定しながらも、「我」は修飾語として、「吾」は主語として用いられる傾向（山口）や、「吾」の方に「我」よりも気持の上で強い積極性がある（西川）[6]ことを述べている。朴美賢（二〇一〇）は、『日本書紀』における両字の使い分けについて、「吾」のみ主格での使用が多く、目上から目下の者に用いる様子が

α群に見られ、それは中国古典語に通じることを述べている。また、張平（二〇一二）は『古事記』にもやはり「吾」に主格の用法が多く「我」には属格の用法が多いこと、また「我」は特に取り立てや強調の意をあらわす一人称代名詞として、意味上の使い分けがあることを述べた。以上の通り『古事記』や『日本書紀』に関する論考は多いが、『万葉集』における両字の使い分けを取り上げたものは非常に少なく、大野峻（一九七二）向井克年（二〇〇九）などがあるが、いずれも調査対象が部分的である。[7]

『万葉集』を見る限り、一首中に「我」「吾」が両用され、そこに使い分けが見られないという例も存在する。

…玉梓乃《たまづさの》人曽《ひとぞ》言鶴《いひつる》於余頭礼可《およづれか》吾聞都流《わがききつる》狂言加《たはことか》我聞都流母《わがききつるも》天地尓《あめつちに》 悔事乃《くやしきことの》…（巻三・四二〇）

この例の傍線部は、「〜か、わがきつる」の形の反復において「わが」の部分の文字を一回目と二回目とで変えるいわゆる変字法の一種かと考えられるが、このようにたやすく交代できること自体、「我」字と「吾」字とが意味の上で厳密に使い分けられてはいないことを示すと思われるのである。[8]

以上の先行研究を概観する限り、『万葉集』における「思」「念」、「我」「吾」はそれぞれ類義の関係にあり、全体を通しての厳密な使い分けは見受けられなかった。これらの同訓異字について、意味や用法によって明確な使い分けがないとすれば、正訓字としてどちらの文字を使用するかは書き手の自由であることになる。その場合、両文字がただ無作為に用いられているだけでなく、意味の使い分けはなくとも何か他の要因による用例の傾向が見られないだろうか。そのことについて本稿では、音仮名として多用される「思」（音仮名シ）字や「我」（音仮名ガ）字の用法が、同訓異字の使用に影響を与える可能性を考えたい。前述の稲岡（一九七二）では、人麻呂関係歌における「我」字について同様の観点で考察しているが、本稿では訓字主体表記全体を通してより具体的な文字使用状況の把握を試みる。これらの音仮名用法は【表3】【表4】に示すように、訓字主体表記中の各巻に分布しており、「思」「我」はひとつの表記体の中で音訓両用されていることになる。

〔『万葉集』巻別の音仮名使用数〕

【表3】「思《シ》」

巻	思
一	11
二	11
三	14
四	18
六	13
七	10
八	21
九	3
十	19
十一	14
十二	16
十三	9
十六	1
計	160

【表4】「我《ガ》」

巻	我
一	7
二	7
三	15
四	12
六	7
七	8
八	13
九	7
十	13
十一	10
十二	3
十三	6
十六	8
計	116

四　正訓字「思」「念」の表記環境

まずは、正訓字「思」「念」について見てゆく。この二字は、ともに動詞「おもふ」「おもほす」や名詞「おもひ」、またそれらが複合語の構成要素となった「おもひぐさ」「おもひづま」「おもひやる」「かたもひ」「したもひ」「ものもひ」などの表記に使用される。第二節の図2で述べたように、漢字万葉仮名交じり表記において、ある文字を使う場合、それを置く場所の前後の文字列によっては、その文字が音仮名であるか、正訓字であるかという用法の判断が難しくなる。ごく単純に言えば、稲岡（一九六五）の論からも示唆されたように、前後を音仮名で挟まれた環境に置かれた文字はそれも音仮名としてよまれやすく、前後を正訓字で挟まれた環境に置かれた文字は、それも正訓字としてよまれやすくなるであろう。筆者はこのような、当該文字の前後にどのような文字が置かれるかということを、その文字の「表記環境」[9]と呼び、文字使用に影響を与えるものと考える。また、文字列は前から順に読んでいくものであるため、表記環境は当該文字の後ろにどのような文字が置かれるかよりも前にどのような文字が置かれるかの方が、当該文字の選択に大きく影響を与えること[10]や、当該文字を音でよむか訓でよむかは、その直前の表記環境が仮名（訓仮名もしくは音仮名）か正訓字かということよりも、厳密には直前の表記環境が音用法の文字（音仮名）か訓用法の文字（正訓字もしくは訓仮名）かに左右されること[11]をすでに明らかにしてきた。つまり、漢字万葉仮名交じり表記において、直前が音仮名である環境に置かれた文字は音よみされやすく、直前が訓用法の文字である環境に置かれた文字は訓よみされやすいということである。

さて、正訓字「思」「念」があらわす「おもふ」以下の語の訓字主体表記における全用例と、「思」「念」字による表記の用例とを、文字列の前後にどのような文字が置かれるかという表記環境ごとに分けて示した表が【表5】である。表記環境は、その文字の前や後に置かれる文字の用法が、「正訓字」「訓仮名」「音仮名」である場

【表5】 訓字主体表記における「おもふ」等に用いられる文字の表記環境別使用数

全体

後＼前	正訓字	訓仮名	音仮名	計	割合
正訓字	261	40	85	386	65.6%
訓仮名	57	11	12	80	13.6%
音仮名	70	22	30	122	20.7%
計	388	73	127	588	100.0%
割合	66.0%	12.4%	21.6%	100.0%	

「思」

後＼前	正訓字	訓仮名	音仮名	計	割合
正訓字	75	11	26	112	69.1%
訓仮名	13	7	7	27	16.7%
音仮名	13	5	5	23	14.2%
計	101	23	38	162	100.0%
割合	62.3%	14.2%	23.5%	100.0%	

「念」

後＼前	正訓字	訓仮名	音仮名	計	割合
正訓字	184	29	59	272	65.5%
訓仮名	43	3	3	49	11.8%
音仮名	54	17	23	94	22.7%
計	281	49	85	415	100.0%
割合	67.7%	11.8%	20.5%	100.0%	

【表6】

直前の表記環境

	訓用法	音仮名
思	124	38
念	330	85

$\chi^2(1)=0.45; p=0.50$

前後の表記環境

	訓用法	音仮名
思	106	5
念	259	23

$\chi^2(1)=1.1; p=0.29$

合に分けて示している。[12]なお「思」「念」のほか、「おもふ」の表記には「憶」「想」や仮名書きの例がある。また、表5には当該の語の前や後に文字がない場合、前後の文字が仮名か訓字か判断しかねる場合などは含めていないため、それらを含める表1とは「思」「念」の合計数が異なる。

表を見る限り、前後の表記環境で「思」「念」に使い分けの様子は見られない。直前の表記環境が訓用法（正訓字もしくは訓仮名）の文字と音仮名のどちらであるか、また前後の環境を見た場合に訓用法の文字間にあるか音仮名間に孤立しているかという点から、「思」「念」を比較したものが【表6】であるが、これに対してカイ二乗検定を実行したところ、有意な偏りはみとめられないという結果であった。つまり、正訓字「思」「念」は表記環境によってどちらかが偏って使用されるような、使い分けの傾向はないということになる。

五　正訓字「我」「吾」の表記環境

続いて正訓字「我」「吾」について同様に見てゆく。この二字は、ともに一人称詞「わ」「われ」「あ」「あれ」や、それに助詞「が」を添えた連体詞「わが」「あが」などの表記に使用される。「思」「念」と同様、用例を表記環境ごとに示したものが【表7】である。なお「我」「吾」のほか、一人称詞の表記には「余」「妾」「朕」や仮名書きの例がある。また表5と同様、表7には前や後に文字がない場合、前後の文字が仮名か訓字か判断しかねる場合などは含めていないため、それらを含める表2とは「我」「吾」の合計数が異なる。

表では、「我」が多く訓字に接した環境で用いられ、音仮名と接した環境に用いられることが少ないのに対し、「吾」は音仮名と接した環境にもそれなりに用いられているように見える。このことは、【表8】でより顕著に示されている。表6同様にカイ二乗検定を実行し、「我」と「吾」を直前の表記環境、前後の表記環境でそれぞれ比較したところ、「我」と「吾」には、直前の表記環境、前後の表記環境ともに、訓用法・音仮名に有意な偏りがあると判断された。つまり、正訓字「我」は、正訓字「吾」と比較して、訓用法の直後や訓用法の文字に挟まれた環境にはよく用いられるが、音仮名の直後や音仮名に挟まれた環境には用いられにくいということになる。

六　「我」「吾」の用例の偏りについて

では、なぜ「我」「吾」の用例に前節で見たような偏りが生じるかを考えたい。表7・8より、「我」は音仮名

【表7】　訓字主体表記における一人称詞「われ・あれ」等に用いられる字の表記環境別使用数

全体

後＼前	正訓字	訓仮名	音仮名	計	割合
正訓字	531	104	306	941	85.2%
訓仮名	16	4	6	26	2.4%
音仮名	80	14	43	137	12.4%
計	627	122	355	1104	100.0%
割合	56.8%	11.1%	32.2%	100.0%	

「我」

後＼前	正訓字	訓仮名	音仮名	計	割合
正訓字	86	21	28	135	89.4%
訓仮名	8	2	0	10	6.6%
音仮名	6	0	0	6	4.0%
計	100	23	28	151	100.0%
割合	66.2%	15.2%	18.5%	100.0%	

「吾」

後＼前	正訓字	訓仮名	音仮名	計	割合
正訓字	415	81	260	756	84.8%
訓仮名	8	2	6	16	1.8%
音仮名	69	11	39	119	13.4%
計	492	94	305	891	100.0%
割合	55.2%	10.5%	34.2%	100.0%	

【表8】

直前の表記環境

	訓用法	音仮名
我	123	28
吾	586	305

$\chi^2(1)=13.9; p<0.001$

前後の表記環境

	訓用法	音仮名
我	117	0
吾	506	39

$\chi^2(1)=7.7; p<0.01$

と接して書かれる割合が「吾」よりも少なく、また音仮名間に孤立して使われる例はひとつもない事が分かる。これは、「我」が音仮名ガとしても訓字主体表記中に一一六例と多く使用されることから、音仮名に接した箇所に正訓字としての「我」を使えば音仮名として誤読を招きかねないことが考慮された結果なのではないか。

例えば、前後を音仮名に挟まれた正訓字「われ（あれ）」のうち、ふたつの音仮名モに挟まれた「〜もわれ（あれ）も」という次のような句が七例ある。

妹**毛**《いもも》**吾毛**《あれも》清之《きよみの》河乃《かはの》河岸之《かはぎしの》妹我《いもが》可悔心者《くゆべきこころは》不持《もたじ》（巻三・四三七）

ほか、四七〇、五〇八、九二二、二五一七、二五五七、三一一〇番歌

この場合、音仮名間に孤立して使用される正訓字「われ（あれ）」は、「吾」六例、「余」一例である。一方、音仮名ガが音仮名連鎖で助詞「もがも」の表記として使われる次のような例は、訓字主体表記中に六例ある。

白雲之《しらくもの》多奈《たな》引山之《びくやまの》高〻二《たかたかに》吾念妹乎《あがおもふいもを》将見《みむ》因**毛**《よしも》**我母**《がも》（巻四・七五八）

ほか、一〇二四、一四九六、一五二〇（二例）、一八六六番歌

この場合、音仮名ガは、「我」五例、「賀」一例である。

このことは、ふたつの音仮名モの間に「我」字が置かれた場合、すべての用例が「我」を「われ（あれ）」ではなく「が」とよんでいることを示す。この環境では、「我」字は音仮名としての用法が優先して想定されるのである。もし、音仮名モの間に孤立した箇所に正訓字「われ」の表記として「我」を使用すれば、「もがも」と誤読される可能性が高い。そのため、「我」の音仮名間への使用は避けられ、正訓字「われ（あれ）」には「吾」や「余」の字が使用されていると考えられる。

このような同一の表記環境が指摘できる場合だけでなく、訓字主体表記全体において、特に音仮名と接して書かれる「我」字には、「が」とよむことが優先して想定されるのではないだろうか。そのため、表7・8で見た

ように、正訓字としての「我」は「吾」と比較して、音仮名に接する環境での使用が少なく、音仮名間には一切使用されないのである。「吾」字は仮名主体表記中に一例のみゴ甲類の音仮名として使用される（巻十四・三五六四「於《お》毛《も》比《ひ》須《す》吾《ご》左《さ》牟《む》」）が、訓字主体表記中には用いられない。「吾」はどのような環境に置いても正訓字としてよまれるのであり、「我」のように音訓両方が想定されるという事情はほとんどないのである。

七　「思」「念」と「我」「吾」のちがい

「思」「念」に表記環境による文字使用の有意な偏りがみとめられなかった一方、「我」「吾」にはそれが見られた。このちがいが起こる理由として考えうることを述べたい。

「思」字も「我」字同様、音仮名シとして訓字主体表記中に一六〇例見られ、用例数として少なくはない。しかし、音節シには、「思」とは別の音仮名字母も多くあり、用例数の多い順から、「之」六四九例、「師」一四一例、「四」一三二例、「志」七〇例など、「思」以外に一〇三二の用例がある。そして、音節シの仮名として「思」と「思」以外の字母とを比較すると、【表9】に示すように、表記環境について、音仮名「思」は訓用法の文字に接して使用することが努めて避けられているのである。

直前に訓用法の文字が置かれる環境では、「思」の使用率は全体の二一・一%に止まるのに対して、「思」以外の字母は全体の七六・一%にものぼる。反対に直前に音仮名が置かれる環境では「思」が七八・九%、「思」以外の字母が二三・九%となり、二つの表記環境において「思」は「思」以外の字母と対照的な使用傾向を見せるのである。音仮名「思《シ》」について言えば、特に正訓字の後に置くことが全体の一五・四%と少なく、この環境は避けられているのであって、こういったことから音仮名「思」は音仮名の直後に置き、訓字間に孤立させないことで音仮名であることを示していると考えられる。[13] 前掲表5の「全体」によれば、「おもふ」等の語は元々、訓

【表9】　訓字主体表記における音仮名シを表記する字母の表記環境別使用数

「思」

後＼前	正訓字	訓仮名	音仮名	計	割合
正訓字	10	4	47	61	49.6%
訓仮名	1	0	2	3	2.4%
音仮名	8	3	48	59	48.0%
計	19	7	97	123	100.0%
割合	15.4%	5.7%	78.9%	100.0%	

「思」以外

後＼前	正訓字	訓仮名	音仮名	計	割合
正訓字	472	39	125	636	70.4%
訓仮名	36	3	11	50	5.5%
音仮名	112	26	80	218	24.1%
計	620	68	216	904	100.0%
割合	68.6%	7.5%	23.9%	100.0%	

用法の字の後という表記環境に置かれることが全体の用例のうち七八・四%を占めるのであり、このことが結果的に「おもふ」等を表記する正訓字「思」の表記環境と、音仮名「思《シ》」の表記環境とを重なりにくくしている。そのため、正訓字としての「思」字は「我」字のように使用箇所を制限する必要はなく、正訓字「思」と「念」には、表記環境で使い分けが見られないと考えられる。

一方の「我」は、音仮名ガとしても使う字母であるが、音節ガをあらわす音仮名は訓字主体表記中、「我」一一六例に対し「賀」一一例、「何」四例、「蛾」二例、「河」一例と、「我」以外には合計一八例しか用例がない。そのため、音仮名ガとしては「我」が表記環境に関係なく使われており、「我」は音節ガの仮名表記としてほぼ専用の字母と言える。

したがって、正訓字「我」は、音仮名「我」に配慮し、音仮名と接する環境を避けた。特に、音仮名に挟まれた環境に正訓字「我」は一例も用いられていないという徹底ぶりである。

このように、「思」「念」と「我」「吾」とで使用傾向の偏りの有無が分かれたのは、「思」字と「我」字が音仮名として使用される際に、その音節をあらわす音仮名として他に有力な字母があるかどうかが関係しているのではないか。他に有力な字母がない場合（音節ガにおける「我」）は、その文字の存在がその音節を担う音仮名として固定化するため、正訓字としての用法は制限されるであろうし、他に有力な字母がある場合（音節シにおける「思」）は、その文字の存在はその音節を担う音仮名として唯一のものとはならず他の文字で代替可能であるため、正訓字としての用法やよみの自由度が高くなるであろう。

八　使用箇所の制限と用法の優先度

これまで述べてきたことから、訓字主体表記における同字の複用法と同訓異字および同音異字の関係については、次のように考えられる。記述にあたりいま便宜上、正訓字「我」「吾」であらわされる語「われ」等の語群を「われ」で総称し、正訓字「思」「念」であらわされる語「おもふ」等の語群を「おもふ」で総称する。

・「我」は、音仮名ガとして使用する場合表記環境が自由であるが、正訓字「われ」として使用する場合は音仮名に接する環境を避けるよう制限があるため、音仮名ガとしての用法が優先されている。「われ」としての使用はそれに抵触しないよう、音仮名と接する環境を同訓異字で意味もほぼ同じである「吾」によって代えられている。

・「思」は、正訓字「おもふ」としての使用が表記環境によって「念」と分かれておらず、自由であると言える。一方で、音仮名シとしての使用は、訓字と接することを避けており、制限がある。よって、正訓字「おもふ」としての用法が優先され、音仮名シとしての使用はそれと抵触しないように、正訓字と接する環境を同じく音節シをあらわす「之」などによって代えられている。

【「我」「吾」字の場合】

文字「我」┬仮名用法「我《が》」――音「ガ」
　　　　　└正訓字用法「我《われ》」┐
文字「吾」――正訓字用法「吾《われ》」┴訓「われ」（「我」「吾」は同訓異字かつ類義の関係）

【「思」「念」字の場合】

文字「之」など――仮名用法「之《し》」など┐
文字「思」┬仮名用法「思《し》」┴音「シ」（「之」などと「思」は同一音節をあらわす字母の関係）
　　　　　└正訓字用法「思《おもふ》」┐
文字「念」――正訓字用法「念《おもふ》」┴訓「おもふ」（「思」「念」は同訓異字かつ類義の関係）

＊用法の文字の大きさは、用法の優先度ひいては使用制限の有無を示す。

つまり、複用法をもつ漢字は、文字によって正訓字として使うか音仮名として使うかに優先度の差があり、その差にはその文字の他に同じ訓をあらわす正訓字や同じ音をあらわす音仮名があるかどうかが関係し、あらゆる文字とその用法全体が影響し合って表記のバランスを保っていると言えるのである。ある文字が正訓字用法以外に音仮名としての用法をもつ場合、用法が複数ある点でその文字の正訓字としての安定感にゆらぎが生じる。これは同時に音仮名としての安定感のゆらぎでもある。しかし、その文字がもつ正訓字としての訓や、もしくは音仮名としての音を担う文字として他に有力なものがあれば、表記環境を使い分けることによってどちらか一方の用法を安定させることができるであろう。その結果安定したのが、仮名用法「我」であり正訓字用法「思」であったのだ。

九　おわりに

以上見てきたとおり、『万葉集』の訓字主体表記には、仮名用法と訓字用法とに両用される文字がある場合、表記環境によって片方の使用箇所を制限し、用法の衝突がおきないようにする傾向がうかがえた。また、使用箇所の制限に関しては、その文字が仮名としてあらわす音や正訓字としてあらわす訓に対し、他に同じ音や訓をあらわす文字が候補として存在する場合、用法の衝突がおきかねない箇所にはそういった別の候補字を当てることによって代える様子が見て取れた。さらには、そのことから仮名用法と正訓字用法に両用される文字には、それぞれ正訓字として使うか仮名として使うかに優先度の差があることを明らかにした。文字選択の背景には、その文字が潜在的にもつ用法やよみの種類に加え、同じよみをするもので他にどのような文字が候補として考え得るか、またその文字には他にどのような用法やよみがあるかといった、あらゆる文字の事情が体系的に存在するのである。

『万葉集』には、「思」「念」や「我」「吾」のほかに、正訓字「べし」をあらわす「可」「應」（「可」は音仮名カとしても頻用される）や正訓字「なみ」をあらわす「波」「浪」（「波」は音仮名ハとしても頻用される）など、同訓異字の関係をもつ文字が散見される。これらの使用傾向にも、同様の結果が得られる可能性があると考える。

注

（1）本稿では『万葉集』の訓字主体表記巻および訓字主体表記を巻一～四、六～十三、十六の十三巻およびその表記と定義し、仮名主体表記巻および仮名主体表記を巻五、十四～十五、十七～二〇の七巻およびその表記と定義する。なお、本稿における『万葉集』の本文・訓・歌番号は、塙書房刊『萬葉集　本文篇』による。

（2）ただし、後に本稿表3で示すとおり、巻十一・十三には音仮名用法としての「思」がそれぞれ一四例・九例と、他の巻と比較してもさして少ないとは言えない。
(3) 結論の先取りになるが、実はこのような傾向は必ずしも見られるものではない。本稿第七節で後述する。
(4) 「思」字にはほかに、動詞「しのふ」の用例が訓字主体表記中一四例あるが、「念」にはその訓を当てた用例が見られなかった。「思」と「念」との比較という観点から、本稿で扱う「思」の正訓字用法としては、「しのふ」の例を除外して考える。
(5) 『万葉集』の現代語訳は、『新日本古典文学大系』によった。
(6) 西川による『古事記』の「我」「吾」に積極性の違いを見いだす考えは、昭和四十二年度中四国国語学会において、土井忠生の講演「古事記の漢字について」による発言を元に発想されている。(西川一九六八:六八)
(7) 『日本書紀』の万葉仮名を中国原音から読み解き、帰化人の手による作成が疑われるα群と倭人の手による作成と思われるβ群に分類したことは、森博達(一九九一)(一九九九)による。
(8) 高木市之助(一九四一)による。
(9) 澤崎(二〇一二)による。
(10) 澤崎(二〇一三)による。
(11) 澤崎(二〇一四)による。
(12) その文字の前や後に文字がない場合、すなわち歌頭や歌末に当該の文字が書かれる場合や、前後の文字の用法が明確でない場合、二合仮名である場合は表の用例から除いている。他の表もすべて同じ。
(13) 音仮名「思(シ)」が正訓字に接する環境を避けて用いられる事については、澤崎(二〇一二)を参照。ただし、「思」以外の音仮名シとなる「之」などの字母についても、それぞれが「思」とは異なる事情をもつはずである。たとえば、「之」字は音仮名シに多用されるが、助詞「が」「の」をあらわす正訓字としての訓字主体表記中の使用頻度も非常に高い。このことについては、「之」字の用法別の表記環境や助詞「が」「の」を表記する字が他にどのようにあるかなどをさらに調べてゆく必要があるが、本稿では紙幅の関係上そこまでを論じ得ない。いずれにせよ、それぞれの文字がもつ様々なよみと意味とが同じよみや意味をもつ文字との関係を作り、連鎖的な字彙体系を作っている中で、それぞれの文字の力関係が表記環境に応じた使用文字の違いとなって表れていると考えられる。

〈引用文献〉

池上禎造（一九六〇）「正訓字の整理について」『万葉』三四号

伊藤　博（一九九一）「三思―柿本人麻呂の手法―」『万葉集研究』一八集

稲岡耕二（一九六四）「音訓両用の仮名について」『万葉』五一号初出　本稿作成にあたっては、『万葉表記論』（塙書房　一九七六）に所収のものを参照。

――――（一九六五）「万葉集の交用表記・準交用表記について―その一般的性格―」『武庫川女子大学紀要』一二集初出　本稿作成にあたっては、『万葉表記論』（塙書房　一九七六）に「万葉集の交用表記・準交用表記」の題で所収のものを参照。

――――（一九七二）「正訓字の選択について（その二）―人麻呂歌集を中心に―」『人文科学科紀要　国文学・漢文学』（東京大学教養学部）五五輯

大野　峻（一九七二）「万葉集我吾考」『湘南文学』五・六合併号

澤崎　文（二〇一二）「『万葉集』の訓字主体表記に見える二種の仮名―表記環境による字母の違い―」『国文学研究』一六八号

――――（二〇一三）「万葉仮名字母の使用に影響を与える表記環境」『日本語学研究と資料』三六号

――――（二〇一四）「漢字万葉仮名交じり表記に見える音仮名と訓仮名の区別意識について」『早稲田日本語研究』二三号

高木市之助（一九四一）「変字法に就て」『吉野の鮎』（岩波書店）

張　平（二〇一二）「『古事記』の表記と表現―「我」と「吾」の使い分けについて―」『桜美林論考　人文研究』三号

西川恵三（一九六八）「上代における「我」「吾」・「あ」「わ」について」『愛文』七号

朴　美賢（二〇一〇）「日本書紀における「吾」「我」の使い分けについて」『語文』九一・九三輯

政所賢二（一九九三）「万葉集二五番歌考―「念」「思」を中心に―」『香椎潟』三八号

向井克年（二〇〇九）「人麻呂歌集の表記法について―同訓異字の使い分けから―」『東アジア日本語教育・日本文化研究』一二輯

森　博達（一九九一）『古代の音韻と日本書紀の成立』（大修館書店）

――（一九九九）『日本書紀の謎を解く―述作者は誰か―』（中央公論新社）
山口ヨシミ（一九五七）「古事記の自称代名詞の用字法について」『古事記年報』四号
柚木靖史（一九九六）「和化漢文における「念」「思」の用字法」『広島女学院大学国語国文学誌』二六号
――（二〇〇三）「『万葉集』における「念」「思」の用字法」『広島女学院大学日本文学』一三号

カラニ考

――上代を中心に――

古川大悟

はじめに

文における二句の関係は、その間に挿入された接続詞あるいは接続助詞の個別的意味によって規定される以前に、原本的には、文のシンタクスのもとで自律的に決まってゆくものであろう。たとえば川端（一九五八）がそうしたように、いま連用中止法のような、接続関係を一意的には規定しがたい――その意味で比較的柔軟な接続形式を想定する。そこで単純な時間的先後を表した素朴な順接が、前後二句の事態の質のために、時間関係を超えて意味的なつながりへ――すなわち理由・帰結関係の順接へ――拡がる過程がある一方で、後句事態が前句事態の前提に背反する意外的事態として述べられたのなら、その関係は逆接へと派生することを許されよう。こうして接続関係は本来、前後句の質的な相互関係や文全体の述べ方によって決定されていたはずである。

こうした理解を、接続表現の意味変化・意味展開ということに敷衍できないだろうか。接続に働く語の通時的な意味変化や、あるいは共時態における用法の多様について考察するとき、それが句と句の関係づけに働くものである以上は、単に語レベルの意味論的視点だけで説くことはできない。そうではなく、実際にその語が運用された文における、シンタクスの問題として捉えられるべきものではないか。本稿はそうした把握を、カラ（ニ）

という表現をひとつの具体として、試みようとするものである。

1　初春の初子の今日の玉箒手に取るからに［可良尓］揺らく玉の緒（萬葉集20・四四九三・家持）[1]

古注を繙けば、その記述の変遷が、萬葉集におけるカラニの研究史を物語っている。契沖に至るまで、特段カラニを取り上げて解説が施されることはなかった。それを口語に置き換えて解釈を付したのは、真淵の時代からである。『萬葉考』に見られる「から」を「ゆゑ」とする釈は、カラニの前件・後件の関係を一往正しくとらえてはいるものの、その特質を言い当てるところまでは至らず、やや理屈っぽい解となった。その後江戸時代後期、雅澄は『萬葉集古義』に「手に取リ持からに、やがて其ノ飾れる緒玉の鏘々と鳴響きて」と記した。これは、カラニ固有の表現性をいち早くとらえた後述の『あゆひ抄』の記述と、軌を一にするところがある。さらに昭和へ下り、現在通説ともなっている「手に執つただけで」（澤瀉『注釋』）の訳語が当てられるようになったのは、石垣謙二による詳細な助詞研究の成果であった。石垣（一九五五）は、カラニの前後に「原因・結果間の軽重」が存在することを指摘し、以降その解が、カラニを含む萬葉歌のほぼ全てに適用されている。

石垣論によって、萬葉集のカラニの語義に関しては一往決着がついたと見てよい。けれどもそこには、次節に述べるような問題点も残されている。それは、先に要約するならば、

（イ）カラの原義から「原因・結果間の軽重」が問題になるところへと、どのような理由で関係するのか

（ロ）上代のカラニから、平安時代のカラニへの連続を、どう説明するべきか

の二点と言ってよい。

一　研究史

石垣（一九五五）は、上代におけるカラ（二）とマニマ（二）に近似を見るところから出発する。その主たる

根拠を私に要約すれば、承接関係からカラとマニマがともに体言であるという品詞論的な類似、副詞語尾ニを分出しやすい点の形態的な類似、そして萬葉集の用例群からの意味的な帰納であった。こうしてカラの原義を「ただただ…に随って」と解することは、用例に照らしても概ね首肯できるところであるが、その具体的な傍証は後述する大野・阪倉の論を待たなくてはならない。さて、そのうえで石垣は、カラがニを伴った場合の用例検討から、カラニの前件が軽い原因を表し、後件が重い結果であることを指摘する。ここに初めて、先掲1の歌を「手に執っただけで」とするような解釈が提示される。確かにこの解は、萬葉歌の用例ほぼ全てを説明できる。石垣に随って数例挙げる。

2　ただ一夜隔てしからに［可良尓］あらたまの月か経ぬると心惑ひぬ（4・六三八・湯原王）

石垣「たつた一夜おまへに會はなかつたばつかりで、一月も経つたのかと心が惑つてゐる」

3　白たへの袖をはつはつ見しからに［柄］かかる恋をも我はするかも（11・二四一一・人麻呂歌集）

石垣「袖をほんのちょっと見たばつかりで、こんな深酷な恋を私はすることであるよ」

石垣がこうした解釈にたどり着き得たのは、カラという語に対して限定的な意味論的視点に固執することなく、前件・後件の様相を構文論的にとらえる考察を試みたためであると見てよい。その点で、この解釈の登場は研究史上大きな画期であった。

けれども、カラニの前後でなぜこのような軽重関係が生じなくてはならないのか、その必然性はあるのか、この問いに対する石垣の解答は、必ずしも明確ではない。

すなはち、「まにま」の語義を適用することによつて右の「から」は、もともと軽い原因にさらに「すこしも手をくはへないで」すなはち「すこしも添へくはへることなしに」といふ意味をあらはしうるゆゑ、原因が些細なのを強調することができ、かつ結果が重大な場合には、これによつて原因・結果間の軽重の対照を

一層あざやかに引きたたせることとなると考へられる。（一〇六頁）

マニマ（二）の用例に「原因・結果間の軽重」を対照するものが見られない以上、マニマ（二）の語義を根拠とするのはやや説得性に欠けよう。あるいはマニマ（二）にもそうした用法が存したとすれば、その場合は、因果の軽重ということがカラ（二）固有の語性であるとは言えなくなる。これらを突き詰めてゆくと、そもそも前件の原因の小ささということは、カラ（二）に起因するものというよりむしろ、直接には前件内の副詞要素（2「ただ」、3「はつはつ」）に由来するのではないかとも問える。

石垣の右のような説を承け、カラニは順接・逆接両方を担うのだという説が行われることもある。「だけなのに」と逆接で現代語訳する場合があるからである。けれども、そうした説も石垣論も、ともに、いまだ外面的な様相を観察的に記述したにすぎない。問題は、カラニに「だけで」「だけなのに」と訳せる語性を見いだしうるとした場合に、何が理由でそうした意味が看取されるようになるのか、カラの原義からどのようにしてそこへ連続するのかという、言語内的な要因を求めることだろう。これが前節（イ）に示した、本稿の課題の一つとなる。

さて、石垣は論を進め、カラニの通時的な変遷に言及する。たとえば次のような古今集の例、

4　秋をおきて時こそありけれ菊の花うつろふからに色のまされば（古今5・二七九・平貞文）[2]

は、上代の例と同じようには解されない。こうした平安時代以降の用例を視野に入れ、石垣はカラニの通時的変化を次のように記述する。

上代和歌「ばつかりで」と解すべきもの（第一類・前掲例1～3を含む）

↓

平安和歌・文章語「と共に」と解すべきもの（第二類・前掲例4を含む）

↓

平安口頭語「ゆゑに」と解すべきもの（第三類）
↓
鎌倉口頭語「だからとても」と解すべきもの（第四類・逆接）

この整理は、精密な用例検討によって時代別・文体別のカラニの意味傾向を指摘した点で、その後の研究に少なからず影響を与えた。確かに用例に訳語を与えてゆけば、この整理がカラニの意味変化を言い得ていることが納得される。しかしながら、石垣はこうした分類を施すことで、上代のカラニと平安以降のカラニとの間に、乗り越えがたい断絶を与えてしまったとも言える。本来これらの意味の変動は、カラの原義を淵源にその変化を跡付けられるものでなくてはならない。先に上代の例が逆接で解されることを述べたが、そうして「第四類」の逆接的意味は、すでに上代のカラニの中にその萌芽を内包しているはずだと言ってよい。したがって、石垣が提示したような意味変化は、通時的な変遷としてではなく、先ずは共時態における意味の拡がりの様相として捉え直されなくてはならない。それを時代別に見直したときに、一種の傾向が表面化してくるというだけのことであろう。これが本論の二つ目の課題、前節の（ロ）に相当する。

石垣がカラ（ニ）の原義として「ただただ…に随って」の意を与えた根拠は、いまだマニマ（ニ）との形式や機能における類似にすぎなかった。したがって次には当然、カラという語そのものに定義を与えるために、それを語源的に遡って考察し、あるいはその語構成を論じるような試みが要請される。大野（一九五三）[3]と阪倉（一九六六）の論は、その実践として位置づけられる。

大野は、成実論天長点において「如黒白牛自不相繫俱以縄繫」の「自」字が「コロ止」と訓まれていることを根拠に、奈良平安時代にはコロという語が行われ、「自然」「自分独り」の意であったことを説く。萬葉集の「…波の音の　繁き浜辺を　しきたへの　枕になして　荒床に　ころ伏す「自伏」君が　家知らば　行きても告げむ…」（2・二二〇・人麻呂・傍線部大野訓）もその一例とされる。甲類オ列音の連続は考えにくいから、コ・ロはオ列乙類であって、ア列音との母音交替が想定できる。ゆえにカラ（二）は「自然の成り行きで」「自然に」の意に発すると考えられ、それはすなわちウカラ（族）、ヤカラ（親族）、ハラカラ（同胞）における「自然の血のつながり」を表す体言カラであったとして説明される。

この論を承け阪倉は、カラを情態性の接尾語カ・ラの複合と捉え、マの複合形ママにその類比を見る。ゆえにカラ（二）は「…の情態において」を原義とし、体言として単独の場合のカラはその情態的性格ゆえ、ものの「本質的なありさま」を意味するものと考えられる。[4] これは大野の指摘と矛盾しない形で、カラの語構成から原義を推す論だといってよい。オノヅカラ、ミヅカラのカラにも「…そのものによって（直接に）」の意があるところに、阪倉はカラの原義の残存を捉えている。

これら二つの論はカラ（二）の研究史の中で、石垣論の妥当性を一層補強するように働いた。

二　上代のカラ（二）の諸相

萬葉集においてカラは体言であると見られるが、それがニを分出した場合には形式副詞的にはたらき、[5] 単独で用いられた場合は格助詞に近い性質を帯びる。いま、カラ単独での用例も視野に入れながら検討する。[6]

時間的な意味変化の過程としてではなく、萬葉の共時態における論理的な展開過程として、カラ（二）の意味・用法に応じて【用例群A】～【用例群D】の四つの段階を想定する。そしてさらに【用例群B】を、先後関係を抜きにした形式の異なりとして【用例群B1】・【用例群B2】の二つに分かつ。

【用例群A】

5　恋草を力車に七車積みて恋ふらく我が心から［柄］（4・六九四・広河女王[7]）

6　世間の常の理かくさまになり来にけらし据ゑし種から［可良］（15・三七六一・宅守）
7　豈もあらぬ己が身のから［柄］人の子の言も尽くさじ我も寄りなむ（16・三七九九・作者未詳）
8　我が母の袖もち撫でて我がからに［可良尓］泣きし心を忘らえぬかも（20・四三五六・防人歌）

これらは、カラの前句――カラに上接する体言や連体修飾部を、いま価値的に前句と一括してよぶ――が後句の理由を示す構文である。それはカラが、その自然的な情態に随うということを原義として残しつつ、辞的に作用して因果関係の表現をなしたものといえる。「我が心から」は一種の類型的表現であるが、5の場合は、こんなふうに重い恋をするのも、ほかでもない私の心そのものによって発してくる感情なのだと詠う。6は宅守自身の配流を「据ゑし種から」、いわば自業自得による必然的なものと詠み、7は、娘子らが翁の意のままになることを申し出る場面にあって、特に取り柄もない自分であるから、そういう自分の性格に随って、言葉を尽くさずそのままに靡きましょうと詠み掛ける。これら、ニを分出しない5〜7の例は、前句事物の本来的性格が必然的に実現・帰結するという表現をなしている。菊澤（一九三八）や阪倉（一九六六）が「本然」「本質」などの用語で表現しようとしたのは、カラのこうした語性であったのだろう。

8はニを伴う形であるが、それまでの用例に連絡する。母が私ゆえに泣いてくれた、それを、「こんな取るに足りない俺のことなんかで」と解して理由の軽さを強調する説もあるけれど、自分に対する過小評価ということと、防人歌における親子の別離とは無縁であろう。「我」は母から見れば会えなくなる息子であるのだから、そういう「我」への思いの自然な帰結として、涙を流して悲しみに暮れたのだと解して必要十分である。したがってこの歌も含めて【用例群A】と呼び、前句内容の当然の帰結として後句事態が随伴する点に、その特徴を見るべきであると考える。[8]

この【用例群A】にもう一つ、解釈の難しいものだが、日本書紀歌謡の一例を加えておきたい。

9　君が目の恋しきからに［舸羅儞］泊てて居てかくや恋ひむも君が目を欲り（斉明紀歌謡・一二三）

吉野（一九九一a）が詳説するように、第一・二句と結句が同義的に第四句へと係り、「（母斉明帝の遺骸と）同じ所に船を泊てていながら、こんなにも恋しく思われるのは、あなたにお逢いしたいと願うからでしょうか(9)」と解することができる。ここで、同じ所にいながら君を恋うという事態は「君が目の恋しき」という心理の必然的な帰結であり、5〜8諸例との共通を考えてよい。

【用例群B1】

10　初春の初子の今日の玉箒手に取るからに［可良尓］揺らく玉の緒（20・四四九三・家持）

11　白たへの袖をはつはつ見しからに［柄］かかる恋をも我はするかも（11・二四一一・人麻呂歌集）

12　明日よりは継ぎて聞こえむほととぎす一夜のからに［可良尓］恋ひ渡るかも（18・四〇六九・能登乙美）

これら三例は、一首の文としての述べ方として、述定的な言い切りが抑止されている。すなわち10は体言終止の喚体、11・12は山田孝雄の所謂「擬喚述法」（用言喚体）の文である。喚体――ここでは中でも感動喚体――の文は主述的な判断構造の表出を拒絶し、それを体言への装定という形式に構成せしむることで、感動を表現しようとするところに特徴を見るべきだろう(10)。したがって10〜12の文を図式的に示せば、次のように示すことができる。

10　［手に取るからに揺らく玉の緒］（よ！）

11　［…はつはつ見しからにかかる恋をも我はする］かも

12　［…一夜のからに恋ひ渡る］かも

このとき、前句事態から後句事態への随伴的連続という点は【用例群A】の諸例と通底する。けれども前後句の関係における必然性は稀薄であり、むしろそれが偶然的に連続したことが、喚体という文の性質によって保証されているのではないか。10における「玉の緒」は、「手に取」れば当然「揺らく」ものだとは考えられていない。「手に取る」という動作によって意外にも「揺らく」ことになったという、その偶然的帰結への感嘆や驚きが、喚体文ということによって示される。それを解釈者の立場から読み替えれば、「手に取っただけで」「手に取っただけなのに」という解が、結果的に可能になるのである。

（まあ）［手に取るままに、それによって揺らぐ玉の緒］（よ！）

→ちょっと手に取っただけなのに揺らぐ玉の緒だよ！

11・12のカモ喚体も同じように説明されるだろう。そこに、体言終止には見られなかった疑問的意味が看取されてもよい。袖をほのかに見たことによって「かかる恋」をしてしまったことへの驚き、あと一夜のためだけにこれほどに恋しく思っていることへの感嘆の述べ方が、結果的に「袖をちらりと見ただけで」「一夜のことだけなのに」という解釈を可能にしている。【用例群B1】と一括した以上の例は、前句内容からは予想されない事態が偶然的に随伴することを述べており、その驚きが喚体という文形式の選択に実現しているといえる。このときカラニ個別で見れば、前後の意味関係は順接の範疇に入るけれど、文レベルで見れば逆接での現代語訳が可能になってしまう。

これに類するものとして、次の疑問文の例を含めておきたい。

13　道の辺の草深百合の花笑みに笑まししからに［柄二］妻と言ふべしや（7・一二五七・古歌集）

［…笑まししからに妻と言ふ］べしや

これは男の自問自答の歌か、女から男への呼びかけの歌か定めかねるけれども（伊藤博『釈注』ほか）、それをいったん措いても、図式で［　］とした部分は「…微笑みかけたことを理由に妻と言う」の意であって、それはよいのかという疑問作用によって断定が留保されたときに「微笑みかけただけなのに、妻と言ってよいか」と捉え直される。

［微笑みかけたことを理由に妻と言う］のはよいか？

↓微笑みかけただけなのに妻と言ってよいのか？

こうした理解を一般化するならば、形態的には後句末の辞的要素（あるいは体言終止という形式）、価値としては文全体を統べる述べ方の様相が、接続表現の個別本来的な意味を変更する要因として働くのだといえる。カラという語それ自体の、単純な意味論的問題意識を超えて、文のシンタクスというレベルで接続法を考えようとするところに、この見方は発する。


【用例群B2】

14　ただ一夜隔てしからに［可良尓］あらたまの月か経ぬると心惑ひぬ（4・六三八・湯原王）
15　はしきよしかくのみからに［可良尓］慕ひ来し妹が心のすべもすべなさ（5・七九六・憶良）
16　故郷は遠くもあらず一重山越ゆるがからに［可良尓］思ひそ我がせし（6・一〇三八・高丘河内）
17　…一夜のみ　寝たりしからに［柄二］　峰の上の　桜の花は　瀧の瀬ゆ　散らひて流る…（9・一七五一・虫麻呂）
18　語り継ぐからにも［可良仁文］ここだ恋しきを直目に見けむ古壮士（9・一八〇三・福麻呂歌集）

これらの例も【用例群B1】と同様、後句に意外的事態が帰結している表現である。14では「ただ一夜隔てし」ことを理由に、「あらたまの月か経ぬる」と予想外の錯覚をして「心惑」っている。15は「かく」が旅人の妻の死を指すが、そうとわかっていれば初めから筑紫国まで「慕ひ来」ることはなかっただろうことを考慮し、現実には慕って来られしまったことを「すべなさ」と言っている。(11) 16・17もこれらと同様に考えることができ、関係性の質は【用例群B1】と通底する。

けれど14～18は喚体文ではなく、後句述語において述定的に陳述をなしている（15において文全体は喚体であるが、「かくのみからに」は「慕ひ来し」に係ると考えられるため、喚体とカラニの意味とは直接には交渉しない）。中には係結句によって強い陳述作用が働いているものもある。ただ、前句に限定副詞性の語「ただ」「のみ」「一夜」「一重（山）」を含んだり、18のようにカラニが直後にモを伴い「まして…」に当たる句へ続いたりすることで、「（たった）…というだけのことで」と解されることが担保されている。こうして【用例群B2】は、前句からは容易に予想されない事態が後句に帰結するという点で【用例群B1】と共通しつつ、その意外性ということが文全体の形式ではなく、前句の副詞的要素によって標示されているものである。

【用例群C】

19　道に逢ひて笑まししからに［柄尓］降る雪の消なば消ぬがに恋ふと言ふ我妹（4・六二四・聖武）

20　人間守り葦垣越しに我妹子を相見しからに［柄二］言そさだ多き（11・二五七六・作者未詳）

21　己がををおほにな思ひそ庭に立ち笑ますがからに［可良尓］駒に逢ふものを（14・三五三五・東歌）

これらの例は、カラニの外部に後句の意外性を表現する形式をもたない。前後句の関係は【用例群B】に通じるものの、これまで喚体形式やとりたて詞が担っていた役割をも、カラニそのものが全面的に引き受けていると見てよい。すなわちカラニ自体が、後句が前句の偶然的帰結としてあること、そしてそれが意外な驚きを含むものであることを意味として付帯するようになった点で、【用例群B】からのさらなる展開が考えられてよい。こう考える限りにおいて19～21は、現代語に訳せばこれまでの例と同様に、「ちょっと道すがら微笑みなさっただけなのに」「葦垣越しにちょっと見ただけなのに」「庭でちょっとお笑いになっただけで」のように解釈されることを許されよう[12]。

【用例群D】

22 道遠み来じとは知れるものからに［物可良尓］然ぞ待つらむ君が目を欲り（4・七六六・藤原郎女）

23 見渡せば近きものから［物可良］岩隠りかがよふ玉を取らずは止まじ（6・九五一・笠金村歌集）

24 玉かづら絶えぬものから［物可良］さ寝らくは年の渡りにただ一夜のみ（10・二〇七八・作者未詳）

25 相見ては面隠さるるものからに［物柄尓］継ぎて見まくの欲しき君かも（11・二五五四・作者未詳）

26 唐衣裾のうちかひ逢はなへば寝なへのからに［可良尓］言痛かりつも（14・三四八二或本歌）

27 一嶺ろに言はるものから［毛能可良］青嶺ろにいさよふ雲の寄そり妻はも（14・三五一二・東歌）

28 …都をも　ここも同じと　心には　思ふものから［毛能可良］　語り放け　見放くる人目　ともしみと
思ひし繁し…（19・四一五四・家持）

前句の内容から当然帰結するであろう事態は、後句において実現せず、それに反する事態が現実化する。一般に逆接と称される関係であろう。注意を要するのは、東歌の或本歌一例を除いてはモノカラの形式をとることである[13]。いま形式名詞モノがカラに接していると見るにしても、それは【用例群A】にあった「据ゑし種から」のような「実質名詞＋カラ」とは質を異にする。「種を据う」という述定形《ネクサス》を装定形《ジャンクション》に構成したものが「据ゑし種から」の表現であって、この場合「据ゑし」が述語性を担っていると考えてよい。けれどたとえば「知れるものからに」（例22）の場合、「知れる」と「もの」の間に逆述語的な構造は存しない。この場合のモノは「主語は…なものだ」という場合のそれであって、むしろモノが述語的である。したがって、前句内容をそこに述定的に統べるようにしてモノが働き、カラは後句への接続を分担として負う。ここにおいてモノカラは接続助詞であり、その前句・後句は、モノという一種の述定を介すことで分節される。その分節ということは、たとえば25のカモ喚体を分析するとき、もはやカモが前句までをその作用域に含んでいるとは解しえないことに表れる。

×［相見ては面隠さるるものからに継ぎて見まくの欲しき君］かも

○【相見ては面隠さるる】ものからに【［継ぎて見まくの欲しき君］かも】
用言修飾ということを副詞の一特徴として見るなら、ここでカラ（二）単独の場合の副詞性は後退している。モノカラ（二）が担っているのは後続の用言（たとえば「見まくの欲しき」）への修飾ではなく、むしろ句レベルとして、後句そのものへの接続である。そこでは同時的に、前句をいったん自律的な句として統一することもなされなくてはならない。

このようにしてカラがモノカラの形式を志向したことは、接続助詞としての方向へ、語の安定を図ったプロセスであろう。接続助詞とはもとより、文において句と句の関係づけをなすものである。個別で見れば順接的で、文として見れば逆接に解せるといったように順逆のはざまを揺れていたカラ（二）は、ここにおいて個別語義の維持よりも文としてのシンタクスのもとで安定を求め、モノカラの形式を選択することで、逆接の接続助詞としての用法を獲得したのだといえるだろう。

こうして【用例群A】から【用例群D】へ至る展開は、次のように素描されるであろう。

【用例群A】前句事態の本来的性格を理由とする事態が必当然的に実現・帰結する（原義）

↓（述定が抑止された文での働きや、とりたて詞と共起しての働きを得る）

【用例群B】前句事態からは容易に予想されない事態が偶然的に実現・帰結する

その意味はカラ（二）の外部の、文形式やとりたて詞によって担保される

↓

【用例群C】前句事態からは容易に予想されない事態が偶然的に実現・帰結する

その意味はカラ（二）そのものが担う

←（個別語義の一貫性よりも、文レベルでのシンタクスのもとで安定を求める）
【用例群D】前句事態から当然帰結すべき事態に反する事態が実現・帰結する　＝逆接

三　平安時代のカラ（二）へ

古今集においてカラ（二）は次のように現れてくる。

29 吹くからに秋の草木のしほるればむべ山風を嵐といふらむ（5・二四九・文屋康秀）
30 秋をおきて時こそありけれ菊の花移ろふからに色のまされば（5・二七九・平貞文）
31 惜しむから恋しきものを白雲の立ちなむのちは何心地せむ（8・三七一・紀貫之）
32 明けぬとて今はの心つくからになど言ひ知らぬ思ひ添ふらむ（13・六三八・藤原国経）

代表的な四例を掲げたまでであるが、[14] 場面によって訳出に小差こそあれ、これらがカラの原義に近い用法であること疑いない。『あゆひ抄』はこうした例をいち早く「ヨリハヤ」「トイフトハヤ」と解した。まさしくマ（二）マ（二）に親近する意味であって、前句事態によって自然的・即時的に後句事態が連続することを示す。

29 風が吹くとそれにしたがってすぐに秋の草木がしおれる
30 移ろうにつれて美しさが増してきた
31 惜しむやいなやすぐに恋しい気持ちになる
32 もうお別れという気持ちになると、それにしたがって言葉にできない気持ちが重なる[15]

こうした用法は歌物語や源氏物語にも見られ、平安朝和歌におけるカラニの主流をなしたと同時に、散文においてもスタンダードな用法となった。

33　世をうみのあまとし人を見るからにめくはせよとも頼まるるかな（伊勢物語・一〇四）
34　鹿の音はいくらばかりの紅ぞふり出づるからに山のそむらん（大和物語・一二七）
35　見るからに、御心騒ぎのいとどまされば、言少なにて、（源氏物語・浮舟）[16]
一方、モノカラの形式は萬葉以来逆接のままに生き続ける。和歌に限らず、モノカラはとりわけ源氏物語の散文中に多用され、37のような用法が主流となる。
36　待つひとにあらぬものから初雁のけさ鳴く声のめづらしきかな（古今4・二〇六・在原元方）
37　月は有明にて、光をさまれるものから、影さやかに見えて（源氏・帚木）
けれども、モノを介在せずカラ（ニ）単独で逆接的に働く例は暫く見えなくなる。源氏物語の中にわずかに二例、一般に逆接と解されうるカラニがあるのだが、これには次に述べる特別な事情がある。
38　「…などかは女といはむからに、世にあることの公私につけて、むげに知らずいたらずしもあらむ。…」（帚木）
39　など帝の皇子ならんからに、見ん人さへかたほならずものほめがちなる（夕顔）
反語文であることに注意を要する。「などかは…む」（例38）、「など…」（例39）という反語の述べ方を抜きにすれば、カラニは理由・帰結の構文を形成する（A）けれども、そうではないという反語を介在させて捉え返せば、接続は逆接関係をなす（B）[17]。
（A）・女なのだから、世にあることの公私につけて、至らないところがある
・帝の皇子であるから、見る人までも物誉めがちである
（B）・［女なのだから、世にあることの公私につけて、至らないところがある］のはよくない
→女だからといって、至らないところがあるのはいけない

・［帝の皇子であるから、見る人までも物誉めがちである］のはよくない
↓帝の皇子だからといって、あまりに誉めるのはいけない

これもまた、萬葉で見た例と同様に、文の述べ方が内部の接続を変更する例である。院政期から鎌倉初期にかけて、カラニによる逆接が散見されるのは、この延長だろう。

40「きやつ、たしかに召し籠めて勘当せよ。神官といはむからに、国中にはらまれていかに奇怪をばいたす」（宇治拾遺・三・伏見修理大夫俊綱の事）

41 手に赤くものつきたれば、げに血なりけりと思ひて、さらんからにけしうはあらじ、引きたててゆかんとて（古今著聞集・十二・弓取の法師が臆病の事[18]）

40は「あいつは神官とはいうものの、この国に生まれてなんと不届きなことをしている」の意、41は「血であっても大したことではないだろう」くらいの解釈が妥当だろう。かくして、モノカラの形式は萬葉からの連続で逆接として残り続けるものの、カラ（二）単独で逆接に近い意味を表す用法はいったん失われ、上代とは別経路を辿って新たに逆接へと連続するということが考えられなくてはならない。

四　補　説

四・一　文の述べ方が接続関係を変更する類例

木下（一九七二）が、詠みづめのナクニが逆接から順接へ転ずる「ナクニのどんでん返し」を記述している。いま、それに随って萬葉集の用例を並べておこう（便宜的に①〜④の番号を付した）。

①妹が見しやどに花咲き時は経ぬ我が泣く涙いまだ干なくに（3・四六九）…逆接
←

②いかにして忘るるものそ我妹子に恋は増されど忘らえなくに（11・二五九七）…疑問文 ←

③なにせむに命をもとな長く欲りせむ　生けれども我が思ふ妹にやすく逢はなくに（11・二三五八）
我が背子は物な思ひそ事しあらば火にも水にも我がなけなくに（4・五〇六）…反語・禁止文 ←

④月読の光に来ませあしひきの山きへなりて遠からなくに（4・六七〇）
ちはやぶる神の社に我が掛けし幣は賜らむ妹に逢はなくに（4・五五八）…順接

①はナクニの本義としての逆接である。②においてそれが疑問文の中で、あるいは③のように反語・禁止文の中で用いられると、文の述べ方を留保してナクニ個別的に見た場合は逆接であるけれど、文全体のレベルで見たときには順接で解釈できるという揺らぎが生じる。(19) さらにその果てに、④のような完全な順接関係をなす例を位置づけることができる。これは、現代語に訳せば「…だから」と訳さなくては意味を解しえない。

疑問あるいは反語・禁止のような文全体の述べ方が、前後句の関係を変えるという現象は、この論によっても傍証される。けれどもここで木下が、こうした現象の根拠を「ことさらに勝手悪く続けて聞き手にパズルを投げかけ、それを判じさせることによって自分の複雑な心理を汲み取らせようとする」、「いかにも腹芸好きの日本人らしい表現」ということに求めたのは、首肯しがたい。こうした順逆の変更は、表現の次元でなされるものではないだろう。それは文レベルでの統語的な問題であって、あくまで文法的に考察されるべきものである。

四・二　ユヱ（二）との相違

カラ（二）を論じて、類義のユヱ（二）に触れないわけにはゆかないから、見通しとして本稿の立場を明らかにしておく。カラ（二）とユヱ（二）の形態的な相違として、前者は活用語連体形や格助詞ガを承けやすいが、後者は体言に直接する用法が中心である。またユヱには、理由という意の単独名詞の用例が存する。

ユヱ（二）もカラ（二）と同様に逆接的な意味に用いられることがある。

42　はしきやし吹かぬ風故［故］玉くしげ開けてさ寝にし我そ悔しき（11・二六七八・作者未詳）

寄物陳思で、「吹かぬ風」は訪ねてこない男を譬える。ここでのユヱが「…なのに」と解される所以は、カラ二の場合のそれとはやや異なる。42においてユヱに接する体言（風）は、それ自身主語として、連体修飾語（吹かぬ）に逆述語としての述語的陳述を含ませている。すなわち「吹かぬ風」は、「風が吹かない」という主述で表されるべき事態を、形式として装定形で「吹かぬ風」と言ったという違いにとどまる。したがって結果論的に全体を捉え返せば、「風が吹かない、それなのに」と解されてしまう。

けれどもあくまで形式を墨守するなら、吹かない風のために、すなわち訪れても来なかった男のために、そんな後から思えば理由にもならなかったことを理由に、戸を開けて寝た自分が悔やまれると詠まれている。逆接は、「風」への連体修飾を述語的陳述として文全体を把握し直す――すなわち形式よりも、むしろ表現された事態そのものの内容に即して解そうとする――解釈者の営為の産物としてあるにすぎない。

43　あからひく色妙の児をしば見れば人妻故に［故］我恋ひぬべし（10・一九九九・人麻呂歌集）

七夕歌である。この場合も「人妻なる織女故に」と考えれば、織女が理由で恋してしまうという原義的関係は現にある。その織女の性質を逆述語的に抽出したのが「人妻」であって、「人妻なる」ということそのものに述語性を見たとき、「人妻であるのに」という解が生まれる。

したがってユヱ（二）が逆接的になるのは、それが体言に直接するという形態上、連体修飾句が述語的な作用を帯びることに由来する。カラ（二）の場合とは事情が異なっている。

むすび

カラ（二）の語義が、個別的な原義と文のシンタクスとの相剋によって変容・展開してゆく過程を見た。注意してよいのは、上代の【用例群Ｂ】に示されたような過渡的用法において、語レベルでは理由・帰結関係を維持しつつも、文全体の再解釈によって逆接的な意味が析出されることがあり得た点であろう。それは、通用の順接・逆接という分類が、一事態の把握のしかたの異なりにすぎないものとして相対化されうることを示唆している。その意味でカラ（二）は、巨視的に見れば、我々が順接として把握する関係と、逆接と見なす関係との両者をともに含み込んで、事態甲が事態乙へと帰結してゆくさまを広く表現することのできる語法であったといえるのではないだろうか。

個別の接続表現を考えるうえで、それを用法別に分類して意味の異なりを見る過程は確かに必要だけれども、それは意味が展開してゆく言語内的動因を不問にしている点で、いまだ外面的な記述にとどまることを免れない。語義の展相ということを、その背後に働く文法的要因を踏まえて構文論的に考察することで、観察的な枠組みを相対化する言語そのもののありようを明らかにすることができる。

順逆という二分的把握を超えて意味の拡がりを見せるカラ（二）の姿は、そうした考察の意義を、我々に開いてみせるであろう。

注

（１）萬葉集の引用は、佐竹昭広・木下正俊・小島憲之校注『萬葉集』（塙書房）による。
（２）古今和歌集の引用は新編日本古典文学全集（小学館）によった。以下同じ。
（３）大野（一九五三）は石垣（一九五五）よりも発表年が早いが、第七回国語学会公開講演会（一九四七年三月、東京大学にて）の石垣の講演に着想を得て執筆されている。したがって大野論は既に石垣（一九五五）の趣旨を踏まえており、研究史上の位置は石垣論より後と考えられるべきである。

（4）これに類似の指摘として、菊澤（一九三八）に「ものの本然の性質」を表すとする記述が既にある。

（5）山田孝雄は、たとえばゴト・ママ・カラのように、実質副詞のような独立的観念をもつことなく、観念を「補充」されることで実質副詞と同様にはたらく、そうした形式的な副詞性をもつものを「形式副詞」と称した（『日本文法論』）。その考察は森重（一九五九）、内田（一九七五）に詳しい。カラ（二）においては、それが形式副詞でありながら、接続的に働いてもいることに注意を要する。

（6）萬葉集の用例の中には、「故」の用字でカラと訓むかユヱと訓むかで訓が揺れている用例がある（たとえば2・一五七に見られる「かくのみ故尓」など）。今回こうした例は除外して考察し、カラと訓むことが明白であるものに限った。

（7）「我（己）が心から」はその他五例存する。7・一三〇五、9・一七四一、12・二九八三、12・三〇二五、13・三二七一。

（8）カラを「随伴」と特徴づけるのは山口（一九八〇）の用語である。

（9）吉野（一九九一ｂ）に掲載の訳文を引用した。なお、斉明紀歌謡の引用は新編古典文学全集（小学館）によった。

（10）川端（一九六三）、および日本語文法学会編『日本語文法事典』（大修館書店・二〇一四年）の「喚体と述体2」の項（川端善明執筆）を参照。

（11）旅人の妻の死という事態を、石垣説の適用によって「軽い原因」と言い切れるかどうかが長く問題とされてきた。けれども素材の質を言語外的な尺度でもって測ろうとすることを、本稿は肯定しない。確かに現代語に訳せば「…だけで」と解しうるが、それは言語そのものの文法的要因によるものである。ある事態に対して絶対的な価値の軽重を論じることは、言語内の問題を素材自体の問題にすり替えてしまうことになる。

（12）このうち19・21は解釈が一定しない歌である。19は聖武が酒人女王（穂積皇子の孫女）を想って詠んだ作品で、現行諸注では多く、「恋ふ」までを相手の歌の鸚鵡返しとしてそのまま引用した一種の戯笑歌と解される。けれども天皇が女王を思慕した相聞歌として、からかい半分の鸚鵡返しとしては違和感が残る。「笑ましし」を天皇の自敬と解し、ちょっと微笑んであげただけで、こんなにも恋慕してくれる、かわいいあの人、と取るのがよかろう。21は東歌だが、森重が『萬葉集栞抄』（和泉書院・一九九八年）において論じ、「を」を「戚」と取り、「私には内の人らの〔付いてゐる〕ことを、あなた、浮かうかと思はないでくださいよ、〔あなたが馬で来て〕庭に立って、私の方に笑顔を向けなさる、といふだけで忽ち、〔親に発覚れてしまって、逢ふどころか〕そのまま引き返すの憂き目に遭ふといふことが実際よくありうるのですから」と解する。いずれにせよ「…しただけで」「…だけなのに」と解するのが適切な例といえる。

(13) モノカラに関する議論は内田（一九八一・一九八二）を特に参照した。

(14) 他の例を歌番号のみ記す。4・一八五、7・三四八、7・三六〇、10・四二九、14・七一八。解釈は本文に掲げた四例と大差ない。

(15) これら古今和歌集の現代語訳はすべて私解である。

(16)『伊勢物語』『大和物語』『源氏物語』はすべて新編日本古典文学全集（小学館）による。以下同様。

(17) 石垣もこれに関しては本稿と同様の図式で説いている。

(18)『宇治拾遺物語』の本文は新編日本古典文学全集（小学館）により、『古今著聞集』は日本古典文学大系（岩波書店）によった。

(19) 木下は②に、詠嘆の文の例として次の歌を含めていた。

苦しくも降り来る雨か三輪の崎狭野の渡りに家もあらなくに（3・二六五）

けれどもこのナクニを順接的に解せるのは、喚体という文構造によるよりもむしろ、「苦しくも」が「降り来る雨」に対して逆述語の関係にあることに由来する（四・二に関説した）。生憎降ってきた雨ということを、雨が降るとは生憎だとして述定的に解釈し直すことで、「家もないのだから」と順接に解する余地が生まれる。したがってこの例において詠嘆ということは直接には接続法に関係しない。したがって本文の挙例からは除外した。その他の木下の挙例について、簡略に図式しておく。

②どうやって〔忘れられないのに忘れるものなの〕か
→どうしても忘れられないのだから、どう忘れるものかわからない

③何のために〔簡単に逢えそうもないのに長生きを望む〕か
→簡単に逢えそうもないのだから、長生きを望む理由はない

〔私が離れることはないのに、思い悩む〕なんてやめてください
→私が離れることはないのだから、思い悩まないでください

（引用及び参照文献）

石垣謙二（一九五五）「助詞「から」の通時的考察」『助詞の歴史的研究』（岩波書店）所収
内田賢徳（一九七五）「形式副詞——副詞句の形相——」『国語国文』四四・一二
——（一九八一）「よみづめの「もの」」『帝塚山学院大学研究論集』一六
——（一九八二）「準用語の史的展開」『講座日本語学2　文法史』明治書院
大野　晋（一九五一）「奈良朝語訓釈断片——訓点語の利用による——」関西大学『国文学』五
——（一九五三）「「カラ」と「カラニ」の古い意味について」『言語民族論叢』三省堂
川端善明（一九五八）「接続と修飾——「連用」についての序説——」『国語国文』二七・五
——（一九六三）「喚体と述体——係助詞と助動詞とその層——」『女子大国文　国文篇』（大阪女子大）一五
菊澤季生（一九三八）「古代に於ける「ため・ゆゑ・から」」『文学』六・五
木下正俊（一九七二）『万葉集語法の研究』塙書房
阪倉篤義（一九六六）『語構成の研究』角川書店
田口庸一（一九五九）「『ものから』の研究」『国文学解釈と教材の研究』四・九
橘　純一（一九二八）「「ゆゑ」の古用について」『国語と国文学』五・一一
千葉一子（一九九七）「万葉和歌の「からに」について」『国語と国文学』七四・一〇
馬　紹華（二〇一四）「古代語「ものゆゑ」と「ものから」の意味変化について」『日本語学論集』一〇
森重　敏（一九五九）『日本文法通論』風間書房
——（一九六五）『日本文法——主語と述語——』武蔵野書院
山口明穂（一九六七）「ものから」『国文学解釈と教材の研究』一二・二
山口堯二（一九八〇）『古代接続法の研究』明治書院
吉野政治（一九九一ａ）「君が目の恋しきからに——萬葉以前の用言を受けるカラニについて——」『同志社国文学』三四
——（一九九一ｂ）「上代のタメ・ユヱ・カラの使い分けについて」『萬葉』一三九
——（一九九三）「逆接用法モノユヱ（二）成立私案」『同志社女子大学学術研究年報』四四・四

上代文献から見る仮名「部《へ・べ》」の成立

――『万葉集』の「部」の用法を中心に――

李　敬美

一　はじめに

『万葉集』において「部」は様々な用法で用いられている。[1] 万葉歌中に「部」は八八例存在し（【表1】を参照）、その中の五六例が「へ（べ）」[2]、十二例が「フ」の表記に使われている。[3]

まず、「フ」と訓む「部」の十二例を見ると、「物部乃《もののふの》　八十伴の緒と」（④五四三）・「物部能《もののふの》　八十宇治川の」（③二六四）のように、「もののふ」の表記に使われている例が十一例（中、六例が枕詞）を占める。これらの例と、

〜豊の宴　見す今日の日は　毛能乃布能《もののふの》　八十伴の緒の　島山に　赤る橘〜（⑲四二六六）

などの仮名書きの例を照らし合わせて考えると、「部」が音「フ」をあらわすのに用いられていたことは間違いない。[4] さらに、前掲の④五四三の例を含む「もののふ」の表記に用いられている「部」は、『篆隷万象名義』に記される、

【表1】　万葉歌中の「部」の用例数

用例数	訓	
15	アマ	その他
2	ハフリ	
1	カムヌシ	
18	小計	
12	フ	
56	へ・べ	
2	難訓句	
88	合計	

部　蒲後反署也伍也位也／判分也（巻第六・四九ウ）

という「部」の音と意味を参考にすると、音「フ」をあらわす表音機能とともに、宮廷に仕える部族をあらわす表意機能も果たしていると考えられる。

残る一例、

～枕づく　つま屋の内に　鳥座結ひ　据ゑてそ我が飼ふ　真《ま》白《しら》部《ふ》乃《の》多《た》可《か》（⑲四一五四）

も、それが二つ以上の色が縦や横に部分けされているものをあらわすことば「ふ」の表記に用いられている例として考えられるだろうから、「物部」の「部」と同様に表音・表意機能をともに有していると理解することも不可能ではなかろう。[5]

これらの「フ」の表記に用いられている「部」は一般的な正訓字とは異なって、表意と表音の役割をともに果たしていると考えられるが、用例数が少なく、さらに「もののふ」・「ましらふ」のことばの表記にのみ使用されているため、これ以上詳しく論じることはできまい。それ故、本稿では、集中用例数がもっとも多い「へ（べ）」をあらわす「部」の例を検討し、その使用状況をもって字音語「へ（べ）」（部）の和語化、そしてそれによって促された仮名「部《へ・べ》」の成立について述べることとする。さらに、上代韻文だけでなく、上代散文中の仮名「部」の例を拾うことで、「あへ（べ）」・「こそへ（べ）」という氏名の性格についてもあわせて考えてみたい。

二　上代韻文中の「部」

「へ（べ）」と訓む「部」の例中には、部民を意味することば「へ（べ）」（部）の表記に使用された次のような例が存在する。

～山のそき　野のそき見よと　伴部《とものへ》乎《を》　班ち遣はし　山彦の　応へむ極み～（⑥九七一）

～思ひ病む　我が身一つそ　ちはやぶる　神にもな負ほせ　占部《うらへ》座《すゑ》　亀もな焼きそ～（⑯三八一一）

卜部《うらへ》乎《を》毛《も》　八十の衢も　占問へど　君を相見む　たどき知らずも（⑯三八一二）

この三例は「三名部乃浦《みなべのうら》」（⑨一六六九）・「守部乃五十戸之《もりへのさとの》」（⑩二二五一）の地名を除いた、万葉歌中に部民をあらわすことば「へ（べ）」（部）の表記に漢字「部」が使用されている全例である（【表2】を参照）。このやまとの部民制度や部民をあらわすことば「へ（べ）」（部）に関しては様々な議論が行われているが、津田左右吉氏(6)の、

【表2】　音「へ（べ）」の表記に使用された万葉歌中の「部」の用例数

合計	地名	表音のみ	字音語	用法／巻
2	0	2	0	仮名主体表記歌巻
0	0	0	0	十九
54	2	49	3	訓字主体表記歌巻
56	2	51	3	合計

詳しくいふと、べは古い時代に百済人から伝へられた音であり、フは後になつてシナ人から学んだものではなからうか。

という論や、直木孝次郎氏(7)の、

この部民制の発展し整備されてゆく過程には、朝鮮を介して大陸の制度の影響がかなりあったに違いない。

という理解が今でも多くの支持をうけている。この通説に従うと、「へ（べ）」（部）は外国由来の字音語であり、その表記に用いられた「部」は表音機能と表意機能を同時に担っている用法として理解できる。

一方、漢字の意味は捨象され、音「へ（べ）」をあらわす役割のみを果たす、

～為部母奈久《すべもなく》　寒くしあれば～かくばかり　須部奈伎物能可《すべなきものか》　世間の道（⑤八九二）

～万代に　語都我部等《かたりつがへと》　始めてし　この九月の　過ぎまくを　いたもすべなみ　あらたまの　月の変はらば　将為須部乃《せむすべの》　たどきを知らに～（⑬三三二九）

> 我妹子に　恋ひて乱れば　久流部寸二《くるべきに》　掛けて搓らむと　我が恋ひそめし（④六四二）

のような例も集中に存在する。⑤八九二の第二例・⑬三三二九の第一例の「部」は「須○奈伎」・「都我○等」と、音仮名と音仮名の間に使われているため、前後の漢字と同じ音仮名と理解されるだろう。しかし、字音語「へ（べ）」（部）の表記に用いられている「部」を表音・表意の役割を同時に担っているものとして理解できるのなら、集中音「へ（べ）」をあらわすのみである「部」が訓仮名である可能性も存在する。実際、前掲の⑤八九二の第一例の「部」は、音仮名「母奈久《もなく》」へ続く音仮名と見ることができる一方、訓字「為《す》」に続く訓仮名と見ることも不可能ではない。前掲の「久流部寸二《くるべきに》」（④六四二）の「部」も、音仮名「久流《くる》」に続く音仮名とも、訓仮名あるいは訓仮名相当の「寸二《きに》」へ続く訓仮名とも見られ[8]、その判断は容易ではない。

藤井茂利氏[9]は、この表音機能のみを有する「部《へ・べ》」を、

> 百済の社会制度と共に日本に入ってきた「部《べ》」という語は集団名を言う時の接尾語として日本語化し、多用されていくことになった、と考えられる。～訓仮名として用いられているのも日本語化の現象である、と考えられる。

と、字音語「へ（べ）」（部）が和語化することによって成立した訓仮名相当の用法と把握している。犬飼隆氏[10]は、

> この略体字の使用は、当初、字音を借りた万葉仮名ではなく、字義をとって日本語の「へ」という語にあてた漢字の訓としての用法であった。頻用されるうちに「へ」という語ではなくへの発音そのものをあらわすように意識が変化し、万葉仮名として使われるようになる。

と、「部」の略体字の多用から最初訓字として使われていたものが音仮名のようなふるまいをするようになったと述べている。

こうした音「へ（べ）」をあらわす役割のみを果たす「部」の訓仮名性は、その集中の使用状況の分析からも

【表3】 万葉歌中の音仮名「敝」・「弊」と訓仮名「目」の用例数

目	弊	敝	漢字／巻
2	54	213	仮名主体表記歌巻
2	0	15	十九
136	3	11	訓字主体表記歌巻
140	57	239	合計

裏付けることができる。音「へ（べ）」をあらわす役割のみを果たす「部」は集中五一例存在するが、その中の四九例が訓字主体表記歌巻に使用されており、仮名主体表記歌巻には前掲の「すべ」の表記に使用されている⑤八九二の二例しか存在しない。このような使用状況は、同じく音「へ（べ）」をあらわす機能のみを有する「敝」・「弊」のそれとは対照的であり、音「メ」の表記に使われている訓仮名「目」の分布状況に類似する（【表3】を参照）。

また、音「へ（べ）」をあらわす機能のみを有する「部」が記紀風土記歌謡や記紀の訓注（以下、記紀風土記歌謡を歌謡、記紀の訓注を訓注とのみ記す）の表記に使用されていないという状況からも、それの非音仮名性は認められる。歌謡中の「部」は、

物部《もののふ》之《の》　我夫子《わがせこ》之《が》　取佩《とりはける》　於㆓大刀《たち》之《の》手上《たかみに》㆒〜（記一〇四）[11]

と、「もののふ」の表記に用いられている『古事記』歌謡中の一例のみであり、「へ（べ）」の表記には使用されていない。また、訓注中にも「カタブコ」の「ブ」の表記に音仮名として用いられている、

五月に、膳臣傾子を越に遣して、高麗使に饗へたまふ。【傾子、此云㆓舸拕部古㆒。】（欽明紀三十一年五月）

の例が確認できるのみである。歌謡と訓注中、音「へ（べ）」の表記に使用されている「部」の例は見当たらない。

つまり、「部《へ・べ》」は『万葉集』の仮名主体表記歌巻や歌謡・訓注など音仮名の使用の目立つ環境ではその使用が忌避される一方、『万葉集』の訓字主体表記歌巻に多用されていることから、一般的な音仮名ではなく、訓仮名に相当する用法であることが裏付けられる。そして、仮名主体表記歌巻である巻五の中に使われている「須部奈《すべな》」

技《き》」(⑤八九二)といった例は、前掲の犬飼隆氏が述べたように、訓仮名相当の「部《へ・べ》」が頻用されるうち音仮名のようなふるまいをするようになった例として把握できるのであろう。

拙稿(12)において、字音語「し」(師)の和語化によって、訓仮名相当であった「師」が音仮名のようなふるまいをするようになる、「仮名化」の階梯を『万葉集』に確認したことがあるが(【表4】を参照)、「部《へ・べ》」の使用状況もそれと類似する。すなわち、「師」と同様に、表音機能のみを有する「部《へ・べ》」は字音語「へ(べ)」(部)の和語化によって成立した、音仮名とも訓仮名ともいえない(あるいは両方ともいえる)「仮名」と把握せざるをえないのである。

【表4】 万葉歌中の仮名「師」の用例数

表音のみ	用法＼巻
8	仮名主体表記歌巻
0	十九
135	訓字主体表記歌巻
143	合計

三　上代散文中の「部」

以上、仮名「部」の成立について、万葉歌を中心とした上代韻文中の「部《へ・べ》」の例をもって、それが字音語「へ(べ)」(部)の和語化によるものであることをのべたが、上代散文中の「部」はどのようにふるまうだろうか。

散文中の漢字に関しては、音韻の復元が極めて困難であるため、その用法を判別することは基本的に不可能である。それは、

右の一首、身人部王(①六八左注)

是に、天皇、其の御子に因りて、鳥取部・鳥甘部・品遅部・大湯坐・若湯坐を定めき。(垂仁記)

是の日に、飾騎《かざりうま》七十五匹を遣して、唐客を海石榴市《つばきち》の衢《ちまた》に迎ふ。額田部連《むらじ》比羅夫《ひらぶ》、以ちて礼辞《ゐやのこと》を告す。(推古紀十六年八月)

のような、散文中の「部」(13)についても同様である。ただし、その中には、

神祇官伯一人。～神部三十人。卜部廿人。使部三十人。直丁二人。（養老令・職員令神祇官条）

～ちはやぶる　神にもな負ほせ　卜部《うらへ》座《すゑ》　亀もな焼きそ　恋しくに　痛き我が身そ～（⑯三八一一）

～壱岐の海人の　保都手乃《ほつての》宇良敝《うらへ》乎《を》　かた灼きて　行かむとするに～（⑮三六九四）

右一首、山部宿祢赤人作（⑥一〇〇一左注）

八年丙子夏六月、幸二于芳野離宮一之時、山辺宿祢赤人応レ詔作歌一首并短歌（⑥一〇〇五題詞）

のように、万葉歌中に仮名書きの例や、散文中に同一人名が別の漢字で表記されている例があるから、訓の確定できる「部」も存在する。これらの例に限っては、散文中の例であっても、音「へ（べ）」をあらわす「部」として、表音・表意機能をともに有する用法と見て差し支えなかろう。

一方、『日本書紀』の地の文中に見える、

三輪文屋君・舎人田目連と其の女、菟田諸石・伊勢阿部堅経、従へり。（皇極紀二年十一月）

の「部」の例は、「へ（べ）」をあらわす乙類の音仮名「倍」で表記されている次の、

中納言安倍広庭卿の歌一首（③三〇二題詞）

兄大彦命は、是阿倍臣・膳臣・阿閉臣・狭狭城山君・筑紫国造・越国造・伊賀臣、凡て七族が始祖なり。

（孝元紀七年二月）

ここに阿倍志彦の神、来り奪へど勝へずして還却りき。

（『逸文伊勢国風土記』・神宮文庫本『日本書紀私見聞』「神風伊勢ト云事」道祥本四丁表）

といった例を参考にすれば、音「へ（べ）」をあらわす役割のみを果たす仮名「部」の例と見られる（勿論、それが『日本書紀』の写本上の問題である可能性も無視できまい）。

さらに、皇極紀だけでなく、『続日本紀』中からも次のような仮名「部」の例を九例[14]見つけることができる。

従四位上阿部朝臣廣庭為宮内卿。（続紀霊亀元年五月二十二日）

これら皇極紀・『続日本紀』中の「あへ（べ）」氏の表記に用いられた「部」は、前掲の「卜部」・「山部」のそれと同じく、表音・表意の機能を同時に担う例として把握することもできようが、万葉記紀風土記中に「あへ（べ）」氏が「部」で表記されている例は皇極紀の一例のみであり、さらに、『国史大系』の『続日本紀』中、「部」で表記されている九例のほかは三六六例の「あへ（べ）」氏が音仮名「倍」で表記されていることを考えると、上代に「あへ（べ）」氏は音仮名「倍」で表記することが一般的であったといえるだろう。すなわち、皇極紀・『続日本紀』中の九例の「部」は「倍」と交換的に使用された「仮名」と見るべきなのである。

しかも、『国史大系』ではなく、『新日本古典文学大系　続日本紀』（岩波書店）の本文では、この霊亀元年五月の一例のほかはすべて音仮名「倍」で表記されている点を視野に入れると、霊亀元年五月の例を除く『国史大系　続日本紀』中の「部」の八例は、古写本に恵まれない『続日本紀』ならではの誤写として理解することさえできてしまうだろう。

とくに廣庭は、前掲の『万葉集』の題詞の例を含め、

従三位中納言兼催造宮長官安倍朝臣廣庭（『懐風藻』）

などのように『万葉集』・『懐風藻』にすべて音仮名「倍」で表記されている。『続日本紀』中にも、前掲の霊亀元年五月の例と、

以正四位下安部朝臣廣庭參議朝政。（続紀養老六年二月）

のほかは、

正五位下阿倍朝臣廣庭為伊豫守。（続紀和銅二年十一月二日）

を含む十二例がすべて音仮名「倍」で表記されているため、「阿（安）倍朝臣廣庭」の表記が一般的であったと

いって差し支えない。つまり、「あへ（べ）」氏の表記に「部」が用いられた皇極紀と『続日本紀』中の九例（あるいは一例）は、上代特殊仮名遣いの相違を乗り越えて音仮名「倍」のかわりに使用された異例として見るしかあるまい。

このように、「倍」のかわりに使用された仮名「部」の例はほかに、

／□人／□《阿部朝臣大野□（之カ）朝臣道□（守カ）／□□／□□《・与利目尓伎〈〉□六□／□義祖重動神□□□語解我□／□□／□□《／□万呂□道守臣人吉義糸□ □□（平城宮宮城南面西門〈若犬養門〉地区）

と、木簡にも見られる。また、「アへ（べ）」の例ではないが、平城宮出土木簡中に「コソへ（べ）」の表記に「部」が使われている、

池○／○池○□／許曽部許家池池《・池○池池／○根○池池池池（平城宮東方官衙地区）

のような例も存在する。「こそへ（べ）」氏の場合、その表記に「部」が用いられているものはこの一例のみであり、ほかの上代文献の中には、

右の一首、長門守巨曽倍対馬朝臣（⑥一〇二四左注）

中大兄、即ち菟田朴室《うだのえのむろのふる》 古・高麗宮知《こまのみやしり》をして、兵《いくさ》若干《そこばく》を将《ゐ》て、古人大市皇子等《たち》を討《う》たしむ。【或本に云はく、十一月の甲午《かふご》の三十日に、中大兄、阿倍渠曽倍臣・佐伯部子麻呂二人をして～】（孝徳紀大化元年九月）

従五位上許曽倍朝臣陽麻呂（続紀大宝元年六月十一日）

などのように、すべて音仮名「倍」が使われている。[16] これは先に確認した「アへ（べ）」氏の表記状況と同じであり、この平城宮木簡中の「部」も、「あへ（べ）」の「部」と同じく仮名「部」と理解してよいであろう。

万葉記紀風土記及び『続日本紀』の「あへ（べ）」・「こそへ（べ）」の表記に用いられた「部」をこのように、

表音機能のみを有する仮名の例と把握してよいのであれば、「あへ（べ）」・「こそへ（べ）」氏は前掲の「卜部」・「山部」とは異なり、部民とは無関係な氏名ということになる。すると、『新編日本古典文学全集　日本書紀一』の、

　アへは饗応の意で、それにちなむ氏族名。（孝元紀七年二月頭注）

という指摘は肯えよう。

一方、「こそへ（べ）」については、『新撰姓氏録』（左京皇別上）に、「許曽倍朝臣　阿倍朝臣同。大彦命後也。日本紀漏。」とあるものの、詳しい性質についてはわからない。ただし、今回、仮名「部」の用例の検討から、これらも部民制度にもとづく氏名ではないといってよいだろう。

以上、上代韻文中の「部」のふるまいを見てきた。その結果、少なくとも万葉時代に部民をあらわす「へ（べ）」が字音語であることに意識的であり、音仮名「倍」とは異なる用法として表音文字「部《へ・べ》」を使用していた人々の存在が確認できた。それは音韻の復元が容易である上代韻文のみならず、記紀風土記・『続日本紀』といった上代散文中の「アへ（べ）」・「コソへ（べ）」氏の表記に「部」ではなく「倍」が使用されていることからもいえる。

一方、木簡中の「アへ（べ）」・「コソへ（べ）」氏の表記例から、音仮名「倍」などに相当するものとして、音「へ（べ）」の表記に「部」が使用されていることも見てきた。上代の戸籍にまで範囲を広げれば、仮名「部」の例がさらに確認できるかもしれないが、元来訓字主体表記という限定された環境下においてのみ使用されていた訓仮名「部《へ・べ》」を、音仮名に相当するものとして使用する人々の存在もまた認められるだろう。

先に確認した万葉歌中の「すべ」の表記に使用されている巻五の例や、皇極紀・『続日本紀』・木簡中の「阿（安）部」の例、木簡中の「許曽部」の例は、部民制度や犬飼隆氏が述べるように「卩」字の普及などによって

促された、「部」の仮名化の階梯の一つとして把握できよう。

四　おわりに

字音語「へ（べ）」（部）は、都を五部に分けたいわゆる百済の「首都五部制」について書かれている『周書』の、

> 都下有萬家、分為五部、曰上部、前部、中部、下部、後部、統兵五百人。（列伝第四一・百済）

の記述と、天照大神が瓊瓊杵尊とともに五部の神々を遣わせてやまとを治めたと記されている、

> 又中臣が上祖天児屋命・忌部が上祖太玉命・猨女が上祖天鈿女命・鏡作が上祖石凝姥命・玉作が上祖玉屋命、凡て五部神を以ちて配《そ》へ侍《はべ》らしめたまふ。（神代紀下第九段一書第一）

の『日本書紀』の記事から、朝鮮半島からやまとに伝来されたことばと理解されている。さらにそれは、鄭早苗氏(17)が、

> 高句麗では丙戌（五六六）年に長安城（平壌城）を築いた時に石刻された銘文に「後卩小兄文達」と築城者の名が記されている。ここに記された「後卩」とは高句麗の五部制度、すなわち、黄・前・後・左・右の部制のひとつの後部である。また、百済の泗沘城内で「上卩前卩川自比以□□」「首卩」「左卩乙瓦」「首卩甲瓦」「右卩乙瓦」「後卩乙瓦」「上卩乙瓦」等の銘文をもつ石や瓦が発見され、これらは百済の五部制、すなわち上・前・中・下・後の五つの部制とその他の部制を意味する銘文と考えられる。

と紹介している、省画で表記された朝鮮半島の例と、東野治之氏(18)が、

> またその銘【岡田山古墳鉄刀銘：李注】では「額田部臣」を「各田卩臣」と、略体文字を交じえて記すのが特色である。とくに略体文字「卩」は、五六三年の高句麗長安城刻石に例があり、明らかに朝鮮起源のもの

で、

と述べる「部」の省画が見える日本の銘文の例などからも裏付けられている。

しかし、「へ（べ）」と音韻復元できる、部民をあらわす「部」の例が朝鮮半島では見つかっていないのが現状である。それ故、今は字音語「へ（べ）」（部）がどこから伝来されたことばなのかは問わず、表音・表意機能を担う用法である字音語「部《へ・べ》」の仮名化の一つの階梯を上代文献から確認したことに留めておきたい。

注

（1）以下、万葉歌の用例検索・引用及び漢字の用法の判別は『万葉集電子総索引（CD-ROM）』（二〇〇九年十二月）、『万葉集』の非韻文・『古事記』・『日本書紀』・『風土記』の用例検索・引用は『新編日本古典文学全集』（小学館）、『懐風藻』の用例検索・引用は『日本古典文学大系』（岩波書店）によった。ただし、「三名部乃浦《みなべのうら》」（⑨一六六九）・「物部乃《もののふの》」（⑧一四七〇）などといった地名や枕詞の場合は、意味未詳の場合があるため、その表記に使用されている「部」の用法を判別することは不可能である。それ故、今回は本稿の骨子への影響がないと判断し、『新日本古典文学大系　万葉集』（岩波書店）の「枕詞索引」・「地名索引」・「人名索引」に掲出されている項目については、すべて用法判別を保留した。

（2）以下、平仮名「へ（べ）」との混同を避けるため、片仮名「へ（べ）」には傍点を付して「へ（べ）」と表記する。

（3）その他、十八例は「あま」・「はふり」・「かむぬし」の熟字訓として使われ、難訓が「刺部重部」（⑯三七九一）の二例存在する。

（4）上代語「もののべ」の存在も想定されてきたが、その仮名書きの例が上代に見当たらないため、今回は『万葉集電子総索引（CD-ROM）』と同様に「物部」の「部」はすべて「フ」と訓むこととする。

（5）ただし、今回は『万葉集電子総索引（CD-ROM）』の判断に従って、音「フ」をあらわす音仮名として分類した。

（6）津田左右吉氏『日本上代史の研究』（『津田左右吉全集　第三巻』一九六三年十二月、岩波書店）

（7）直木孝次郎氏「部民制の一考察—下総国大島郷孔王部を中心として—」（『日本古代の政治と文学』一九五六年九月、青木書店）

（8）仮名「二《に》」の訓仮名的な性質については、拙稿「漢数字の仮名用法について―『師』・『僧』に及ぶ―」（「上代文学」112、二〇一四年四月）で述べたことがある。

（9）藤井茂利氏「『部』の漢字の読法をめぐって―『へ・べ』と読む理由など―」（「国語国文薩摩路」54、二〇一〇年三月）

（10）犬飼隆氏『木簡による日本語書記史　2011増訂版』二〇一一年十月、笠間書院

（11）これは『新編日本古典文学全集　古事記』（小学館）に従って歌とした。

（12）注（8）の拙稿と同じ。

（13）散文中の「部」の例は、部民をあらわす固有名詞「部」のほか、

憶良聞く、方岳《はうがく》諸侯と都《と》督刺史《とくしし》とは、並《とも》に典法《てんぱふ》に依りて、部下を巡行し、その風俗を察《み》ると。（⑤八六八序）

癸巳《きし》に、金光明経一百部を以ちて、諸国《もろもろのくに》に送《おくりお》置かむ。（持統紀八年五月）

などの例がある。

（14）『続日本紀』中、「アへ（べ）」の表記に用いられた「部」のほかの八例は、

實是阿部氏正宗。（続紀和銅五年十一月二十日）

以正四位下安部朝臣廣庭參議朝政。（続紀養老六年二月）

阿部朝臣帶麻呂。（続紀天平元年三月四日）

美作守從五位下阿部朝臣帶麻呂等故殺四人。（続紀天平七年九月二十八日）

從五位下阿部朝臣毛人為文部少輔。（続紀天平宝字三年五月十七日）

從五位下阿部朝臣三縣為亮。（続紀天平宝字三年五月十七日）

從五位下阿部朝臣許智為丹波介。（続紀神護景雲元年三月二十日）

陸奥國安積郡人丈部繼守等十三人賜姓阿部安積臣。（続紀宝亀三年七月十七日）

である。

（15）ほかに、

・○池池庭□池池／池○許○曽○部○家○庭○庭○庭・池○池池○池田池池（平城宮東方官衙地区）

の例も「こそへ（べ）」の表記に使用された「部」の例である可能性が考えられる。

（16）そのほか、上代文献中の「コソへ（べ）」の例は、

右の一首、長門守巨曽倍朝臣津島（⑧一五七六左注）

巨曽倍朝臣足人（続紀天平三年一月二十七日）

外従五位下許曽倍朝臣足人為大蔵少輔（続紀天平三年六月十三日）

山陰道節度使判官巨曽倍朝臣津嶋。（続紀天平四年八月二十七日）

正六位上巨曽倍朝臣難波麻呂。（続紀天平宝字元年八月四日）

従五位下巨曽倍朝臣難波麻呂為近江介。（続紀天平宝字三年五月十七日）

巨曽倍朝臣難波麻呂。（続紀天平宝字五年十月二十八日）

従五位上巨曽倍朝臣難破麻呂為造宮大輔。（続紀天平宝字六年一月九日）

従五位上巨曽倍朝臣難破麻呂為仁部大輔。（続紀天平宝字七年一月九日）

正六位上行介勲十二等許曽倍朝臣津嶋（『大和国正税帳』天平二年十二月　『大日古』巻一・四一三）

准判官従七位下許曽倍朝臣難波麻呂（『弘福寺田数帳』天平十五年四月　『大日古』巻二・三三五）

などがある。一方、『新編日本古典文学全集　風土記』に、

古老《ふるおきな》の伝へて云はく、嶋根の郡の大領《おほつかさ》、社部《こそべ》の臣訓麻呂《おみくにまろ》の祖波蘇等《おやはそたち》、稲田《いなだ》の澇《こむ》に依りて彫《ゑ》り堀《ほ》れるなり。

（『出雲国風土記』秋鹿郡）

と、「社部＝コソベ」の例も見える。

（17）鄭早苗氏「朝鮮三国と古代日本の文字」（『古代史論集　上』一九八八年一月、塙書房）

（18）東野治之氏「金石文・木簡」（『漢字講座第五巻　古代の漢字とことば』一九八九年七月、明治書院）

萬葉語学文学研究会記録

第四十三回　平成二十七年九月二十三日（祝・水）　於奈良女子大学

『先代旧事本紀』の称元法　奈良女子大学大学院　星　愛美

行幸従駕歌における「見れば」―景物表現との関連をめぐって―　九州産業大学　田中真理

第四十四回　平成二十八年三月二十四日（木）　於奈良県立万葉文化館

「仙境」の浜　京都大学大学院　衛藤恵理香

上代文献における「宜」の用法と構文

―「ヨロシク～ベシ」の再読よみを考える手がかりとして―　関西学院大学　王　秀梅

執筆者紹介

毛利正守（もうり・まさもり）
皇學館大学大学院文学研究科修士課程修了。文学博士。皇學館大学教授。大阪市立大学名誉教授。共著に『日本書紀』①～③（新編日本古典文学全集、小学館）、『新校注　萬葉集』（和泉書院）、『万葉事始』（和泉書院）など。

谷口雅博（たにぐち・まさひろ）
國學院大學大学院文学研究科博士後期課程所定単位修得。博士（文学）。國學院大學文学部准教授。著書『古事記の表現と文脈』（おうふう）。

衛藤恵理香（えとう・えりか）
京都大学大学院人間・環境学研究科博士後期課程在学。論文「地誌と歌謡―『常陸国風土記』新治郡笠間村条について―」（『風土記研究』第三十八号、H28・3）。

坂本信幸（さかもと・のぶゆき）
同志社大学大学院文学研究科修了。奈良女子大学名誉教授。高岡市万葉歴史館館長。共編著『万葉の歌人と作品』（全十二巻　和泉書院）、『万葉集電子総索引』（塙書房）。

影山尚之（かげやま・ひさゆき）
関西学院大学大学院文学研究科博士課程後期課程単位取得退学。博士（文学）。武庫川女子大学文学部教授。著書『萬葉和歌の表現空間』（塙書房）

大浦誠士（おおうら・せいじ）
東京大学大学院人文社会系研究科博士後期課程修了。博士（文学）。専修大学教授。著書『万葉集の様式と表現　伝達可能な造形としての〈心〉』（笠間書院）、『万葉のこころ　四季・恋・旅』（中日新聞出版社）。

中川明日佳（なかがわ・あすか）
奈良女子大学大学院人間文化研究科博士前期課程修了。同博士後期課程在学。

澤崎　文（さわざき・ふみ）
早稲田大学大学院文学研究科博士後期課程修了。博士（文学）。宇都宮大学教育学部専任講師。論文「『古事記』における漢字の音仮名用法と正訓字用法の関係」（『論集』十一号、H28・3）。

古川大悟（ふるかわ・だいご）
京都大学大学院人間・環境学研究科博士前期課程在学。

李　敬美（い・ぎょんみ）
北海道大学大学院文学研究科修士課程修了。大阪府立大学大学院人間社会学研究科博士後期課程修了。博士（言語文化学）。同大学客員研究員。論文「漢数字の仮名用法について―『師』・『僧』に及ぶ―」（「上代文学」112、二〇一四年四月）、「仮名『香』から見る字音語『か』の可能性―万葉歌中の『香』の用法を中心に―」（「美夫君志」91、二〇一五年十一月）など。

『萬葉語文研究』総目次

全12集完結　セット価　三七一〇〇円

終刊の辞

毛利正守

（二〇八頁　三五〇〇円）

＊価格は本体価格

終刊の辞

平成十七年に『萬葉語文研究』第一集を創刊し、爾来、集を重ねてきましたが、第十二集をもってひとまず終刊することになりました。

澤瀉久孝先生を代表として創設された萬葉学会の編輯に関わる有志を中心として、井手至先生のご発案で、今後を担う若手研究者を育成していくことを主眼とした発表の場として発足した萬葉有志研究会は、その後名称を萬葉語学文学研究会にあらため、年数回の研究発表会と年一回の研究誌『萬葉語文研究』の刊行を途切れることなく行い、今日まで精力的に研究会としての責務を果たしてきました。

萬葉有志研究会発足から数えると四半世紀になろうとしています。その間、大学における文学部のあり方は大幅に変容せざるを得なくなり、研究を志す学生、院生の数は以前に比して減少しているのが現状です。しかしながら、萬葉語学文学研究会の継続した研究の成果により、参加している若手研究者の中には優秀な研究成果をあげている者も生まれています。萬葉語学文学研究会の道程の彼方には未来があると確信しています。

萬葉語学文学研究会の研究発表会は、これからも引き続き開催し、若手研究者の育成支援を続けてまいります。今後とも、よろしくお願い申し上げます。

長年厳しい出版事情の中、すべてを受け止め、お引き受けくださいました和泉書院の廣橋研三社長、和泉書院の社員のみなさまに深く感謝申し上げます。

平成二十九年三月一日

萬葉語学文学研究会代表　毛利正守

萬葉語文研究　第12集

二〇一七年三月三〇日　初版第一刷発行

編者　萬葉語学文学研究会

発行者　廣橋研三

発行所　和泉書院

〒543-0037　大阪市天王寺区上之宮町七―六
電話　〇六―六七七一―一四六七
振替　〇〇九七〇―八―一五〇四三

印刷・製本　亜細亜印刷

本書の無断複製・転載・複写を禁じます

© Manyogogakubungakukenkyukai 2017 Printed in Japan

ISBN978-4-7576-0836-8　C3395

井手　至著

遊文録　全六巻　完結

国語学篇（国語学史を含む）　品切
国語史篇　一（語彙・語法）　本体一五〇〇〇円
国語史篇　二（用字・表記法）　本体一一五〇〇円
萬葉篇　一　品切
萬葉篇　二　本体一三〇〇〇円
説話民俗篇　本体一三〇〇〇円

――和泉書院刊――